古典詩歌研究彙刊

第十八輯

龔鵬程 主編

第 10 冊

清代常州派四部詞選
評點唐宋詞研究（上）

徐 秀 菁 著

國家圖書館出版品預行編目資料

清代常州派四部詞選評點唐宋詞研究（上）／徐秀菁 著 -- 初
版 -- 新北市：花木蘭文化出版社，2015〔民104〕
目 4+192 面；17×24 公分
（古典詩歌研究彙刊 第十八輯；第 10 冊）
ISBN 978-986-404-302-6（精裝）
1. 唐五代詞 2. 宋詞 3. 詞論
820.91   104014044

ISBN- 978-986-404-302-6

9 789864 043026

古典詩歌研究彙刊
第十八輯　第十冊　　　　ISBN：978-986-404-302-6

清代常州派四部詞選評點唐宋詞研究（上）

作　　者　徐秀菁
主　　編　龔鵬程
總 編 輯　杜潔祥
副總編輯　楊嘉樂
編　　輯　許郁翎
出　　版　花木蘭文化出版社
社　　長　高小娟
聯絡地址　235 新北市中和區中安街七二號十三樓
　　　　　電話：02-2923-1455／傳真：02-2923-1452
網　　址　http://www.huamulan.tw 信箱 hml 810518@gmail.com
印　　刷　普羅文化出版廣告事業
初　　版　2015 年 9 月
全書字數　437194 字
定　　價　第十八輯 13 冊（精裝）新台幣 20,000 元

清代常州派四部詞選評點唐宋詞研究（上）

徐秀菁　著

作者簡介

徐秀菁，新竹縣關西人，文學博士，現為中央大學中國文學系、國立臺北商業大學兼任教師。大學時期，曾以〈蘇東坡〈水調歌頭〉古今聲情結構探討〉，獲得行政院國家科學委員會「大專學生參與專題研究計畫」研究創作獎，開啟學術研究之路。研究所階段，相繼完成碩士論文《龍沐勛詞學之研究》、博士論文《清代常州派四部詞選評點唐宋詞研究》，奠定詞學研究的基礎，未來將繼續結合教學與研究工作，期盼學以致用，發揮所長。

提　　要

　　清代常州詞派張惠言、周濟、譚獻、陳廷焯分別針對《詞選》、《宋四家詞選》、《詞辨》和《詞則》進行評點，從唐宋詞評點的發展脈絡來看，常州詞派對唐宋詞的評點不但前有所承，更有所開創、拓展與深化，其評點的價值是確立常州詞派比興寄託的理論，同時建構唐宋詞典範，提供習詞門徑，並在解析詞之章法、筆法時，充分凸顯詞體特色，實屬唐宋詞評點的成熟時期，意義特殊。經由這四部詞選的理論宣揚、批評實踐，不但轉變詞風，引領清末詞壇的發展，更影響清末民初對唐宋詞的評論。透過本論文的梳理與探討，可以加深對唐宋詞評點發展的了解，對常州詞派的研究，亦可提供不同的研究路徑與發現。

誌　謝

　　這本論文能夠完成，首先要感謝我的指導教授洪惟助教授和卓清芬教授，在論文寫作過程中，給予諸多提點與指導，尤其感謝卓清芬教授極為嚴謹仔細的逐章檢閱審視，並指出問題，讓論文在修改後得以呈現較完整的樣貌，修正諸多不甚周延的論述。其次，則要感謝口試委員張壽平教授指點有關常州派詞選評點對清末四大家詞學及詞作的影響；王偉勇教授在詞體本色、文學接受等議題，以及論文題目、章節和行文等給予諸多寶貴意見；劉少雄教授針對明代楊慎評點、浙西詞派評點及常州詞派相關詞學議題給予建議；王兆鵬教授針對唐宋詞評點在南宋初起時的發展，特別是銅陽居士評點和詞選版本的問題，給予指點，使本論文除了就評點而論，還能有所拓展與延伸。另外，還要感謝曾在中央大學中國文學系擔任客座教授的張宏生教授，在「清詞專題研究」課堂所給予的啟發，開始論文的最初構想。在論文撰寫過程中，遇到不少難題，特別感謝旻琪同學出借珍貴資料，讓難題得以解決；更要感謝家人的支持與容忍，陪伴我度過漫長的寫作時間，在此表示內心最深的感謝。

第一章 緒 論

第一節 研究動機及目的

　　《中國古代文學批評方法研究》將選本視爲「中國文學批評中包容性最廣、因而也最便於擴大影響的批評方式」〔註1〕，鄧建、王兆鵬〈中國歷代選本的格局分布及其文化意蘊〉統計中國歷代選本共1470種，其中詞選就佔了103種，僅次於詩選和文選〔註2〕。在這103種的詞選中，尤以清代所輯最多。清代編輯的詞選，可以分爲兩種類型，一種是當代詞作的選錄，如陳維崧（1625～1682）主編《今詞苑》，提出「選詞所以存詞，其即所以存經存史」〔註3〕的觀念，將詞體上提到與經史相同的地位，以達到尊體的目的；另一種則是唐宋詞或歷代詞的選輯，如朱彝尊（1629～1709）《詞綜》，先著、程洪《詞潔》，黃蘇《蓼園詞選》，張惠言（1761～1802）《詞選》，

〔註1〕 張伯偉：《中國古代文學批評方法研究》，北京：中華書局，2002年5月一版，頁313。

〔註2〕 此文主要根據《中國叢書綜錄》、《中國叢書廣錄》和《中國叢書綜錄續編》所得之統計結果。鄧建、王兆鵬：〈中國歷代選本的格局分布及其文化意蘊〉，《江漢論壇》2007年11月，頁112～113。

〔註3〕 陳維崧〈詞選序〉（又名〈今詞苑序〉），〔清〕陳維崧：《陳迦陵文集》，《四部叢刊・正編》，臺北：臺灣商務印書館，1979年臺一版，頁31～32。

周濟（1781～1839）《詞辨》、《宋四家詞選》，陳廷焯（1853～1892）《詞則》。龍沐勛（1902～1966）〈選詞標準論〉認爲清代詞學家特意選輯唐宋詞的目的，是爲脫離晚明舊習，轉移風氣，所以「別樹標幟，先之以尊體，繼之以開宗」，藉由「範圍古人，以示來學」〔註4〕。然而一部單純的詞作選輯，如何能達到開宗立派的目的，又爲什麼可以憑藉選輯者的個人認定，對前人詞作進行如此的編排？當有人質疑這些選本，尤其是針對張惠言《詞選》，批評他選詞過於狹隘〔註5〕或有所偏頗的同時，讚許的聲音也不曾稍減。清代蔣兆蘭（1855～1938）《詞說》云：「塡詞之學，既始於讀詞，則所讀之選本宜審矣。約而言之，茗柯《詞選》，導源風雅，屛去雜流，途軌最正。」〔註6〕陳匪石（1883～1959）《聲執》亦云：「初學爲詞，宜從張惠言《詞選》或周濟《宋四家詞選》入手。既約且精，毫無流弊，以奠其始基。」〔註7〕可見選本正是引發諸多詞學爭議的關鍵。孫克強《清代詞學批評史論》云：「清代詞壇選詞之風甚盛，各類詞選大量刊行」，「清人賦予詞選以更多使命，詞選也就成爲清代詞學理論的重要載體」〔註8〕。可是，選清詞與選唐宋詞畢竟是不同的，前者或許是爲保留，以存一代之詞；後者則是一種對前代詞作的回顧和總結，究竟這些選本接受了什麼，如何接受，如何陳述選詞理念，又是如何指導創作，實踐詞學批評，其中就大有文章，值得仔細探究。

在清代所輯唐宋詞選中，以常州詞派幾位代表詞學家所輯詞選的

〔註4〕 龍沐勛〈選詞標準論〉，龍沐勛編：《詞學季刊》第一卷第二號，臺北：臺灣學生書局，1967 年 6 月初版，頁 15；24。

〔註5〕 如陳廷焯《白雨齋詞話》云：張惠言《詞選》「唐五代兩宋詞，僅取百十六首，未免太隘。」〔清〕陳廷焯：《白雨齋詞話》，上海：上海古籍出版社，1984 年 5 月一版，頁 8。

〔註6〕 〔清〕蔣兆蘭《詞說》，唐圭璋編：《詞話叢編》，北京：中華書局，2005 年 10 月二版，頁 4631。

〔註7〕 陳匪石《聲執》，唐圭璋編：《詞話叢編》，頁 4970。

〔註8〕 孫克強：《清代詞學批評史論》，上海：上海古籍出版社，2008 年 11 月一版，頁 260。

理論色彩最鮮明，如張惠言《詞選》、周濟《詞辨》和《宋四家詞選》，以及陳廷焯《詞則》，他們透過詞選序文宣揚詞學主張，特意選擇某些詞家和詞作，有目的的編輯唐宋詞選，帶有強烈的主觀意識。如張惠言《詞選》，乃有感於「宋之亡而正聲絕，元之末而規矩隳」，學詞者「安蔽乖方，迷不知門戶」，所以要「塞其下流，導其淵源，無使風雅之士懲於鄙俗之音，不敢與詩賦之流同類而風誦之也」〔註9〕，此選之價值在於具有轉變風氣的作用，吳梅（1884～1939）《詞學通論》云：「皋文《詞選》一編，掃靡曼之浮音，接《風》、《騷》之眞脈，直具冠古之識力者也。……皋文與翰風出，而溯源竟委，辨別眞僞，於是常州詞派成，與浙派分鑣爭先矣。」〔註10〕周濟《詞辨》和《宋四家詞選》則是針對張惠言論詞主張作出修正，提出「夫詞，非寄託不入，專寄託不出」〔註11〕的論點，明確指出學習途徑〔註12〕，具開拓之功，謝桃坊《中國詞學史》云：周濟「修正了常州詞派的理論，有利於常州詞派的發展。」〔註13〕陳廷焯雖然認爲張惠言選詞數量過少，「未免太隘」〔註14〕，仍推崇張惠言論詞主張，讚許《詞選》「識見之超，有過於竹垞十倍者，古今選本，以此爲最」〔註15〕，其《詞則》所錄，就是要使學詞者能「本諸《風》、《騷》，歸於忠厚」，承接

〔註9〕 張惠言《詞選‧敘》，〔清〕張惠言輯：《詞選》，據上海圖書館藏清道光十年宛鄰書屋刻本影印，《續修四庫全書‧集部‧詞類》，上海：上海古籍出版社，2002年初版，頁536。

〔註10〕 吳梅：《詞學通論》，上海：華東師範大學出版社，1996年11月一版，頁171。

〔註11〕 周濟《宋四家詞選‧序論》，〔清〕周濟輯：《宋四家詞選》，據清光緒潘祖蔭輯刊《滂喜齋叢書》本影印，《百部叢書集成》，臺北：藝文印書館，1967年出版，頁1。

〔註12〕 即「問塗碧山，歷夢窗、稼軒，以還清眞之渾化。」見周濟《宋四家詞選‧序論》。〔清〕周濟輯：《宋四家詞選》，頁1。

〔註13〕 謝桃坊：《中國詞學史》（修訂本），成都：巴蜀書社，2002年12月一版，頁321。

〔註14〕 〔清〕陳廷焯：《白雨齋詞話》，頁8。

〔註15〕 〔清〕陳廷焯：《白雨齋詞話》，頁8。

張惠言主張，以延續「兩宋宗風」爲目標〔註16〕。在他們的努力下，成功推動清代詞學的發展。謝桃坊《中國詞學史》因此稱之爲「詞學史上的極盛時期」〔註17〕，顯見常州詞派的影響。

　　清代號稱「詞學中興」〔註18〕，各詞派開展詞學理論必須面對詞的起源、詞體確立、詞史發展、崇尚詞風、代表詞家、經典作品、創作方法、批評標準等問題，詞選即是這些詞學觀念的具體呈現方式。可是，當我們把焦點放在選本的同時，就會發現部分詞選載有選輯者或詞學家的評論和圈點，成爲獨特的文學批評形式，尤其是常州詞派這些重要詞學家所輯詞選，或在每首詞之上賦予圈點符號，區分高下，或使用眉批和旁批評論詞旨、解析創作手法，成爲選本中最活躍的發言人，直接對讀者現身說法，具有引導閱讀、指導創作、引領鑑賞等功能，可以跨越時代與空間的限制，與不同的讀者作對話與分享，並產生影響。繆鉞曾針對詞體的特徵，指出「其文小、其質輕、其徑狹、其境隱」，認爲「詞取資微物，造成一種特殊之境，借以表達情思，言近指遠，以小喻大」，但因爲寓含寄託，以致「境界之隱約淒迷」〔註19〕，正因爲詞體這樣的特質，造成理解的困難；卻也給予詞評家更多詮釋的空間，各家皆可憑一己之學識或感受力與聯想力之不同，對詞作出詮釋與評論。詞原本是與音樂結合的文體，在音樂

〔註16〕陳廷焯《大雅集·序》：「詞至兩宋而後，幾成絕響。古之爲詞者，志有所屬，而故鬱其辭；情有所感，而或隱其義；而要皆本諸《風》、《騷》，歸於忠厚。自新聲競作，懷才之士，皆不免爲風氣所圍，務取悅人，不復求本原所在。迦陵以豪放爲蘇、辛，而失其沉鬱；竹垞以清和爲姜、史，而昧厥旨歸，下此者更無論矣。無往不復，皋文溯其源，茗庵引其緒，兩宋宗風，一燈不滅。斯編之錄，猶是志也。」〔清〕陳廷焯編選：《詞則》，上海：上海古籍出版社，1984年5月一版，頁7。

〔註17〕謝桃坊：《中國詞學史》（修訂本），頁197；289。

〔註18〕龍沐勛〈清季四大詞人〉：「清代二百餘年中，詞人輩出。論者以爲趙宋而後，此爲詞學中興之時。」龍沐勛：《龍楡生詞學論文集》，上海：上海古籍出版社，1997年7月一版，頁437。

〔註19〕繆鉞：《繆鉞說詞》，上海：上海古籍出版社，1999年12月一版，頁4～9。

消失以後，這樣一種特殊的文學體式究竟應該如何閱讀，並進行鑑賞與批評，有沒有一個評判的準則？尤其當這些評論與詞作選輯結合在一起，成一特殊的文學批評形式時，其發揮之作用和意義，更是值得探索。

　　孫琴安《中國評點文學史》云：「評點文學是一種由批評和文學作品組合而成又同時並存的特殊現象，具有批評和文學的雙重含意。它既是一種批評方式，同時又是一種文學形式。」〔註20〕吳承學〈評點之興──文學評點的形成與南宋的詩文評點〉云：「評點既提供了作家的作品，使讀者可以閱讀原著，而不像詩話一樣單純是批評家的感想與評論；評點還提供了批評家的評論圈點，這樣比一般的選本、總集又多了一種借鑑。讀者在閱讀過程中，可以比較、參照。所以評點方式把作者、讀者與批評家三者密切聯繫起來了。」〔註21〕張伯偉《中國古代文學批評方法研究》亦云：評點「這種批評形式往往又和選本結合在一起，爲讀者點明精彩，示以文章規矩。」〔註22〕可見，評點者針對文本所進行的評點，是引領讀者閱讀文本的一種媒介，評點者肩負了批評、鑑賞與推介的任務，在評斷作品優劣的同時，也必須提供原因說明，以達到說服讀者，接受其觀點，或可作爲參考的目的。但是，評點不只反映個人的審美喜好，更可能與評點者的文學觀或時代風氣有關，站在讀者的角度看，評點所提供的訊息，比單純的文學作品還要豐富，因爲它所展示的不只是作者一時的情感觸動或思想評議，還包括作品完成之後經由解讀所產生的另一層意義，不管是新的詮解，或有意的曲解，都可以讓讀者看到作品是如何被詮釋的過程以及可能原因。

　　以清代張惠言《詞選》的解詞方式來看，他在對詞作進行評點

〔註20〕孫琴安：《中國評點文學史》，上海：上海社會科學院，1999 年 6 月一版，頁 1。
〔註21〕吳承學：〈評點之興──文學評點的形成與南宋的詩文評點〉，《文學評論》1995 年 1 期，頁 32～33。
〔註22〕張伯偉：《中國古代文學批評方法研究》，頁 543。

的同時，也指出隱含在字裏行間的「賢人君子幽約怨悱不能自言之情」〔註23〕，雖然這種方式招致牽強比附、刻意爲之等批評〔註24〕，但也影響了清代常州詞派有關寄託的討論。在張惠言之後，周濟《宋四家詞選》亦運用評點對詞體之構成和創作，進行多方面的評論；譚獻（1832～1901）除了選輯《復堂詞錄》〔註25〕、《篋中詞》，更針對周濟《詞辨》進行評點，除了解釋周濟「夫詞，非寄託不入，專寄託不出」〔註26〕的論點，更結合書法理論與繪畫概念來解析詞的筆法與筆勢，並提出「作者之用心未必然，而讀者之用心何必不然」〔註27〕的論點，從讀者的接受立場出發，開展詞作詮釋的多樣性和可能性；陳廷焯《詞則》除了確立詞爲「《風》、《騷》之流派」〔註28〕，更採用評點，標示寓含寄託之關鍵詞句，以眉批指明「沉鬱」〔註29〕詞例，以詞意深淺和人品區分詞作等級，使詞選成爲具有識見的創作文本。要解析一部詞選所反映的詞學觀，若是只靠選

〔註23〕張惠言：《詞選·敘》，〔清〕張惠言輯：《詞選》，頁 536。

〔註24〕如陳水雲〈常州詞派與近代詞學中的解釋學思想〉云：「張惠言不是在文本中尋找作者的書寫意圖，而是根據自己的思想觀念對文本的意義作了新的解釋，也就是說在他的讀解活動中讀者取代作者成爲文本詮釋的權威。」吳宏一《清代詞學四論》亦云：「一個有意求『言外之意』的讀者，看到了香草美人等字眼，就會聯想到『託興君國』上面去，即使作者只是描寫眼前的景物，並無此意。」陳水雲：〈常州詞派與近代詞學中的解釋學思想〉，《求是學刊》2002 年 5 期，頁 101；吳宏一：《清代詞學四論》，臺北：聯經出版公司，1990 年 7 月初版，頁 134。

〔註25〕根據譚獻弟子徐珂所述：此書成於光緒八年，惜未刊行。稿本今藏中國國家圖書館。〔清〕譚獻：《復堂詞話》，唐圭璋編：《詞話叢編》，頁 3988。

〔註26〕周濟《宋四家詞選·序論》，〔清〕周濟輯：《宋四家詞選》，頁 1。

〔註27〕譚獻《復堂詞錄·序》，〔清〕譚獻：《復堂詞話》，唐圭璋編：《詞話叢編》，頁 3987。

〔註28〕陳廷焯《詞則·序》：「詞也者，樂府之變調，《風》、《騷》之流派也。溫、韋發其端，兩宋名賢暢其緒，《風》、《雅》正宗，於斯不墜。」〔清〕陳廷焯編選：《詞則》，頁 1。

〔註29〕陳廷焯《白雨齋詞話》：「詞則以溫厚和平爲本，而措語即以沉鬱頓挫爲正。」〔清〕陳廷焯：《白雨齋詞話》，頁 361。

輯的詞作類型和數量多寡，或是入選的詞家，仍會遇到不能完全明其意圖或找出合理解釋的問題，這時評點就可以成為解析的途徑和參考依據，重要性不可忽略，因為這關係到每一首詞是如何被閱讀和理解的問題。而且，評點符號的運用和詞學家所作批評，其中應有一套審美標準，展現詞評家對唐宋詞的獨特閱讀行為和詮釋路徑，是詞學研究中值得拓展的論題。

　　本文從評點的角度切入，探究清人解讀唐宋詞的方法及意義，為集中論述焦點，鎖定在清代詞學發展具有關鍵影響的常州詞派，並以理論色彩鮮明，彼此之間具有承繼關係的四部詞選為研究對象，包括張惠言《詞選》、周濟《宋四家詞選》、譚獻對周濟《詞辨》的評點和陳廷焯《詞則》，探討詞選與評點的結合是如何建構唐宋詞的理解模式，進而產生影響。同時為釐清其價值，將從唐宋詞評點的發展脈絡來作檢視，以明其承繼和發展。

第二節　研究方法

　　在選輯作品時，首先就是一種對選錄作品的肯定，若是不認同者，可能根本不會選錄，所以去取之間就大有學問。評點的目的，則是用以說明選錄的原因，並指示學習門徑。與詞話相較，詞話是評賞的結果，評點則能看出評賞的方法。當評點與選本結合時，就成了一種有目的的宣傳工具，可以展現並佐證選輯者的詞學理念。尤其，在以一種鑑賞者的角度，對詞作出審美評判時，必須有所依據，以展現一己之識見。謝桃坊《中國詞學史》評價明代沈際飛評點《草堂詩餘》的表現，認為這在詞學史上的意義是「使讀者由此進入藝術鑑賞的境界」，「標誌了詞學批評進入了一個新的理性認識的層次」〔註30〕，因此本文將依循這樣的原則，從理性解析的角度，探究常州派四部詞選評點唐宋詞的方法和意義。

〔註30〕謝桃坊：《中國詞學史》（修訂本），頁191。

　　首先，要研究評點者在賦予符號時，究竟有怎樣的考量，必須先從當時的學術風氣來看，梁啓超（1873～1929）《中國近三百年學術史》云：「常州派有兩個源頭：一是經學，一是文學；後來漸合爲一。他們的經學是公羊家經說──用特別眼光去研究孔子的《春秋》，由莊方耕（存與）、劉申受（逢祿）開派。他們的文學是陽湖派古文──從桐城派轉手而加以解放，由張皋文（惠言）、李申耆（兆洛）開派。兩派合一產出一種新精神：就是想在乾、嘉間考證學的基礎之上，建設順、康間『經世致用』之學。」〔註31〕孫克強《清代詞學》云：「常州詞派也是常州學派的文學源頭之一，張惠言、周濟等人崇意格、倡比興寄託，亦表現了『經世致用』的精神。」〔註32〕嚴迪昌《清詞史》則認爲：清代常州詞派的興起與常州今文經學派有關，面對衰敗的國勢，具有經世致用之志的文人試圖作出改變，今文經派中的公羊學因而興起，「而『常州詞派』的形成又是這類學術流派在詞的領域的派生物」〔註33〕。這些研究都注意到常州詞派與當時學術發展和思想流派之間的關係，尤其點出寄託之說是一種經世致用思想的反映，讓此派理論多了一點自我覺醒與救世的意味。爲了順應時勢變化，詞必須因時制宜，要求更有意義和價值的呈現，這本是合理的推想。站在這個角度去看常州詞派的寄託理論，許多學者試著從經學注釋、《詩》《騷》傳統和讀者理論切入，說明此派以寄託解詞的原因，並評其不合詞學傳統之處，如楊旭輝《清代經學與文學──以常州文人群體爲典範的研究》：提到「張惠言推尊詞體的邏輯思維方式，完全是經學家常用的歸納和類比。他先把詞和《詩經》、《離騷》等量齊觀，相提並論」，再採用《周易》的形象思維，以「意內言外」說詞，「等於是

〔註31〕梁啓超：《中國近三百年學術史》，臺北：里仁書局，1995 年 2 月初版，頁 36。

〔註32〕孫克強：《清代詞學》，北京：中國社會科學出版社，2004 年 7 月一版，頁 243。

〔註33〕嚴迪昌：《清詞史》，南京：江蘇古籍出版社，2001 年 7 月二版，頁 467。

給它附麗了經學的內涵」，詞也不再是「小道」〔註34〕；方智範〈評張惠言的論詞主張〉指出：「張惠言所說的『幽約怨悱不能自言之情』，具體說來主要是兩個方面，『感士不遇』和『忠愛之忱』。這是他在《詞選》一書的箋釋中重點宣揚的所謂『大旨』。他對詞的思想內容提出的這種要求，反映了乾嘉時代的政治形勢，以及政治地位不高的知識階層表達思想情感的需要」〔註35〕；張宏生《清詞探微》認為：張惠言是以儒家的「仁義」、「止於至善」，來解作者之心，這種閱讀論「是從經學而來的教化觀，主要目的是正人心，厚人倫」。但「文學的功能並不僅僅是政治和教化的」，因此他也批評「無論是張惠言，還是其後學周濟和譚獻，都有其不足之處」〔註36〕。這些研究都點出常州詞派著重詞作價值，從內容旨意來闡釋的特色，認為其對詞作功能的要求，明顯受《詩》、《騷》傳統的影響，並與當時學術風氣有關，因而發展出詞需憂國憂時、有所寄託的評論特點。從評點來看時，這種學術風氣是否也對評點造成影響？必須加以釐析。

　　其次，採取歸納分析的方式，將張惠言《詞選》、周濟《宋四家詞選》、陳廷焯《詞則》對詞作的評點，以及譚獻評點《詞辨》的情形，以表格的方式呈現，分別就他們的批評方式來作歸類，分析之所以採取這種批評方式的原因，並探討是否前有所承，而這些批評方式和術語有何特殊，與一般詩文常使用的品評術語有何相同或不同處，也都必須仔細探究。接著，再依評價的不同作出分類，究竟有哪些詞作被歸類為上乘之作，哪些被列為下乘之作，又為什麼？本文將把評點視為一種閱讀策略和批評行為來解析，嘗試貼近每個

〔註34〕楊旭輝：《清代經學與文學——以常州文人群體為典範的研究》，南京：鳳凰出版社，2006 年 7 月一版，頁 249～251；255。

〔註35〕方智範：〈評張惠言的論詞主張〉，《詞學論稿》，上海：華東師範大學出版社，1986 年 9 月一版，頁 362。

〔註36〕張宏生：《清詞探微》，上海：上海古籍出版社，2008 年 5 月一版，頁 320。

詞學家閱讀詞作當下的感受，找出個人化特色，再集合起來作出比較，以探究其鑑賞態度和方法。

　　第三，將常州詞派的評點，放在唐宋詞接受的歷史上，以表格的方式統計常州派詞選所選唐宋詞與其他唐宋詞選本有何不同，爲集中論述，將以具有爭議的幾個唐宋詞名家爲主，以探究常州詞派對唐宋詞的選錄和評點，有何特殊或有何問題，進而在清代詞學發展的脈絡下，解析評點與詞選之間是如何相互影響，並達到目的，又是否成功發揮作用，同時探討造成的影響。

　　最後，將常州詞派的評點放在文學評點的歷史上作檢視，既然「評點的批評注重細微的分析剖判」，「最爲傾心的是文本本身的優劣，它努力挖掘的是文學的美究竟何在以及何以美，它注重對文本的結構、意象、遣詞造句等屬於文學形式方面的分析，同時也不廢義理和內容的考察」〔註37〕；而常州詞派的理論「強調讀者的主觀能動作用，使得作品更多地具有了『感發』的作用，從而成爲中國闡釋學理論發展的一個新階段」〔註38〕；並「爲現代詞學批評的建構提供了理論上的啟發」〔註39〕，若我們能從中國文學批評的傳統來檢視常州詞派的評點，探究詞的鑑賞方法在清代是否有所進展或開創，特殊性何在，將更可以了解並評定常州派四部詞選評點唐宋詞的時代意義和學術價值。

第三節　研究成果回顧及相關文獻

　　歷來有關詞學的研究，注意到評點這一現象，並選擇從評點的

〔註37〕張伯偉：《中國古代文學批評方法研究》，頁591。
〔註38〕張宏生：《清詞探微》，頁321。
〔註39〕這裡主要針對王國維「境界說」和葉嘉瑩「注重詞的感發功能」而言，沙先一和張暉認爲兩位學者所闡述的「應該是解釋者的讀者之心，而不一定是作者的眞意，這也從一個方面體現了常州派詞學解釋學思想的價值。」沙先一、張暉：《清詞的傳承與開拓》，上海：上海古籍出版社，2008年5月一版，頁81。

角度切入，以碩博士論文來看，有謝旻琪《明代評點詞集研究》「將
『明代評點詞集』當作一個文學現象來探討」，針對楊愼評點《草
堂詩餘》，湯顯祖評點《花間集》，沈際飛評點《草堂詩餘四集》，
卓人月彙選、徐士俊參評《古今詞統》，陸雲龍評選《詞菁》，潘游
龍評選《精選古今詩餘醉》等，探討其批評範式、詞學觀和審美風
尚〔註40〕；許嘉瑋《清初廣陵詞人群體研究──以評點與唱和爲主
的考察》透過評點研究其所展現的群體意識及對「以畫論詞」、「以
禪論詞」、「以史論詞」等議題的關注，並對照其詞作，論其批評之
實踐〔註41〕；顏文郁《韋莊詞之接受史》在其中章節探討了常州派
詞選對韋詞的接受〔註42〕；薛乃文《馮延巳詞接受史》探討歷代詞
選對馮詞的選錄與評論〔註43〕；柯瑋郁《晏幾道《小山詞》接受史》
藉由評點，研究歷代對晏幾道詞的審美取向〔註44〕；曾夢涵《清代
周邦彥詞接受史》在其中章節探討了常州詞派對周邦彥詞的接受
〔註45〕；葉祝滿《性別與認同──李清照其人其詞的創作與接受研
究》透過評點分析文學接受史中「易安詞的經典化歷程」〔註46〕；
陳侑伶《陸游詞接受史》在其中章節探討了明代對陸游詞的選錄和
評點情形〔註47〕；林淑華《姜夔詞接受史》分別從選本和評點的角

〔註40〕謝旻琪：《明代評點詞集研究》，2004 年 6 月，東吳大學中國文學系
　　　　碩博士班碩士論文。(此書已由花木蘭文化出版社於 2007 年出版。)
〔註41〕許嘉瑋：《清初廣陵詞人群體研究──以評點與唱和爲主的考察》，
　　　　2009 年，國立政治大學中國文學研究所碩士論文。
〔註42〕顏文郁：《韋莊詞之接受史》，2009 年，國立成功大學中國文學系碩
　　　　博士班碩士論文。
〔註43〕薛乃文：《馮延巳詞接受史》，2008 年，國立成功大學中國文學系碩
　　　　博士班碩士論文。
〔註44〕柯瑋郁：《晏幾道《小山詞》接受史》，2010 年，國立成功大學中國
　　　　文學系碩博士班碩士論文。
〔註45〕曾夢涵：《清代周邦彥詞接受史》，2013 年，國立中山大學碩士論文。
〔註46〕葉祝滿：《性別與認同──李清照其人其詞的創作與接受研究》，2008
　　　　年，國立政治大學國文教學碩士學位班碩士論文。
〔註47〕陳侑伶：《陸游詞接受史》，2012 年，國立成功大學中國文學系碩博
　　　　士班碩士論文。

度，研究歷代對姜夔詞的接受〔註48〕；吳錦琇《陳廷焯《詞則》選評「王沂孫詞」析論》認爲陳廷焯對王沂孫詞的評點兼具「內涵」與「形式」，其選詞則繼承張惠言觀點〔註49〕；曹明升《清代宋詞學研究》在批評方法論一章，針對評點、選本和論宋詞絕句作出探究，認爲「清人評點宋詞在外部形態上兼採小說、戲曲評點之眾體」，「評點理論以時文、經學、詩學理論爲依據」〔註50〕；李睿《清代詞選研究》將評點納入詞選的構成要素之一，認爲：清初詞選的評點「側重感性的鑑賞」，清代中後期詞選的評點「思辨色彩加強」〔註51〕。

以單篇論文看，有方彥壽〈黃昇《花庵詞選》新論——我國最早有評點的詞選〉，認爲「黃選開了詞作評點的先例」，採用「總評」和「後綴」，影響了劉辰翁、朱彝尊、周濟的詞作評點和選輯〔註52〕；張靜〈劉辰翁有意評點過詞嗎？〉，根據劉辰翁評點的特色，認爲《蘇黃詞鈔》、《無住詞》、《水雲詞集》所錄評點，眞實性值得懷疑〔註53〕；丁放、甘松〈《草堂詩餘四集》的編選評點及其詞學意義〉，從沈際飛的評點作出歸結，認爲他重視「言『情』與寫『眞』」，欣賞「自然雋永、翻新出奇」之詞，「講究字句章法，辨析詞調音韻」，「肯定金元明詞」〔註54〕；曹明升〈清人評點宋詞探微〉，歸納清人評點有「眉批型」、「尾批型」兩種，並「附以圈點，與批語互爲發明」，認

〔註48〕林淑華：《姜夔詞接受史》，2013 年，國立成功大學中國文學系碩博士班博士論文。

〔註49〕吳錦琇：《陳廷焯《詞則》選評「王沂孫詞」析論》，2010 年，國立政治大學國文教學碩士在職專班碩士論文。

〔註50〕曹明升：《清代宋詞學研究》，2006 年，揚州大學文學院中國古代文學學科博士論文。

〔註51〕李睿：《清代詞選研究》，2006 年，華東師範大學中國語言文學系博士論文。（安徽：安徽大學出版社，2011 年 6 月一版，頁 56：59。）

〔註52〕方彥壽：〈黃昇《花庵詞選》新論——我國最早有評點的詞選〉，《泉州師範學院學報（社會科學）》2006 年 1 月，頁 86。

〔註53〕張靜：〈劉辰翁有意評點過詞嗎？〉，《江西社會科學》2004 年 12 月，頁 200～205。

〔註54〕丁放、甘松：〈《草堂詩餘四集》的編選評點及其詞學意義〉，《文學評論》2009 年 3 期，頁 164～166。

爲「清人對宋詞的評點從錘字、煉句到格律、用典，從結構、章法到意象、主旨，可謂細大不捐，面面俱到」〔註55〕；朱秋娟〈清初清詞評點的風尚成因與原生面貌〉，提出清人評清詞是在「刊刻者索評，友朋日常互評，社集、唱和群體互評」的情況下產生，對清詞研究具有文獻價值〔註56〕；張宏生〈宏觀把握與微觀示範──從評點看朱彝尊的詞學成就〉，認爲評點是構成朱彝尊詞學思想體系的重要組成部分，不管是「提倡詠物詞，號召學習南宋，復興雅詞，這些在其評點實踐中都體現了出來」〔註57〕；趙曉輝〈清代唐宋詞選本的功能與價值論述〉，則指出：「清人多在選本中以評點的方式來點醒詞家注意唐宋詞結構、章法等寫作技巧」，「選家按照各自的詞學理念遴選評點唐宋詞，對詞家進行歷史定位，這實際上是一個對唐宋詞史重新構建的過程」〔註58〕。從這些論題來看，可以知道對詞之評點的研究，多鎖定在明清兩個時期，這與評點本身的發展有關。

　　侯美珍〈明清士人對「評點」的批評〉云：「明中葉後，小說、戲曲等通俗文學逐漸盛行，經徐渭、李贄、湯顯祖和陳繼儒等人的努力，將評點施用於小說和戲曲上，成爲評點隊伍中後來居上的生力軍。清初，出版商仍視評點爲打開市場的手段」〔註59〕，因而帶動評點的興盛。謝桃坊《中國詞學史》云：「明代中期以來，由評點時文，進而評點古文和小說，在文學批評史上興起了評點派」〔註60〕，孫琴

〔註55〕曹明升：〈清人評點宋詞探微〉，《鄭州大學學報（哲學社會科學版）》2005 年 3 期，頁 120～121。

〔註56〕朱秋娟：〈清初清詞評點的風尚成因與原生面貌〉，《文藝研究》2008年 11 期，頁 64～65。

〔註57〕張宏生：〈宏觀把握與微觀示範──從評點看朱彝尊的詞學成就〉，《南京大學學報（哲學・人文科學・社會科學）》2010 年 2 期，頁 88。

〔註58〕趙曉輝：〈清代唐宋詞選本的功能與價值論述〉，《甘肅社會科學》2009年 2 期，頁 132；134。

〔註59〕侯美珍：〈明清士人對「評點」的批評〉，《中國文哲研究通訊》2004年 9 月，第十四卷第三期，頁 223。

〔註60〕謝桃坊：《中國詞學史》，頁 185。

安《中國評點文學史》則根據明末清初湧現一大批評點名家的表現，肯定其「把中國的文學評點推到了一個從未有過的高峰」〔註61〕。在此影響下，評點的對象也擴及到不同的文體。學者們注意到這個現象，因而開始探討明代出現大量《草堂詩餘》評點本的原因和詞學意義；清代出現大量清詞選本、歷代詞選和斷代詞選，如王士禎（1634～1711）、鄒祇謨（？～1670）、陳維崧、蔣景祁（1646～1695）、朱彝尊、張惠言、周濟、譚獻、陳廷焯等人，皆曾編輯並評點當代創作或歷代詞作，對清代詞史和詞學發展產生不同影響，因此，許多學者也選擇不同的論題切入，著重探討評點的來由、表現形式，以及所反映的詞學觀和詞學價值。

從清代評點的發展來看，常州詞派的著名詞學家，如張惠言、周濟、譚獻、陳廷焯皆曾編輯唐宋詞選或對詞選進行過評點，常州詞派在清代詞學史上具有重要地位，引領了嘉慶、道光以後的詞風和詞學發展〔註62〕，是清代詞學研究的重心，然而有關常州詞派評點的研究，未見專門性的探究，殊爲可惜。陳匪石《聲執》曾針對張惠言《詞選》指出：「加圈之句，爲詞之筋節處，須細心體會，始能得之。指發幽隱，在所加之注，雖有時不免穿鑿，然較諸明人清初人之評點，陳義爲高。」〔註63〕可見評點也必須細部解析，深入研究，才能釐清由此延伸的諸多問題。常州詞派對詞的解析與闡釋在清代造成影響，也曾引起爭議；同爲常州詞人，其對唐宋詞的認知與評點是相互關聯，互爲闡發，還是存在歧異；究竟是評點幫助了理論建立，還是理論帶出評點的實踐，評點又是否能發揮指導創

〔註61〕孫琴安：《中國評點文學史》，頁175。

〔註62〕龍沐勛〈論常州詞派〉指出：「常州派繼浙派而興，倡導於武進張皋文、翰風兄弟，發揚於荊溪周止庵氏，而極其致於清季臨桂王半塘、歸安朱彊邨諸先生，流風餘沫，今尚未全衰歇。」嚴迪昌《清詞史》云：常州詞派「發軔於嘉慶初年，大暢在道光時期，進而主盟詞壇近百年之久。」龍沐勛：《龍楡生詞學論文集》，頁387；嚴迪昌：《清詞史》，頁467。

〔註63〕陳匪石《聲執》，唐圭璋編：《詞話叢編》，頁4964。

作的功能？都必須加以釐清。

　　要研究常州詞派四種唐宋詞選本之評點，其所據版本是否載有評點符號至為關鍵，在張惠言《詞選》的部分，根據張琦（1764～1833）〈重刻《詞選》序〉：「嘉慶二年，余與先兄皋文先生同館歙金氏，金氏諸生好填詞，先兄以為詞雖小道，失其傳且數百年。自宋之亡而正聲絕，元之末而規矩隳，窔奧不闢，門戶卒迷，乃與余校錄唐宋詞四十四家，凡一百一十六首，為二卷，以示金生。金生刊之，而歙鄭君善長復錄同人詞九家，為一卷，附刊於後，版存於歙。同志之乞是刻者，踵相接無以應之，乃校而重刊焉。……是選，先兄手定者居多，今故列先兄名，而余序之云爾。」〔註64〕可知此選成於嘉慶二年（1797），共二卷，後來在道光十年（1830），張琦因應眾人要求又重新校對刊刻，只是這次補入外甥董毅所編《續詞選》二卷和鄭善長《詞選附錄》一卷。目前為人熟知載有評點符號的《四部備要》和《續修四庫全書》本，皆有原選、續選和附錄，乃據張琦合輯本刊刻。比較《四部備要》和《續修四庫全書》本，最大的差別在於評點符號的使用，因為《四部備要》的版本，將句讀標在一句的右下角，所以當下一句是特別批點的詞句時，評點符號便會從該句的第二個字開始標記；而《續修四庫全書》的版本，因為將句讀標在一句的正下方，所以當下一句是要特別批點的詞句時，評點符號便直接標記在詞句右旁。如李白〈菩薩蠻〉（平林漠漠煙如織）「暝色入高樓，有人樓上愁」一句，《四部備要》是作「暝色。入。高。樓。，有人。樓。上。愁。」〔註65〕；《續修四庫全書》是作「暝。色。入。高。樓。，有。人。樓。上。愁。」〔註66〕，為使評點符號可以完整呈現，並方便引述與討論，本文基本上採用《續修四庫全書》的版本，而以《四部備要》本為參照。

〔註64〕張琦〈重刻《詞選》序〉，〔清〕張惠言輯：《詞選》，頁535。
〔註65〕〔清〕張惠言錄：《詞選》，《四部備要·集部》，據錢塘徐氏校本校刊，臺北：臺灣中華書局，1970年6月臺二版，頁1。
〔註66〕〔清〕張惠言輯：《詞選》，頁537。

周濟《宋四家詞選》以清同治十二年潘祖蔭付印者爲最早，根據潘祖蔭〈《宋四家詞選》序〉可知，此選得之於符南樵，「南樵，蔭舊識，嘗師事止庵，手錄是選，思付剞劂，奔走無暇。蔭居浣園，時以之自隨。庚申園燬，意成灰燼。去年檢書，幸得之，亟付梓。……此卷晚出，抉擇益精。止庵負經濟偉略，復寄情於藝事，進退古人，妙具心得，忠愛之作，尤深流連。宜南樵珍護如是。今南樵亦歸道山，蔭既刊之，南樵可無憾。」〔註67〕這是目前所能見到的最原始版本，此選同時收錄於《滂喜齋叢書》〔註68〕及《續修四庫全書》〔註69〕，故以此本爲論述依據。

譚獻對周濟《詞辨》的評點，根據徐珂於民國十四年〈《復堂詞話》跋〉所述：「師之論詞諸說，散見文集、日記，及所纂《篋中詞》、所評周止庵《詞辨》。光緒庚子，珂里居，思輯爲專書，請於師曰：『集錄緒論，弟子職也。侍教有年，請從事。』師諾。其年冬，書成，呈師。師曰：『可名之曰：《復堂詞話》。』」〔註70〕可知有部分收入譚獻《復堂詞話》，但只有評語，無從得知評語的形式是屬眉批抑或旁批、尾批，目前有尹志騰根據徐珂於光緒年間刊刻，附有譚獻評語及批點符號的原刊本，將直書改爲橫書的方式重印，收入《清人選評詞集三種》〔註71〕，但與民國九年（1920）徐珂原刊《譚評詞辨》線裝書〔註72〕略有不同。譚獻評點的《詞辨》原刊本，將譚獻

〔註67〕潘祖蔭〈《宋四家詞選》序〉，〔清〕周濟輯：《宋四家詞選》，頁1。

〔註68〕〔清〕周濟輯：《宋四家詞選》，據清光緒潘祖蔭輯刊《滂喜齋叢書》本影印，《百部叢書集成》，臺北：藝文印書館，1967年出版。

〔註69〕〔清〕周濟輯：《宋四家詞選》，據清同治十二年潘祖蔭刻《滂喜齋叢書》本影印，《續修四庫全書・集部・詞類》，上海：上海古籍出版社，2002年初版。

〔註70〕徐珂〈《復堂詞話》跋〉，〔清〕譚獻：《復堂詞話》，唐圭璋編：《詞話叢編》，頁4020。

〔註71〕〔清〕黃蘇、周濟、譚獻選評，尹志騰校點：《清人選評詞集三種》，濟南：齊魯書社，1988年9月一版。

〔註72〕〔清〕譚復堂評，徐珂、三多、趙逢年校刊：《譚評詞辨》，線裝書，1920年出版。

〈《詞辨》跋〉和〈周氏止庵介存齋論詞雜著〉列在卷一、卷二之前，尹志騰重新排印的《詞辨》則將之列在卷一、卷二之後；譚獻評點的《詞辨》原刊本只收到蔣捷〈賀新涼〉（夢冷黃金屋），尹志騰重印本則根據潘曾瑋光緒四年《詞辨》刊本，補錄張翥〈多麗〉（晚山青）和康與之〈寶鼎現〉（夕陽西下）各一首；另外，譚獻評點的《詞辨》原刊本錄有蘇軾〈賀新涼〉（乳燕飛華屋）一首，尹志騰重印本則根據潘曾瑋光緒四年《詞辨》刊本，補錄李玉〈賀新涼〉（篆縷銷金鼎）一首〔註73〕。為依循譚獻評點《詞辨》原刊樣貌，故以1920年徐珂原刊《譚評詞辨》線裝書為論述依據。

　　至於陳廷焯編選的《詞則》，今有上海古籍出版社於1984年出版陳廷焯手稿本，據唐圭璋〈《詞則》後記〉，可知此一稿本為陳廷焯後人出示〔註74〕，彌足珍貴，因以此本為據。

　　本文雖以清代常州派詞選評點唐宋詞的方法及意義為研究重心，但為釐清常州詞派評點在唐宋詞評點發展過程中所扮演的角色，因此會先就唐宋詞評點的起源、發展與演變，包括南宋鮦陽居士《復雅歌詞》、黃昇《花庵詞選》，明代楊慎批點《草堂詩餘》、沈際飛《古香岑草堂詩餘》和卓人月、徐士俊的《古今詞統》，以及清代朱彝尊《詞綜》，先著、程洪《詞潔》和黃蘇《蓼園詞選》，分別探討，在比較的過程中，藉以評定常州派四部詞選評點唐宋詞的真正意義和價值。此外，不管是選本或評點，都涉及文學批評的範疇，

〔註73〕〔清〕譚復堂評，徐珂、三多、趙逢年校刊：《譚評詞辨》，卷二，頁3；8。〔清〕黃蘇、周濟、譚獻選評，尹志騰校點：《清人選評詞集三種》，頁178；188。

〔註74〕唐圭璋〈《詞則》後記〉：陳廷焯「以舊選《雲韶集》『蕪雜』，另選《詞則》四集，即大雅、放歌、閒情、別調集。每集六卷，共二十四卷，計收唐、五代、宋、金、元、明、清詞二千三百六十首，凡七易稿而成書。上有眉批，旁有圈識，字跡工整，用力彌勤。同時著《白雨齋詞話》，意圖與《詞則》相輔而行。今陳氏後人將此兩種珍藏多年之先人手澤貢獻於世，至為可敬。」〔清〕陳廷焯編選：《詞則》，〈《詞則》後記〉，頁1。

選評者的文學觀、詞學觀，以及對當時學術風氣的看法，都可能影響詞作的選輯與評點，所以常州詞派四位詞學家的相關著述，如張惠言《茗柯文》、《茗柯詞》、《周易虞氏義》，張惠言輯《七十家賦鈔》；周濟《介存齋論詞雜著》、《存審軒詞》；譚獻《復堂日記》、《復堂詞》、《復堂詞話》，譚獻輯《篋中詞》，譚獻評《駢體文鈔》；陳廷焯《詞壇叢話》、《白雨齋詞話》，陳廷焯編《雲韶集》，以及《白雨齋詞存》〔註75〕等，都會納入參考範疇，以深化對評點的解析。本文期許經由這四部詞選的探究，可以釐析清人評點唐宋詞的心態、方法，背後所反映的時代意義、詞學價值，以及在中國評點文學史上的發展與定位。

〔註75〕林玫儀〈研究陳廷焯之重要文本——《白雨齋詞存》與《白雨齋詩鈔》〉認為：陳廷焯的詩詞創作可與其詞論相互印證，具有重要的文獻意義。本文認同其觀點，因此將《白雨齋詞存》與《白雨齋詩鈔》納入研究範疇，以與陳廷焯的評點體系作相互參照。林玫儀：〈研究陳廷焯之重要文本——《白雨齋詞存》與《白雨齋詩鈔》〉，《中國文哲研究通訊》第十八卷第二期，2008 年 6 月，頁 131～176。

第二章　唐宋詞評點的起源與發展

　　評點又稱作批點，原本是讀者點讀的紀錄，如《四庫全書總目提要・蘇評孟子》云：「宋人讀書，於切要處率以筆抹，故《朱子語類》論讀書法云：『先以某色筆抹出，再以某色筆抹出。』呂祖謙《古文關鍵》、樓昉《迂齋評注古文》亦皆用抹，其明例也。謝枋得《文章軌範》、方回《瀛奎律髓》、羅椅《放翁詩選》始稍稍具圈點，是盛於南宋末矣。」〔註1〕清代紀曉嵐批閱《蘇文忠公詩集》亦云：「予點論是集，始於丙戌之五月，初以墨筆，再閱改用朱筆，三閱又改用紫筆。」〔註2〕但在點讀或批點的過程中，漸漸累積閱讀心得，有所體會，形成見解，遂對文學作品進行評賞，評點因而帶有批評的意味，更成為一種文學批評的方式。王書才《明清文選學述評》云：「早期的詩文評點純粹是為了教授初學者學習作文，以便應付科舉考試，例如呂祖謙《古文關鍵》、真德秀《文章正宗》……其後逐漸有學者擺脫科舉時文的束縛與影響，開始從文學評論與賞析的角度評騭詩文，至晚在南宋已經有這樣的著述問世，如劉辰翁的《劉

〔註1〕　《四庫全書總目提要・蘇評孟子》，魏小虎編撰：《四庫全書總目彙訂》，上海：上海古籍出版社，2012年12月一版，經部卷三十七，頁1123。

〔註2〕　紀曉嵐〈曉嵐先生批閱蘇文忠公詩集原序〉，〔宋〕蘇東坡原著，〔清〕紀曉嵐批點：《紀評蘇詩擇粹》，臺北：佩文書社，1961年4月出版。

須溪批評九種》。及至明代，文學評點蔚成大觀，成爲文學批評的主流之一。」〔註3〕因爲這樣，評點比起其他詩話或詞話的著作，便擁有一大優勢，即與作品同時呈現在讀者眼前，透過評點的引導或單純作爲參照，再閱讀作品，讀者的閱讀視野便會有所不同。吳承學〈評點之興——文學評點的形成與南宋的詩文評點〉云：評點「提供了批評家的評論圈點，這樣比一般的選本、總集又多了一種借鑑。」〔註4〕這便是評點的最大特色。

就文學評點的構成條件看：文學作品與批評的意見是結合在一起而成爲特殊的文學形式〔註5〕，那麼以唐宋詞爲對象的評點，何時才出現？吳熊和《唐宋詞通論》認爲：「評論之於創作，總是較爲後起的。要在詞體既立，詞作漸豐，詞與詩的分界已判之後，才有可能隨之而產生獨立的專門性的詞論詞評。」〔註6〕評詞的前提是詞這種文體不管在數量上或是體裁成熟度上，都有相當的進展，並顯現出與詩不同的特色，漸漸才有相關的討論或批評。按時間來看，以五代後蜀歐陽炯〈《花間集》敘〉爲最早，入宋以後，則有楊繪《時賢本事曲子集》、晁補之〈評本朝樂府〉、李清照〈詞論〉、王灼《碧雞漫志》等，皆極爲著名，不管是單篇的詞論、詞序、詞跋，或是詞話一類的相關著作，討論越是熱烈，越能爲評點創造充足條件。就詞之評點來看，除了評點者本身針對詞人創作、詞體發展與特色所進行的評賞，常會引用前人評語提供參考，或加以反駁討論，加深讀者對這一作品的了解和掌握。因此，相較於一般單篇的詞論、

〔註3〕 王書才：《明清文選學述評》，上海：上海古籍出版社，2008年8月一版，頁45。
〔註4〕 吳承學：〈評點之興——文學評點的形成與南宋的詩文評點〉，《文學評論》1995年1期，頁32～33。
〔註5〕 孫琴安《中國評點文學史》：「評點文學是一種由批評和文學作品組合而成又同時並存的特殊現象，具有批評和文學的雙重含意。它既是一種批評方式，同時又是一種文學形式。」孫琴安：《中國評點文學史》，上海：上海社會科學院，1999年6月一版，頁1。
〔註6〕 吳熊和：《唐宋詞通論》，杭州：浙江古籍出版社，1989年3月二版，頁279。

詞序，評點興起的時間相對較晚。還有一個更主要的原因，評點乃依附作品而生。如果是單獨的點讀紀錄，當詞在唐代興起，任何讀者都可能有自己的隨詞評點紀錄，可是以詞之評點的發展來看，爲人所熟知並產生影響的，往往是依附詞之選本所產生的評點，因爲這一類的著作，不但可以作爲選本流傳，方便讀者檢索、欣賞名家詞作，還可作爲考索時代意義、地區特色、詞體發展、文人群體的依據，帶有一種歷史檢視的眼光，更重要的是可以成爲選輯者宣揚自己詞學觀點的媒介。

　　南宋初年率先將選本與評點結合在一起的就是鮦陽居士《復雅歌詞》，這是唐宋詞選評點的起源，繼之則有黃昇的《花庵詞選》，此時正值詞體創作的高峰，黃昇不但作爲一個選詞者和評點者，同時又是一個創作者〔註7〕，其編選標準和批評意見最能反映他對當時創作趨向的觀察與體悟，不管是贊成或反對，都具有時代意義。元代因爲詞的創作量減少，唐宋詞選和評點也相對沉寂。到了明代，有關唐宋詞的評點，卻是異常熱烈，是爲評點詞的發展時期，固然與通俗文學的興起和評點文學的風氣大開有關〔註8〕，但選擇以唐宋詞爲對象來進行評點，對過往的創作加以評判，尤其又都是圍繞著《草堂詩餘》而展開，如楊愼、李攀龍、董其昌、沈際飛，皆出

〔註7〕黃昇《中興以來絕妙詞選》卷十，錄有其詞三十八首。《絕妙詞選‧序》云：「錄余舊作數十首附於後，不無珠玉在側之愧，有愛我者其爲刪之。」〔宋〕黃昇編集：《中興以來絕妙詞選》，據明萬曆二年舒伯明刻本影印，《四部叢刊‧正編‧集部》，臺北：臺灣商務印書館，1979 年 11 月臺一版，頁 2。

〔註8〕侯美珍〈明清士人對「評點」的批評〉提到：「明中葉後，小說、戲曲等通俗文學逐漸盛行，經徐渭、李贄、湯顯祖和陳繼儒等人的努力，將評點施用於小說和戲曲上，成爲評點隊伍中後來居上的生力軍。清初，出版商仍視評點爲打開市場的手段。」謝桃坊《中國詞學史》云：「明代中期以來，由評點時文，進而評點古文和小說，在文學批評史上興起了評點派。」侯美珍：〈明清士人對「評點」的批評〉，《中國文哲研究通訊》2004 年 9 月，第十四卷第三期，頁 223；謝桃坊：《中國詞學史》（修訂本），成都：巴蜀書社，2002 年 12 月第一版，頁 185。

版了《草堂詩餘》的評點本,其中用意值得探索。雖然《草堂詩餘》的詞學價值不高,被視爲導致明代詞風淫靡的主因,如清代朱彝尊、汪森就極力反對學《草堂》詞風,因此編輯《詞綜》,目的就是要「一洗《草堂》之陋」,使「倚聲者知所宗」〔註9〕,但《草堂詩餘》的評點,卻可以作爲考索明代詞學發展的重要資料,反映明代的詞學批評視野以及對唐宋詞的理解與接受。如丁放、甘松〈《草堂詩餘四集》的編選評點及其詞學意義〉即云:這「對讀者閱讀接受則有一定幫助作用,也是書籍促銷的有效手段」〔註10〕;謝桃坊《中國詞學史》亦云:「這種對作品的具體分析,標誌了詞學批評進入了一個新的理性認識的層次」〔註11〕,顯見其影響。在明代除了圍繞《草堂詩餘》而展開的評點,還有另一部詞選值得關注,即卓人月彙選、徐士俊參評的《古今詞統》,這部詞選對大部分的詞作進行校注和審美的賞析,且在唐宋詞作的選錄上,獨厚辛棄疾,詞作數遠遠超過蘇軾、周邦彥、秦觀、陸游等人,顯然對詞有特殊看法。再加上此選在明代末年出現,並定名爲「古今詞統」,照應古今,帶入歷史的流變,明顯扮演著集大成的角色,其不只針對明代的詞風作出修正,亦影響了清代的詞學發展。進入清代以後,除了有朱彝尊《詞綜》評點,繼之則有先著、程洪《詞潔》和黃蘇《蓼園詞選》評點,各就詞的內容寓意作不同的拓展,逐漸爲常州詞派的評點奠定基礎。

以評點唐宋詞來看,首先必須熟悉詞這一文體的構成條件和特色,進而才能欣賞其美感特徵,並懂得辨別優劣,以提出具有識見的評點意見。只是從這些評點者的背景看,有的專門從事詞學研究,其對詞的評點,明顯用以表達某種詞學主張,以追求詞的藝術之美;但有的詞評家原本從事詩學或經學研究,對詞的評點只是其

〔註9〕 汪森〈《詞綜》序〉,〔清〕朱彝尊抄撮,汪森增定:《詞綜》,《四部備要・集部》,臺北:中華書局,1966 年臺一版,頁 1。

〔註10〕 丁放、甘松:〈《草堂詩餘四集》的編選評點及其詞學意義〉,《文學評論》2009 年 3 期,頁 164。

〔註11〕 謝桃坊:《中國詞學史》(修訂本),頁 191。

眾多學術成果中的一個部分，並非傾全力爲之，只是藉由評詞來展現一己之學識，或純粹欣賞而已。不管評詞的初始目的爲何，從詞學發展的角度看，這些評點的成果，都是研究詞學批評不可或缺的直接資料，因爲就評點本身來看，它既是文學鑑賞的一種方式，不論是個人的賞析，或是帶有目的的批評，都與作品作了最直接的對話，體現了閱讀、理解、接受與評賞的過程，從中反映評點者的詮釋路徑與審美標準，是初學者理解詞的入門依據，也是研究者探究詞學發展的重點項目。尤其在這些評點的意見中，有的關注詞的內容意旨；有的著力辨析詞的藝術手法；有的藉由評點推崇某一詞家、詞風，再伴隨詞選一起刊刻出版，即可成爲宣揚的利器。從南宋到清代，詞的評點經歷了一個漫長的發展時期，與其他文體的評點相較，究竟有沒有發展自己的特色，幫助確立詞體的特徵，樹立詞學批評的基本架構？這些編輯者和評點者又是如何透過選本和評點，來建構和理解唐宋詞的發展脈絡，爲詞家、詞作找到定位，並評定價值，而這麼做的意義和價值爲何？以下即透過歷來唐宋詞的評點，以作觀察與探討。

第一節　唐宋詞評點的起源

一、南宋鮦陽居士《復雅歌詞》評點析論

　　孫琴安《中國評點文學史》將黃昇《花庵詞選》視爲「中國第一本對詞進行評點的著作」〔註12〕，然而吳熊和《唐宋詞通論》卻根據趙萬里所輯《復雅歌詞》十則，認爲南宋初，即紹興十二年（1142），鮦陽居士編輯《復雅歌詞》並附以詞話的這一點，很有可能影響後來《花庵詞選》與《草堂詩餘》「以前人詞話附於所選詞後」的體例〔註13〕；王兆鵬《詞學史料學》則云：「黃昇《唐宋諸

<hr>
〔註12〕孫琴安：《中國評點文學史》，頁55。
〔註13〕吳熊和云：「《復雅歌詞》卷帙繁多，採唐宋詞而求備，遠勝於斷自

賢絕妙詞選》卷二於蘇軾〈卜算子〉詞下錄有鮰陽居士的評語，又可知《復雅歌詞》原書是附有詞話的。」〔註14〕站在評點的角度看，所謂附以詞話，將前人評語或相關本事附在詞作之後，即屬尾批的一種形式。根據黃昇《中興以來絕妙詞選・序》所述：「長短句始於唐，盛於宋。唐詞具載《花間集》，宋詞多見於曾瑞伯所編。而《復雅》一集，又兼採唐宋迄於宣和之際，凡四千三百餘首，吁亦備矣。況中興以來，作者繼出，及乎近世，人各有詞，詞各有體，知之而未見，見之而未盡者，不勝算也。暇日裒集得數百家，名之曰《絕妙詞選》。」〔註15〕可知在南宋理宗淳祐九年（1249）黃昇編《唐宋諸賢絕妙詞選》和《中興以來絕妙詞選》〔註16〕之前，已有《復雅歌詞》這一大型詞選，雖已散佚，編著者生卒年亦不詳，但黃昇《花庵詞選》評蘇軾〈卜算子〉（缺月挂疏桐），即云：

> 鮰陽居士云：「缺月」，刺明微也；「漏斷」，暗時也；「幽人」，不得志也；「獨往來」，無助也；「驚鴻」，賢人不安也；「回頭」，愛君不忘也；「無人省」，君不察也；「揀盡寒枝不肯棲」，不偷安於高位也；「寂寞吳江冷」，非所安也。此與〈考槃〉詩相似。〔註17〕

這一段評語非常著名，因為後來《草堂詩餘》〔註18〕、明代沈際飛

一代的《花間集》、《樂府雅詞》諸書，無疑是一部規模宏大的詞的總集，與《本事曲》之類的詞話顯然有別。此後《花庵詞選》、《草堂詩餘》以前人詞話附於所選詞後，這種體例或許正是祖述《復雅歌詞》的。」吳熊和：《唐宋詞通論》，頁338。

〔註14〕王兆鵬：《詞學史料學》，北京：中華書局，2004年5月一版，頁300。

〔註15〕黃昇《中興以來絕妙詞選・序》，〔宋〕黃昇編集：《中興以來絕妙詞選》，頁1。

〔註16〕兩部詞選現多合稱《花庵詞選》。

〔註17〕〔宋〕黃昇編集：《唐宋諸賢絕妙詞選》，據上海涵芬樓景印明刻本，《四部叢刊・正編・集部》。頁23。

〔註18〕雖然《草堂詩餘》在蘇軾〈卜算子〉（缺月挂疏桐）詞末引出這段評語，但在原詞「驚起卻回頭」一句底下注云：「杜牧詩：『驚起暮天沙上雁』。」在「楓落吳江冷」底下注云：「崔明信詩：『樹落吳江冷』。」可知此選是在箋注的體例下，引出此語作為詞話資料提供參考。本文以評點的

《古香岑草堂詩餘》〔註19〕和清代常州派詞選都曾引出這一評語，而張惠言所編《詞選》更據此開展有關詞之寄託的討論。以這段評語來看，並非單純詞話或本事的記載，而是有關詞句寓意和詞人寫作動機的解讀，雖然無法明確得知這段話在鉏陽居士《復雅歌詞》中是以眉批、詞牌下批語或尾批的方式呈現，但這確實是針對詞作內容所展開的討論，除了帶出選輯者對詞句的解析，亦可引導讀者對詞作的深入閱讀與體會，誠然是評點的一種方式。因此以唐宋詞評點的起源來看，這一突破性的拓展應屬南宋初年鉏陽居士所編《復雅歌詞》，由此選立下詞作與評語結合的體例，之後方有黃昇《花庵詞選》擴展總評、詞人名下批語、詞牌下批語、尾批等不同形式，奠定詞之評點的基礎。

　　以《詞話叢編》〔註20〕和《詞話叢編補編》〔註21〕所輯《復雅歌詞·序略》和十二則評語來看，鉏陽居士選詞是有鑑於「溫、李之徒，率然抒一時情致，流為淫豔猥褻不可聞之語。我宋之興，宗工巨儒，文力妙於天下者，猶祖其遺風，蕩而不知所止。脫於芒端，而四方傳唱，敏若風雨，人人歆豔，咀味於朋游樽俎之間，以是為相樂也。其韞騷雅之趣者，百一二而已」〔註22〕，因此以「復雅」

角度切入，著重選輯者對詞作的批評與鑑賞，因此在「唐宋詞評點的起源」一節暫不討論宋代的《草堂詩餘》，在第七章針對歷代詞選對唐宋詞的選輯與評點進行比較時，方會納入討論。〔宋〕《增修箋注妙選草堂詩餘》，據上海涵芬樓借杭州葉氏藏明刊本景印，《四部叢刊·正編·集部》，臺北：臺灣商務印書館，1979年11月臺一版，頁90。

〔註19〕沈際飛評蘇軾〈卜算子〉（缺月掛疏桐），於尾批處引出鉏陽居士此語，眉批則云：「通篇無一點塵俗氣。」〔明〕沈際飛評選：《古香岑草堂詩餘·正集》，明崇禎翁少麓刊本，臺北：國家圖書館藏，卷一，頁16～17。

〔註20〕《詞話叢編》由趙萬里輯得《復雅歌詞》共十則。唐圭璋編：《詞話叢編》，北京：中華書局，2005年10月二版，頁57～63。

〔註21〕《詞話叢編補編》輯得《復雅歌詞·序略》一篇，補輯《復雅歌詞》二則。葛渭君編：《詞話叢編補編》，北京：中華書局，2013年3月一版，頁21～25。

〔註22〕鉏陽居士：《復雅歌詞·序略》，葛渭君編：《詞話叢編補編》，頁24。

爲號召，「探唐宋迄於宣和之際，凡四千三百餘首」〔註23〕，「促使詞的發展返本復初，歸於騷雅」〔註24〕，這一點影響了南宋詞壇對「雅詞」的討論〔註25〕，顯見重要。雖然在《復雅歌詞》的十二則評語中，未能見到鮦陽居士對此一議題的進一步發揮與討論，除了對蘇軾〈卜算子〉（缺月挂疏桐）的解析，大致都是與詞作本事或詞人撰述動機有關的記載，如評蘇軾〈水調歌頭〉（明月幾時有）：

> 是詞乃東坡居士以丙辰中秋歡飲達旦大醉，作〈水調歌頭〉兼懷子由，時丙辰熙寧九年也。元豐七年，都下傳唱此詞。神宗問內侍外面新行小詞，內侍錄此進呈。讀至「又恐瓊樓玉宇，高處不勝寒」，上曰：「蘇軾終是愛君。」乃命量移汝洲。

又如，評万俟詠〈鳳凰枝令〉（人間天上）：

> 万俟雅言作〈鳳凰枝令〉，憶景龍先賞。序曰：「景龍門，古酸棗門也，自左掖門之東，爲夾成南北道，北抵景龍門。自臘月十五日放燈，縱都人夜遊。」婦人遊者，珠簾下邀住，飲以金甌酒。有婦人飲酒畢，輒懷金甌。左右呼之，婦人曰：「妻之夫性嚴，今帶酒容，何以自明，懷此金甌爲證耳。」隔簾聞笑聲曰：「與之。」〔註26〕

或許正因如此，趙萬里〈《復雅歌詞》附記〉認爲：「觀陳元靚《歲時廣記》所引，知其體例與《本事曲子集》、《古今詞話》及《本事詞》、《詩詞紀事》相類似，同可視爲最古之詞林紀事。」〔註27〕但這種說

〔註23〕黃昇《中興以來絕妙詞選·序》，〔宋〕黃昇編集：《中興以來絕妙詞選》，頁1。

〔註24〕吳熊和：《唐宋詞通論》，頁305。

〔註25〕如黃昇評万俟詠〈長相思〉（短長亭）：「雅言之詞，詞之聖者也，發妙旨於律呂之中，運巧思於斧鑿之外，平而工，和而雅，比諸刻琢句意，而求精麗者遠矣。」張炎《詞源》：「詞欲雅而正，志之所之，一爲情所役，則失其雅正之音。」〔宋〕黃昇編集：《唐宋諸賢絕妙詞選》，頁62；〔宋〕張炎《詞源》，唐圭璋編：《詞話叢編》，頁266。

〔註26〕鮦陽居士《復雅歌詞》，唐圭璋編：《詞話叢編》，頁59；61。

〔註27〕趙萬里〈《復雅歌詞》附記〉，鮦陽居士《復雅歌詞》，唐圭璋編：《詞

法已被吳熊和《唐宋詞通論》和王兆鵬《詞學史料學》反駁，兩位學者根據黃昇《中興以來絕妙詞選‧序》，認爲《復雅歌詞》收詞四千三百餘首無疑是「一部大型的唐宋詞選本」〔註28〕，更何況「《復雅》一集多至四千餘首，豈一一說明本事，加以評語？且《花庵詞選》、《草堂詩餘》於所選之詞亦間附有詞話，但誰也不會把它們當作詞話看待。」〔註29〕此說確實較爲合理。

　　因此，從《復雅歌詞》附有這些記載的角度看待，當屬詞之評點在初起時的樣貌，即選輯者爲了幫助讀者了解，亦會加入詞作本事或詞人寫作緣由的說明，這些文字很有可能如黃昇《花庵詞選》一般，是附在詞牌下，以詞牌下批語，或附在詞末，以尾批的方式呈現，而且除了對詞人詞作的直接評賞，亦有此種關於詞作本事或創作原因的敘述〔註30〕，以作爲補充說明，並提供參考，這可以看作是詞之評點在南宋初起時的一大特點。

二、南宋黃昇《花庵詞選》評點析論

　　黃昇，字叔暘，號玉林，又號花庵，福建人，爲南宋時期江湖名士〔註31〕，其所編《唐宋諸賢絕妙詞選》和《中興以來絕妙詞選》，選錄唐代二十六家、宋代一百九十七家，共一千兩百八十五首詞。在景宋本《中興以來絕妙詞選》〔註32〕和《四部叢刊》影印明刻本中，作者都題爲「花菴詞客」〔註33〕，明代毛晉汲古閣《詞苑英華》也收

話叢編》，頁 57。
〔註28〕王兆鵬：《詞學史料學》，頁 300。
〔註29〕吳熊和：《唐宋詞通論》，頁 338。
〔註30〕請參見下段有關黃昇《花庵詞選》評點的討論。
〔註31〕據蕭鵬：《群體的選擇──唐宋人詞選與詞人群通論》，南京：鳳凰出版社，2009 年 4 月一版，頁 280。
〔註32〕〔宋〕黃昇輯：《中興以來絕妙詞選》，吳昌綬、陶湘輯：《景刊宋金元明本詞》，上海：上海古籍出版社，1989 年 9 月一版。
〔註33〕〔宋〕黃昇編集：《唐宋諸賢絕妙詞選》，據上海涵芬樓景印明刻本；《中興以來絕妙詞選》，據無錫孫氏小淥天藏明萬曆二年舒伯明刻本景印，《四部叢刊‧正編‧集部》。

有這兩部詞選，合稱爲《花菴詞選》〔註34〕，清代《文淵閣四庫全書》則直接作《花庵詞選》十卷、《續集》十卷，並提爲「宋黃昇輯」〔註35〕，「菴」字今多作「庵」，因此兩部詞選今多合稱《花庵詞選》。黃昇編輯這部詞選的動機，從南宋胡德方《唐宋諸賢絕妙詞選·序》：「古樂府不作，而後長短句出焉。我朝鉅公勝士，娛戲文章，亦多及此，然散在諸集，未易遍窺。」以及黃昇《中興以來絕妙詞選·序》所述：「中興以來，作者繼出，及乎近世，人各有詞，詞各有體，知之而未見，見之而未盡者，不勝算也。」〔註36〕可知爲方便檢索，並有利於詞作的保留和流傳，因此有此一選輯的出現。

　　這部詞選從「百代詞曲之祖」〔註37〕的唐代李白詞，一直收錄到南宋詞人的創作，其中還包括禪林詞及閨秀詞，各自成卷，而且所選詞作的主題多樣，寫景、言情、記事、應制，皆有出色的代表作，可供欣賞與學習，因此胡德方稱這部詞選：「博觀約取，發妙音於眾樂竝奏之際，出至珍於萬寶畢陳之中，使人得一編，則可以盡見詞家之奇，厥功不亦茂乎。」明代毛晉也說：「自盛唐迄於南宋凡七百年，詞家菁英盡於是乎，美哉富矣。」〔註38〕清代《四庫全書·花庵詞選·提要》亦云：「其意蓋欲以繼趙崇祚《花間詞》、曾慥《樂府雅詞》之後，故蒐羅頗廣。……昇論詞最服膺姜夔，故所錄多典雅清俊，非《草

〔註34〕〔宋〕黃昇編集：《花庵詞選》，〔明〕毛晉編：《詞苑英華》，《汲古閣宋人詞文及填詞集》（十一）（十二），北京：全國圖書館文獻微縮複製中心，2008年7月印刷。

〔註35〕〔宋〕黃昇輯：《花庵詞選》，《景印文淵閣四庫全書·集部·詞曲類》，臺北：臺灣商務印書館，1986年7月初版。

〔註36〕見胡德方《唐宋諸賢絕妙詞選·序》及黃昇《中興以來絕妙詞選·序》，〔宋〕黃昇編集：《唐宋諸賢絕妙詞選》，頁1；《中興以來絕妙詞選》，頁1。

〔註37〕黃昇評李白〈菩薩蠻〉、〈憶秦娥〉，稱：「二詞爲百代詞曲之祖。」〔宋〕黃昇編集：《唐宋諸賢絕妙詞選》，頁5。

〔註38〕胡德方《唐宋諸賢絕妙詞選·序》，〔宋〕黃昇編集：《唐宋諸賢絕妙詞選》，頁1；毛晉《〈花庵詞選〉附記》，〔宋〕黃昇編集：《花庵詞選》，〔明〕毛晉編：《詞苑英華》，《汲古閣宋人詞文及填詞集》（十二），頁281。

堂詩餘》專取俗體者可比。」〔註39〕顯見其評價。

但此書的價值不單是如蕭鵬《群體的選擇──唐宋人詞選與詞人群通論》所言，為「唐宋人僅存的一部大型詞選」，「存詞存人，保留一代完整詞史」〔註40〕，還在其評點，因為它是鮰陽居士《復雅歌詞》以後對詞進行評點，並能保存較完整樣貌的詞選。清代《四庫全書·花庵詞選·提要》注意到這一特點，故云：此書「於作者姓氏下各綴數語，略具始末，亦足以資考核。」〔註41〕這些評語或出現在一卷之首，或附在詞人名之下，或出現在詞牌之下，或附在詞作之末，對詞風、詞旨、藝術手法等，進行或褒或貶的評判，揭示選輯者的選詞標準。當這樣的評語連同詞作一起出現時，又會對閱讀者或學詞者造成怎樣的影響？

目前有關南宋黃昇《花庵詞選》評點的研究，多為概要式敘述，如方彥壽〈黃昇《花庵詞選》新論──我國最早有評點的詞選〉，從形式上標舉出總評和後綴兩個特點，並認為「黃選則較為注意詞作的思想性」〔註42〕；蔣哲倫〈《花庵詞選》及其在詞學史上的價值〉，認為「《花庵詞選》成書稍晚於《復雅歌詞》，卻是現存最早且完整的附有選家考評文字的詞選，其開創意義仍不容低估」〔註43〕；胡建次《中國古典詞學理論批評承傳研究》則歸納出黃昇評點的四個特徵，分別是「總體數量上並不算多，不足其所選詞作的十分之一」，「在批評形式上有總有分，以分為主」，「在評點話語上，可長可短，自由靈活，長者在評中有敘有引，述評結合；短者則扼要地點明詞

〔註39〕〔宋〕黃昇輯：《花庵詞選》，《景印文淵閣四庫全書·集部·詞曲類》，頁 1489-306。

〔註40〕蕭鵬：《群體的選擇──唐宋人詞選與詞人群通論》，頁 282；285。

〔註41〕〔宋〕黃昇輯：《花庵詞選》，《景印文淵閣四庫全書·集部·詞曲類》，頁 1489-306。

〔註42〕方彥壽：〈黃昇《花庵詞選》新論──我國最早有評點的詞選〉，《泉州師範學院學報（社會科學）》2006 年 1 月，頁 86。

〔註43〕蔣哲倫：〈《花庵詞選》及其在詞學史上的價值〉，《古典文學知識》2007 年 6 期，頁 52。

作主旨或藝術特徵」,「在評點內容上比較簡潔,多就詞的整體或某方面特徵予以簡評」〔註44〕;楊海明〈一部優秀的唐宋詞選——介紹黃昇的《花庵詞選》〉,除注意到黃昇此選「比較重視詞的思想內容」,也注意到黃昇「一方面讚賞婉麗風格的作品,另一方面也高度評價豪放風格的作品」,「藝術鑑賞力比較全面」〔註45〕。這些研究多著眼於大處,概要歸納此部詞選的幾個特點,卻未就評點部分作更深入分析。

　　此外,還有從編輯、傳播的角度來研究黃昇的詞選,如陳未鵬〈黃昇「以選爲史」與當代編輯的學術使命〉,認爲:「《花庵詞選》的點評,在釐清詞體、體現詞體發展方面表現出了深刻的歷史眼光。」並根據黃昇用「亡國之音哀以思」評李煜詞和用〈考槃〉詩評點蘇軾詞的例子,認爲黃昇是「以儒家詩學觀念來解詞評詞,對於提高詞體地位、引導詞體發展具有重要的作用。」〔註46〕但其實從黃昇整部詞選來看,符合此一推論的只有這兩個例子,況且在北宋李清照〈詞論〉中,早就提到:「江南李氏君臣尙文雅,故有『小樓吹徹玉笙寒』、『吹皺一池春水』之詞。語雖甚奇,所謂『亡國之音哀以思』者也。」〔註47〕有沒有可能黃昇的評點不只是自己的一家之言,而是反映了當時具有代表性的詞評意見?這是需要仔細辨析的。李德偉〈傳播·出版·行銷:以「南宋詞選」爲中心之文化探究〉,則從傳播角度出發,認爲:「《花庵詞選》的批評方式,在

〔註44〕 胡建次:《中國古典詞學理論批評承傳研究》,南京:鳳凰出版社,2011年6月一版,頁298～299。

〔註45〕 楊海明〈一部優秀的唐宋詞選——介紹黃昇的《花庵詞選》〉,劉揚忠選編:《名家解讀宋詞》,濟南:山東人民出版社,1999年1月一版,頁149。(原載鎮江師專《教學與進修(語言文學版)》1983年2期,頁23～25。)

〔註46〕 陳未鵬〈黃昇「以選爲史」與當代編輯的學術使命〉,《湖南科技學院學報》2011年11期,頁195。

〔註47〕 李清照〈詞論〉,〔宋〕胡仔:《苕溪漁隱叢話》,臺北:世界書局,1966年4月再版,頁666～667。

當時即是有出版的因素考量，黃昇於自序中曾言：『親友劉城甫謀刊諸梓，傳之好事者，此意善矣。』這類輕薄短小的論述模式，適合閒賞的閱讀樂趣，同時也是商業社會中最能滿足大眾的書寫形態之一。」〔註48〕然而，這一論述是從詞選評點具有的功能和產生的影響作反推，未能回到文學批評的出發點來看，如果將黃昇的評點放在中國文學評點的發展史來檢視，其價值和意義何在？況且黃昇的評點內容和形式多樣，大體上可分成對詞人的批評和對詞作的批評，前者採用評、傳結合的形式，後者則可分成總評、詞牌下批語、尾批、夾批等不同的形式，並從中展現詞學觀點，值得一一探究。

（一）評、傳結合，釐清詞家定位

南宋黃昇《花庵詞選》所選詞人，大部分皆附有詞人簡介，或述名號，或說明籍貫、仕宦經歷及交游關係，有的則會根據其詞作表現和成就，作一總體性的評價，這種批評多出現在詞人名之下，孫琴安《中國評點文學史》注意到這種特殊形式，稱這種詞人簡介「大有評傳的味道，或者稱為評傳倒還似乎更確切一些」〔註49〕，然而並未仔細分析。究竟這種評、傳結合的批評形式，有何特色和影響？以下是黃昇《花庵詞選》詞人評語一覽表〔註50〕：

對　象	評　　語	類別
王建	有宮詞百首，甚工。	詞人名下批語
溫庭筠	詞極流麗，宜為《花間集》之冠。	詞人名下批語

〔註48〕李德偉：〈傳播・出版・行銷：以「南宋詞選」為中心之文化探究〉，《東海中文學報》21期，2009年7月，頁399～400。

〔註49〕孫琴安：《中國評點文學史》，頁54。

〔註50〕此表所列，在詞人部分，有的是以名來稱，如溫庭筠；有的是以字號來稱，如蘇子瞻，體例顯得不一致，但黃昇《花庵詞選》即如此列出，為呈現黃昇評點原貌，因次照樣錄出。

蘇子瞻	名軾，號東坡居士，晁無咎云東坡詞橫放傑出，自是曲子中縛不住者。	詞人名下批語
宋子京	名祁，張子野所稱「紅杏枝頭春意鬧」尚書者也。	詞人名下批語
晏同叔	名殊，以神童出身，仁宗朝宰相，諡元獻公。有詞名《珠玉集》，張子野為序。	詞人名下批語
晏叔原	元獻公之暮子，自號小山，有樂府行於世，山谷為之序，稱其詞為高唐洛神之流，其下者不減「桃葉團扇」云。	詞人名下批語
黃魯直	名庭堅，號山谷，陳後山云：「今代詞手，惟秦七黃九耳，唐諸人不逮也。」	詞人名下批語
賀方回	名鑄，少為武弁，以定力寺一絕見奇於舒王。山谷又賞其詞，遂知名當世。小詞二卷，名《東山寓聲樂府》，張右史序之。	詞人名下批語
秦處度	名湛，山谷嘗稱其詞。	詞人名下批語
張子野	名先，宋子京稱之為「雲破月來花弄影」郎中者也。	詞人名下批語
王通叟	名觀，有《冠柳集》，序者稱其高於柳詞，故曰冠柳，至於踏青一詞，又不獨冠柳詞之上也，踏青詞即〈慶清朝慢〉，今載於首。	詞人名下批語
田不伐	工於樂府。	詞人名下批語
柳耆卿	名永，長於纖豔之詞，然多近俚俗，故市井之人悅之，今取其尤佳者。	詞人名下批語
周美成	名邦彥，初進〈汴都賦〉得官，徽廟時提舉大晟樂府，官至待制，詞名《清真詩餘》。	詞人名下批語
晁次膺	宣和間充大晟府協律郎，與万俟雅言齊名，按月律進詞。	詞人名下批語
万俟雅言	精於音律，自號詞隱，崇寧中充大晟府製撰，依月用律制詞，故多應制，所作有《大聲集》五卷，周美成為序，山谷亦稱之為一代詞人。	詞人名下批語
魯逸仲	詞意婉麗，似万俟雅言。	詞人名下批語
陳子高	名克，天臺人，呂安老帥建康，辟為參議，有《赤城詞》一卷。	詞人名下批語

曹元寵	名組,工謔詞,有寵於徽宗,任睿思殿待制。	詞人名下批語
徐幹臣	名伸,三衢人,有《青山樂府》一卷行於世,然多雜周詞,惟此一曲,天下稱之。	詞人名下批語
僧覺範	名惠洪,許彥周稱其善作小詞,情思婉約,似秦少游云。	詞人名下批語
僧仲殊	名揮,姓張氏,安州進士,棄家爲僧,居杭州吳山寶月寺,東坡所稱蜜殊者是也,有詞七卷,沈注爲序。	詞人名下批語
李易安	趙明誠之妻,善爲詞,有《漱玉集》三卷。	詞人名下批語
吳淑姬	女流中點慧者,有詞五卷名《陽春白雪》,佳處不減李易安也。	詞人名下批語
阮氏	阮逸之女,工於文詞,惟此曲傳於世。	詞人名下批語
康伯可	名與之,號順庵。渡江初有聲樂府。受知秦申王,王薦於太上皇帝,以文詞待詔金馬門。凡中興粉飾治具,及慈寧歸養,兩宮歡集必假伯可之歌詠,故應制之詞爲多。書市刊本,皆假託其名。今得官本,乃其婿趙善貢,及其友陶安世所校定,篇篇精妙。汝陰王性之。一代名士,嘗稱伯可樂章,非近代所及。今有晏叔原,亦不得獨擅,蓋知言云。	詞人名下批語
陳去非	名與義,自號簡齋居士。以詩文被簡注於高宗皇帝。入參大政,有《無住詞》一卷。詞雖不多,語意超絕,識者謂其可摩坡仙之壘也。	詞人名下批語
曾純甫	名覿,號海野。東都故老,及見中興之盛者。詞多感慨,如〈金人捧露盤〉、〈憶秦娥〉等曲,凄然有「黍離」之悲。	詞人名下批語
曾弦父	名惇,以故相之孫,工文辭,播在樂府,平康皆習歌之。有詞一卷,謝景思爲序。	詞人名下批語
朱希眞	名敦儒。博物洽聞,東都名士。南渡初,以詞章擅名,天資曠遠,有神仙風致。其〈西江月〉二曲,辭淺意深,可以警世之役役於非望之福者。	詞人名下批語
朱雍	紹興中乞召試賢良,有《梅詞》二卷,行於世。	詞人名下批語
張仲宗	三山人,紹興戊午之和,胡澹庵上書乞斬時相,坐謫新州。仲宗以詞送行,後併得罪。	詞人名下批語

劉彥冲	名子翬，號屏山先生。劉忠顯公之子。朱文公之師。有《屏山文集》行於世，小詞附其後。	詞人名下批語
趙元鎮	名鼎，號得全居士。中興名相。詞婉媚不減《花間集》。	詞人名下批語
張材甫	名掄，號蓮社居士。南渡故老及見太平之盛者，集中多應制詞。	詞人名下批語
張安國	名孝祥，號于湖，歷陽人。以妙年射策魁天下。不數載，入直中書。有《紫微雅詞》，湯衡為序，稱其平昔為詞，未嘗著稿，筆酣興健，頃刻即成，無一字無來處。如歌頭、凱歌諸曲，駿發蹈屬，寓以詩人句法者也。	詞人名下批語
張東父	名震，號無隱居士。詞甚婉媚，蓋富貴人語也。	詞人名下批語
京仲遠	名鏜，豫章人。寧宗朝拜相，有樂章名《松坡詞》。	詞人名下批語
吳子和	名禮之，號順受老人，錢塘人。有詞五卷，鄭國輔序之。	詞人名下批語
謝勉仲	名懋，號靜寄居士，有《樂章》二卷。吳坦伯明為序，稱其「片言隻字，戛玉鏗金，蘊藉風流，為世所貴」云。	詞人名下批語
趙文鼎	名善扛，號解林居士。詩詞甚富，蓋趙德莊之流。	詞人名下批語
黃子厚	名銖，號穀城翁。與朱文公為友，喜作古詩，樂章甚少，其母孫夫人，能文，有詞見前《唐宋集》。	詞人名下批語
李居厚	名廷忠，自號橘山，長於四六，有《樂府》一卷，然多是獻壽之詞。	詞人名下批語
劉德修	名光祖，號後溪。蜀之名士，有《鶴林文集》，小詞附焉。	詞人名下批語
李子大	名洪，家世同登桂籍，躋膴仕，號淮甸儒族。子大其弟，漳、泳、淦、浙，皆以文鳴，有《李氏花萼詞》五卷，其姪直倫為之序，廬陵人。	詞人名下批語
劉改之	名過，太和人，稼軒之客，王簡卿侍郎嘗贈以詩云：「觀渠論到前賢處，據我看來近世無。」其詞多壯語，蓋學稼軒者也，號龍州道人。	詞人名下批語
劉叔擬	名仙倫，廬陵人，自號招山。有詩集行於世，樂章尤為人所膾炙。吉州刊本多遺落，今以家藏善本選集。	詞人名下批語
嚴次山	名仁，樵溪人，詞集名《清江欸乃》，杜月渚為之序，其詞極能道閨闥之趣。	詞人名下批語

姜堯章	名夔，號白石道人，中興詩家名流，詞極精妙，不減清真樂府，其間高處，有美成所不能及。善吹簫，自製曲，初則率意爲長短句，然後協以音律云。居鄱陽。	詞人名下批語
高賓王	名觀國，號竹屋。詞名《竹屋癡語》，陳造爲序，稱其與史邦卿皆秦周之詞，所作要是不經人道語，其妙處少游、美成，若唐諸公亦未及也。	詞人名下批語
史邦卿	名達祖，號梅溪。有詞百餘首，張功父、姜堯章爲序。堯章稱其詞：奇秀清逸，有李長吉之韻。蓋能融情景於一家，會句意於兩得。	詞人名下批語
魏華父	名了翁，臨邛人，號鶴山先生。慶元巳未黃甲第三名。晚與眞西山齊名。有詞附《鶴山集》，皆壽詞之得體者。	詞人名下批語
盧申之	名祖皋，號蒲江，樓攻媿先生之甥。趙紫芝、翁靈舒諸賢之詩友。樂章甚工，字字可入律呂，浙人皆唱之。有《蒲江詞稿》行於世。	詞人名下批語
張宗瑞	名輯，鄱陽人，自號東澤。有詞二卷，名《東澤綺語》，僨朱湛盧爲序，稱其得詩法於姜堯章。世所傳《欸乃集》，皆以爲采石月下，謫仙復作，不知其又能詞也。其詞皆以篇末之語，而立新名云。	詞人名下批語
宋謙父	名自遜，號壺山，南昌人。文筆高絕，當代名流皆敬愛之。其詞集名《漁樵笛譜》。	詞人名下批語
吳毅甫	名潛，號履齋。嘉定丁丑狀元，有《履齋詩餘》行於世。	詞人名下批語
吳君特	名文英，自號夢窗，四明人。從吳履齋諸公游，山陰尹煥敘其詞，略曰：求詞於吾宋者，前有清眞，後有夢窗，此非煥之言，四海之公言也	詞人名下批語
馮偉壽	名艾子，號雲月雙溪子。精於律呂，詞多自製腔。	詞人名下批語
李耘叟	名芸子，號芳洲，昭武人。石屏序其詞，最稱賞「予懷渺渺」以下數語。	詞人名下批語
連可久	名久道，江湖得道之士也。十二歲已能作詩。其父攜見熊曲肱，適有漁父過前，令賦漁父詞，曲肱贈以詩，且謂此子富貴中留不住，後果爲羽衣，多往來西山。	詞人名下批語

　　從黃昇撰寫詞人小傳的方式來看，多是針對詞作表現而言，首先會指出其是否善於作詞，整體詞風如何，是否有詞集，是否擅長音律，又哪一類詞，或哪一首詞最爲出色，既而直接下一評語，釐

清其詞史定位，或引用當時人的看法，作爲對這一詞人的總體評價。整體而言，其評語以讚美和推崇的成分居多，如稱溫庭筠「詞極流麗，宜爲《花間集》之冠」；引陳師道：「今代詞手，惟秦七黃九耳，唐諸人不逮也。」稱揚黃庭堅詞；讚揚万俟詠「精於音律」，同意黃庭堅稱其爲「一代詞人」；論徐伸《青山樂府》雖「多雜周詞」，但所錄〈二郎神〉一詞則「天下稱之」；稱吳淑姬爲「女流中黠慧者」，其詞之「佳處不減李易安也」；稱陳與義詞「語意超絕」，「可摩坡仙之壘也」；稱劉仙倫「有詩集行於世，樂章尤爲人所膾炙」，然因「吉州刊本多遺落，今以家藏善本選集」，因此一連選錄十七首詞；稱高觀國「所作要是不經人道語，其妙處少游美成，若唐諸公亦未及也」〔註51〕，皆以肯定的語氣加以讚揚，提高詞作價值以及詞壇地位，其直接影響是讓一些原本名氣不大的詞家，藉由這部詞選而傳揚天下，使更多人認識其人其作，並能廣泛反映唐宋時期的創作趨向，當時既有作詞名家蘇軾之「橫放傑出，自是曲子中縛不住者」〔註52〕，亦有閨秀、禪林投入創作，數量雖不多，但如僧惠洪之「善作小詞」，阮逸之女阮氏之「工於文詞」〔註53〕，皆有可觀之處。如此一來，這部詞選的重要性也充分凸顯出來。

　　其次就詞風、詞史地位的說明和評斷來看，黃昇採用與其他詞家相比擬的方式，以釐清其定位，如說王觀「有《冠柳集》，序者稱其高於柳詞，故曰冠柳，至於踏青一詞，又不獨冠柳詞之上也」；晁次膺「與万俟雅言齊名，按月律進詞」；魯逸仲詞「詞意婉麗，似万俟雅言」；僧惠洪詞「情思婉約，似秦少游」；吳淑姬詞「佳處不減李易安」；陳與義詞「語意超絕，識者謂其可摩坡仙之壘也」；趙鼎「詞婉媚不減《花間集》」；姜夔「詞極精妙，不減清眞樂府，其間

〔註51〕〔宋〕黃昇編集：《唐宋諸賢絕妙詞選》，頁 7：34：60：69：76；《中興以來絕妙詞選》，頁 7：55：69。

〔註52〕〔宋〕吳曾：《能改齋漫錄》，臺北：木鐸出版社，1982 年 5 月初版，頁 469。

〔註53〕〔宋〕黃昇編集：《唐宋諸賢絕妙詞選》，頁 19：71：76。

高處，有美成所不能及」；高觀國詞「其妙處少游美成，若唐諸公亦未及也」；並引尹煥之言：「求詞於吾宋者，前有清眞，後有夢窗，此非煥之言，四海之公言也。」〔註54〕將吳文英詞與周邦彥詞作一類比。這種批評方式，可以將詞家依詞風之不同作一歸類，說明其創作趨向；同時可以拉抬詞家名氣，如說王觀詞高於柳永詞，吳淑姬詞不輸李清照詞，陳與義詞幾可比擬蘇軾詞，藉以凸顯其詞之特殊表現和非選不可的理由。然而這樣的評斷亦有值得商榷之處，如黃昇盛讚王觀〈慶清朝慢〉(調雨爲酥) 一詞：「調雨爲酥，催冰作水，東君分付春還。何人便將輕暖，點破殘寒。結件踏青去好，平頭鞋子小雙鸞。煙郊外，望中秀色，如有無間。」〔註55〕此詞固然寫得輕巧靈動，但整體而言要超越柳永在詞史的地位，足以「冠柳詞之上」，仍有些勉強。況且柳永有覊旅行役的名作〈八聲甘州〉(對瀟瀟暮雨灑江天)，黃昇卻不選，而選一些應制詞和贈妓詞，與王觀詞排在同一卷次〔註56〕，王觀詞在前，柳永詞在後，兩相對比之下，高下立見。可是這樣刻意爲之的方式，是否公允，則需要更全面的比較，才能針對詞人地位作出客觀的評斷。不管如何，王觀的詞確實在這樣的比較中，打開了名氣，這或許是黃昇希望達到的目的。

再者，因爲黃昇此選廣泛選錄唐宋詞作，使讀者得以見到唐宋詞的豐富面貌〔註57〕，即使是豔情詞或獻壽應制之詞，只要是堪稱佳作者，皆會選錄。而在詞人評語的部分，往往是點到爲止，有所保留，並不會因詞人的特殊行徑，而作出嚴厲批評。如說柳永「長於纖豔之詞，然多近俚俗，故市井之人悅之，今取其尤佳者」；康與

〔註54〕〔宋〕黃昇編集：《唐宋諸賢絕妙詞選》，頁44；59；71；76；《中興以來絕妙詞選》，頁7；17；64；69；103。

〔註55〕〔宋〕黃昇編集：《唐宋諸賢絕妙詞選》，頁44。

〔註56〕王觀詞與柳永詞同樣收在《唐宋諸賢絕妙詞選》卷五。

〔註57〕黃昇《中興以來絕妙詞選·序》：「中興以來，作者繼出，及乎近世，人各有詞，詞各有體，知之而未見，見之而未盡者，不勝算也。」〔宋〕黃昇編集：《中興以來絕妙詞選》，頁1。

之「受知秦申王，王薦於太上皇帝，以文詞待詔金馬門。凡中興粉飾治具，及慈寧歸養，兩宮歡集必假伯可之歌詠，故應制之詞爲多。書市刊本，皆假託其名。今得官本，乃其婿趙善貢，及其友陶安世所校定，篇篇精妙。」〔註58〕可是在這一類詞的尾批部分，黃昇則一反溫和的語氣和態度，直接批評柳永〈晝夜樂〉（秀香家住桃花徑）：「此詞麗以淫，不當入選，以東坡嘗引用其語，故錄之」；並評康與之〈喜遷鶯〉（臘殘春早）：「此詞雖佳，惜皆媚灶之語，蓋爲檜相作耳」〔註59〕。可見，黃昇選詞有其準則，雖然期望可以反映詞壇的多樣面貌，但仍須有所揀擇，典雅者、堪稱佳作者，才能成爲學習的典範。因此在純粹就詞論詞時，毋須顧及詞人形象，直接就詞的好壞作出評判，嚴苛批評這類詞的藝術價值。這或許是評、傳結合的批評形式所具有的特點，即對詞人的總體評價，往往是概括而論，讚揚肯定多於批評，話語有所保留，而眞正對詞家創作的看法，則要見其尾批，便可知選輯者的喜好及價值判斷。

　　針對這種評、傳結合的體例，薛泉《宋人詞選研究》認爲：「文學選本系以作者小傳，間附評語之做法，蓋可溯至唐人選詩。……黃昇《花庵詞選》將《河岳英靈集》之評論與《極玄集》作者小傳合而爲一，開創了詞人之下繫以小傳，並間附評語的選詞新體例。」〔註60〕以詩之評點，肇始於唐代〔註61〕，比起詞之評點有更長遠的發展時間，以及黃昇《花庵詞選》評點會將詩、詞對舉的情況來看，這一推論是很有可能的。但黃昇撰寫詞人小傳，仍有其特色，並非

〔註58〕〔宋〕黃昇編集：《唐宋諸賢絕妙詞選》，頁46；《中興以來絕妙詞選》，頁4。

〔註59〕〔宋〕黃昇編集：《唐宋諸賢絕妙詞選》，頁48；《中興以來絕妙詞選》，頁5。

〔註60〕薛泉：《宋人詞選研究》，哈爾濱：黑龍江人民出版社，2010年6月一版，頁76。

〔註61〕孫琴安《中國評點文學史》云：「大約在公元八世紀初葉或中葉，中國古代第一本屬於評點文學性質的著作——《河岳英靈集》出現了。」孫琴安：《中國評點文學史》，頁14。

用以解釋詞作出現的原因，而是用以作爲認識詞家詞作的依據。整體而言，詞人生平經歷落居次要地位，僅供參考價值，重點是這一詞人在詞壇的表現如何，因此黃昇比較關注這一詞人是否有詞集、由誰爲序，詞風如何，代表作爲何，以及詞壇評價的問題，其詞人評傳可說是從詞學觀點考察而來，反映的是這一名人在詞壇的成就與表現，雖然不夠全面，但就詞而論，已提供足夠參考的依據，並反映了黃昇個人的賞詞心得和審美標準。陳匪石《聲執》云：此選「各人之下，繫以小傳，並附評語。既可考見仕履身世，亦見各家流別。」〔註62〕龍沐勛〈選詞標準論〉認爲：此選特色在「因詞以存人」，其「於姓氏下或系仕履，間綴短評，頗具文學史性質」〔註63〕，其爲詞人評傳，目的就是要凸顯詞作，是要爲作品寫文學史，呈現唐宋時期的經典作品，並非爲詞人寫文學史。然而這種批評形式的缺點則是，容易使讀者被影響，因爲在讀者接觸詞作之前，首先看到的就是有關詞人背景的簡述，若只是一般名號、籍貫的說明，則不影響詞作的鑑賞與接受，只是爲這些詞作找到一個依歸，明白這是哪一個詞家的作品；可是當加入批評的成分時，則選輯者對詞家的評價，就明顯帶有一種引導閱讀的意味，其先對詞家作出高下判別、詞風歸納，再選出部分詞作爲代表，讀者在這樣的詞作選輯中閱讀，自然會將二者作連結，以詞證人，接受其觀點，這很可能直接影響讀者對這名詞家的評價。即使沒有這些評傳文字，單純的詞作選集，因爲是從選輯者個人觀點作選錄，仍會影響讀者對唐宋詞家的偏好與評價，而黃昇《花庵詞選》這種評傳文字，則是使選輯者的個人觀點更鮮明，其引導作用也更強烈。

（二）講求詞之命意

南宋黃昇針對《花庵詞選》所選錄的詞作，進行了長短不一的批

〔註62〕陳匪石《聲執》，唐圭璋編：《詞話叢編》，頁 4956～4957。
〔註63〕龍沐勛〈選詞標準論〉，龍沐勛編：《詞學季刊》第一卷第二號，臺北：臺灣學生書局，1967 年 6 月初版，頁 12。

評，仔細探索後會發現黃昇的《花庵詞選》雖無批點符號，但其評語或列於一卷之首，或繫在詞牌之下，或出現在行句之間，或置於一首詞之末，可分成總評、詞牌下批語、尾批和夾批四種形式，內容豐富，既提供賞詞依據，作出高下評判，也提供詞人詞體的相關資訊，可幫助理解詞作。明代毛晉《花庵詞選》卷末附記云：「每一家綴數語記其始末，銓次微寓軒輊，蓋可作詞史云。」〔註64〕便有其道理。

黃昇《花庵詞選》卷首，開宗明義指出：

> 凡看唐人詞曲，當看其命意造語工致處，蓋語簡而意深，所以爲奇作也。〔註65〕

此語列在一卷之首，清楚道出評詞標準，同時揭示讀詞之法，可視爲此部詞選的總評。黃昇以他個人創作和閱讀的經驗所得，扮演一個鑑賞、批評和引導的角色，帶領讀者一同欣賞詞這一特殊文體。從詞的「命意」和「造語」兩方面來掌握詞作，但兩者也有先後之分，乃以「命意」爲優先，「造語」爲次。因爲「造語」的目的無非是爲了讓詞意有更深致的表達，有深刻的內容意旨，再加上具有巧思的表現方式，詞自然感人，即使語句簡樸，意旨深刻，仍是令人稱賞的佳作。

黃昇之所以對詞之命意有如此的要求，與中國傳統文學重內容的觀念有關，也可能與宋代魏慶之所編《詩人玉屑》有關。黃昇曾爲宋代魏慶之編的《詩人玉屑》作序，稱讚魏慶之是「詩家之良醫師也」，認爲此書「乃立新意，別爲是編，自有詩話以來，至於近世之評論，博觀約取，科別其條，凡升高自下之方，繇粗入精之要，靡不登載，其格律之明，可準而式其鑒裁。」〔註66〕黃昇爲《詩人玉屑》作序的時間是南宋理宗淳祐甲辰年（1244），其編《中興以來絕妙詞選》並作序的時間是南宋理宗淳祐己酉年（1249），則觀《詩

〔註64〕毛晉《〈花庵詞選〉附記》，〔宋〕黃昇編集：《花庵詞選》，〔明〕毛晉編：《詞苑英華》，《汲古閣宋人詞文及塡詞集》（十二），頁282。

〔註65〕〔宋〕黃昇編集：《唐宋諸賢絕妙詞選》，頁5。

〔註66〕黃昇《詩人玉屑·原序》，〔宋〕魏慶之編：《詩人玉屑》，《景印文淵閣四庫全書·集部·詩文評類》，頁1481-35。

人玉屑》的時間在前，此時黃昇或已籌備詞選的編輯工作。從《詩人玉屑》的編排方式來看，其卷二十，特別標舉了「禪林」和「閨秀」的類別，而黃昇《唐宋諸賢絕妙詞選》卷九和卷十，也分別選了「禪林詞」和「閨秀詞」；再者，《詩人玉屑》卷二十列了《許彥周詩話》所載有關僧惠洪「善作小詞，情思婉約，似秦少游」〔註67〕的描述，黃昇《唐宋諸賢絕妙詞選》卷九亦在僧覺範名下列出：「名惠洪，許彥周稱其善作小詞，情思婉約，似秦少游云。」〔註68〕他們可能共同參考了《許彥周詩話》，也有可能是兩人互相討論的結果。又，《詩人玉屑》卷二十引了《冷齋夜話》所載有關黃庭堅見了吳城小龍女的詞所發出「似爲予發也」的感嘆〔註69〕，這段經歷也被黃昇《唐宋諸賢絕妙詞選》記在吳城小龍女的〈清平樂令〉詞牌名之下〔註70〕；在《詩人玉屑》卷二十結尾處還列「詩餘」一節，如蘇軾、王安石、黃庭堅、秦觀、賀鑄等著名詞家的風格、藝術表現等，都可以在其中找到相關的記載，而這些有關詞人詞作的評論，也是黃昇詞選評點著力討論的項目，這是宋代文人喜歡談論的話題，還是魏慶之和黃昇曾作了相關的切磋與探討？若以成書的先後年代和黃昇爲《詩人玉屑》作序的這點來看，則黃昇參考《詩人玉屑》部分條文記載的可能性也是無法排除的〔註71〕。

　　觀魏慶之《詩人玉屑》卷六所引詩話評論，有一半以上篇幅在談詩文「命意」與「造語」的重要，如「詩當使一覽無遺，語盡而意不窮」；「詩以意義爲主，文詞次之。意深義高，雖文詞平易，自

〔註67〕　〔宋〕魏慶之編：《詩人玉屑》，頁1481-288。
〔註68〕　〔宋〕黃昇編集：《唐宋諸賢絕妙詞選》，頁71。
〔註69〕　〔宋〕魏慶之編：《詩人玉屑》，頁1481-296。
〔註70〕　〔宋〕黃昇編集：《唐宋諸賢絕妙詞選》，頁73。
〔註71〕　蕭鵬《群體的選擇——唐宋人詞選與詞人群通論》亦認爲：從黃昇爲《詩人玉屑》作序，五年後《花庵詞選》成書的這點看，「黃昇多少是受到了魏慶之輯錄詩話、詞話的影響和啓發，始而撰寫詞話，繼而發散花庵所藏詞家別集、總集，選爲《花庵詞選》」。蕭鵬：《群體的選擇——唐宋人詞選與詞人群通論》，頁280。

是奇作」;「詩語大忌用工太過,蓋鍊句勝則意必不足,語工而意不足,則格力必弱,此自然之理也。」〔註72〕這和黃昇所謂:「凡看唐人詞曲,當看其命意造語工致處,蓋語簡而意深,所以為奇作也。」〔註73〕看法相當一致,都是認為內容意旨的深刻遠遠勝過藝術手法的講究,畢竟要有精深的內容,詞作才能有餘韻,至於句法造語則是用來加強詞意的深刻感人程度。但不同的是魏慶之《詩人玉屑》從詩辨、詩法、詩評、詩體、句法、初學蹊徑、命意、造語、下字、用事、押韻、煅煉等,教人學詩的途徑,命意造語的講求,用以指導創作;黃昇《花庵詞選》則以命意造語為欣賞和切入詞作的兩個角度,並以此評價高下。如黃昇評顏博文〈西江月〉:「缺月舊時庭院,飛雲到處人家。而今憔悴鬢先華,說著多情已怕。」此詞語句質樸,卻寫盡詞人內心的感慨萬千,因此黃昇評為「詞簡意高,佳作也。」〔註74〕而劉仙倫〈菩薩蠻〉首句:「東風去了秦樓畔,一川煙草無人管。」雖然埋怨的意思表現得太直露,但下片「海棠花已謝,春事無多也。只有牡丹時,知它歸不歸。」藉由景物含蓄婉轉的表達內心的期盼與無奈,整首詞耐人尋味,因此黃昇評其:「辭鄙意濃。」〔註75〕都可以看出黃昇運用這一標準來評詞的實際表現。

此外,黃昇《花庵詞選》還選入金詞,針對吳激〈春從天上來〉(海角飄零)、〈青衫溼〉(南朝千古傷心地)兩首作出評論:

> 二曲皆精妙淒婉,惜無人拈出。今錄入選,必有能知其味者。〔註76〕

根據這點,楊海明認為:

> 其所指的味,「就是亡國之痛的淒惋之味!黃昇特為拈出,以示後人,是有深意存焉。他的注重思想性、注重詞的愛

〔註72〕〔宋〕魏慶之編:《詩人玉屑》,頁1481-101;1481-108。
〔註73〕〔宋〕黃昇編集:《唐宋諸賢絕妙詞選》,頁5。
〔註74〕〔宋〕黃昇編集:《唐宋諸賢絕妙詞選》,頁27。
〔註75〕〔宋〕黃昇編集:《中興以來絕妙詞選》,頁58。
〔註76〕〔宋〕黃昇編集:《中興以來絕妙詞選》,頁24。

　　　　國情感，在當時詞壇上佔主流地位的『風雅』派詞人視辛、
　　　　劉詞爲『非雅詞也，於文章餘暇戲弄筆墨爲長短句之詩耳』
　　　　的風氣中，是相當難能可貴的。」〔註77〕

事實上，所謂的「思想性」，所謂的「凄婉之味」，如果回到黃昇的評
詞標準來看，指的就是詞的立意，黃昇之所以選錄吳激的詞，固然可
以猜測他的政治傾向是反對求和，欣賞愛國詞人，但就詞選而言，用
這兩個例子以說明主旨立意對詞作能否感人，以及價值評斷的影響，
才是他更主要的目的。

（三）以雅為尚

　　黃昇評万俟詠〈長相思〉（短長亭），有云：
　　　　雅言之詞，詞之聖者也，發妙旨於律呂之中，運巧思於斧
　　　　鑿之外，平而工，和而雅，比諸刻琢句意，而求精麗者遠
　　　　矣。〔註78〕

就這段論述來看，所謂的雅詞，先決條件是合於律呂，再求詞句協
美，方能使詞顯得雅致而有韻味，這是黃昇評賞詞作的一個依據。
這樣的要求與南宋詞壇「復雅」的風氣有關，如鲖陽居士《復雅歌
詞》有鑑於前代詞風「流爲淫豔猥褻不可聞之語」，因而編輯此選，
以復「騷雅之趣」〔註79〕，曾慥《樂府雅詞》對於詞「涉諧謔、俗
豔者」，一律刪除〔註80〕，在這樣風氣的影響下，黃昇在評詞時，也
提出相關的討論，凸顯雅詞的重要。許多討論南宋詞壇和詞選的研
究者，亦將黃昇《花庵詞選》的選詞標準，與南宋對雅俗的探討作

〔註77〕楊海明：〈一部優秀的唐宋詞選——介紹黃昇的《花庵詞選》〉，劉揚
　　　　忠選編：《名家解讀宋詞》，頁148～149。
〔註78〕〔宋〕黃昇編集：《唐宋諸賢絕妙詞選》，頁62。
〔註79〕鲖陽居士：《復雅歌詞‧序略》，葛渭君編：《詞話叢編補編》，頁
　　　　24。
〔註80〕曾慥《樂府雅詞‧序》云：「涉諧謔則去之，名曰：《樂府雅詞》。」
　　　　又云：「歐公一代儒宗，風流自命，詞章幼眇，世所矜式，當時小人
　　　　或作豔曲，繆爲公詞，今悉刪除。」〔宋〕曾慥：《樂府雅詞》，《景
　　　　印文淵閣四庫全書‧集部‧詞曲類》，頁1489-168。

聯結〔註81〕，但筆者以爲從黃昇對柳永〈晝夜樂〉（秀香家住桃花徑）
的批評：

> 此詞麗以淫，不當入選，以東坡嘗引用其語，故錄之。

以及沈公述〈望海潮〉（山光凝翠）的評論：

> 公述此詞典雅有味，而今世但傳其「杏花過雨」之曲，眞
> 所謂「吾未見好德如好色者」也。〔註82〕

來作了解，可知黃昇之所以標舉詞的「典雅有味」，就是爲了與柳永
「麗以淫」之詞作區隔，主要目的是藉由評點，來提醒深入探索與體
會詞作韻致的重要，而不是被詞句的華美或娛樂性所影響，忽略詞體
應有的特質與格調。若是一味求詞句華美歌豔，填詞只是爲了口耳取
樂，「咀味於朋游樽俎之間，以是爲相樂也」〔註83〕，使詞流於鄙俚
俗豔，則是黃昇最擔憂的問題。因此黃昇之所以如此選詞評詞，也有
取之爲典範的用意。

　　此外，黃昇評僧揮〈訴衷情〉（湧金門外小瀛洲）：「仲殊之詞多矣，
佳者固不少，而小令爲最，小令之中，〈訴衷情〉一調又其最，蓋篇
篇奇麗，字字清婉，高處不減唐人風致也」〔註84〕；評謝絳〈夜行

〔註81〕 如李揚〈批評及選擇──論《花庵詞選》的詞學批評意識〉認爲黃
昇：「一方面認識到詞爲豔科的特質，也嘗試提出以儒家的詩教原則
來規約詞體特性，要求詞返淫復雅……而另一方面又難以割捨俗詞
的審美情緣。」葉佳聲《從宋人選宋詞四部詞選觀「雅」之演變》
認爲：「因著當時的『復雅』風氣，黃昇選詞，『雅』的觀念已深入
其中。」趙李娜《《花庵詞選》研究》則云：「黃昇《花庵詞選》對
『滋味』與『蘊藉』的讚賞，實際上是黃昇對於詞體言外之意韻外
之致的追求，這與當時宋代詞壇復雅思潮的影響有關。」李揚：〈批
評及選擇──論《花庵詞選》的詞學批評意識〉，《河南大學學報（社
會科學版）》，1999 年 2 期，頁 20～21；葉佳聲：《從宋人選宋詞四
部詞選觀「雅」之演變》，2001 年 5 月，復旦大學中國古代文學碩士
論文，頁 16；趙李娜：《《花庵詞選》研究》，2012 年 6 月，河北大
學中國古代文學碩士論文，頁 34。

〔註82〕 〔宋〕黃昇編集：《唐宋諸賢絕妙詞選》，頁 48；55。

〔註83〕 銅陽居士：《復雅歌詞·序略》，葛渭君編：《詞話叢編補編》，頁 24。

〔註84〕 〔宋〕黃昇編集：《唐宋諸賢絕妙詞選》，頁 72。

船〉（昨夜佳期初共）：「後段語最奇」；評李清照〈念奴嬌〉（蕭條庭院）：
「前輩嘗稱易安『綠肥紅瘦』爲佳句，余謂此篇『寵柳嬌花』之語，
亦甚奇俊，前此未有能道之者」；評黃昇〈賀新郎〉（倦整摩天翼）：「樓
對兩峰，甚奇。」〔註85〕從這部分的評論，以及黃昇所使用的術語，
如「語最奇」、「奇俊」、「甚奇」、「奇麗」等來看，可以知道黃昇亦
欣賞所謂的「奇作」，不管是命意或藝術表現都要能發前人所未能，
有自己的巧思經營，才能呈現典雅而有韻味的作品。而「味」指的
是一種韻味、韻致，意旨高遠者，再輔以恰當的句法鍛鍊，就是爲
人稱道，並且值得選錄的佳作。這種對詞作的批評，也正好呼應其
卷首處的總評：「凡看唐人詞曲，當看其命意造語工致處，蓋語簡而
意深，所以爲奇作也。」可以視爲黃昇詞學批評的具體實踐。但黃
昇這樣的觀點與張炎所謂：「詞欲雅而正」〔註86〕的主張略有不同，
因爲黃昇所提出的「典雅有味」和「平而工，和而雅」，是與「尚奇」
的出發點相呼應的。黃昇在卷首處就標舉唐代「語簡而意深」的「奇
作」，在進行實際批評時，也特別欣賞「意之奇」者，或「語之奇」
者，強烈反對淫俗之作，因爲一旦流於淫俗，便不免有損詞之格調，
甚至有蹈襲語意、詞句，出現媚俗之作的可能；惟有「發妙旨於律
呂之中，運巧思於斧鑿之外」，「前此未有能道之者」，才是值得稱賞
的佳詞。黃昇的批評讓「雅」具有內容，也讓這部詞選的評點可以
提供創作的參考，並實際列舉佳詞以爲學習典範，這點相當重要。

（四）加入題解與校注，以掌握詞意

　　黃昇《花庵詞選》雖然在卷首處提出「命意造語工致」的評詞
標準，但落實到詞作的評點時，仍不免受到傳統經傳注疏的影響，
在評點中可以看到他廣泛運用相關資料，如作者所寫的題下小序，

〔註85〕〔宋〕黃昇編集：《唐宋諸賢絕妙詞選》，頁 26；75；《中興以來絕妙
　　　　詞選》，頁 109。
〔註86〕〔宋〕張炎《詞源》，唐圭璋編：《詞話叢編》，頁 266。

或引用詞集序跋、當時的詩話等，來解釋作詞原因，如評蘇軾〈洞仙歌〉(冰肌玉骨) 和蘇軾〈西江月〉(照野瀰瀰淺浪) 兩首，就改蘇軾原序為：

> 公自序云：「僕七歲時，見眉州老尼姓朱，忘其名，年九十餘。自言：嘗隨其師入蜀主孟昶宮中。一日大熱，主與花蕊夫人夜起避暑摩訶池上，作一詞。朱具能記之。今四十年，朱已死久矣，人無知此詞者、獨記其首兩句，暇日尋味，豈〈洞仙歌令〉呼？乃為足之云。」

> 公自序云：「春夜行蘄水中，過酒家，飲酒醉，乘月至一溪橋上，解鞍曲肱少休。及覺已曉，亂山蔥蘢，不謂人世也。書此語橋柱上。」〔註87〕

事實上，引號內的敘述與蘇軾原序大同小異，黃昇特意加了「公自序云」幾字，就讓選輯者介入作者與讀者之間，有帶著讀者去認識蘇軾這兩首詞的用意，並讓這段話變成具有題解性質的撰述，用以解釋蘇軾作詞的原因，而黃昇所扮演的評點者角色也更加明顯。另外針對蘇軾〈卜算子〉(缺月掛疏桐) 一詞，黃昇則引了鮦陽居士所云：「『缺月』，刺明微也；『漏斷』，暗時也；『幽人』，不得志也；『獨往來』，無助也；『驚鴻』，賢人不安也；『回頭』，愛君不忘也；『無人省』，君不察也；『揀盡寒枝不肯棲』，不偷安於高位也；『寂寞吳江冷』，非所安也。此與〈考槃〉詩相似。」〔註88〕來解釋這首詞的意思，這又讓黃昇的評點不單具有題解功能，還解釋詞句意思，雖然這是鮦陽居士所言，但黃昇引出此語，除了提供讀者作一參考，本意仍是用以指涉作詞原因，將蘇軾被貶謫黃州的遭遇，以及出現此詞的原因加以聯繫，解釋創作動機。其他類似的詞牌下批語還有：

〔註87〕 〔宋〕黃昇編集：《唐宋諸賢絕妙詞選》，頁19～20。
〔註88〕 黃昇引了鮦陽居士的這段話未見批評，清代張惠言的《詞選》一樣引了這段話來解東坡詞，卻被王國維批評，開啟了有關詞之寄託的爭論，原因何在，將在第三章撰述。〔宋〕黃昇編集：《唐宋諸賢絕妙詞選》，頁23。

慶歷中，開封府與棘寺，同日奏獄空，仁宗於宮中宴集，宣晏叔原作此，大稱上意。(評晏幾道〈鷓鴣天〉(碧藕花開水殿涼))

寄營妓樓婉婉，字東玉，詞中藏其姓名與字在焉。(評秦觀〈水龍吟〉(小樓連苑橫空))

少游謫處州日作，今郡治有鶯花亭，蓋因此詞取名。(評秦觀〈千秋歲〉(水邊沙外))〔註89〕

這種評點的好處是方便讀者掌握詞意，黃昇《中興以來絕妙詞選·序》說明：編選此集，除了讓世人見到唐宋詞的各種面貌，還有一個目的就是讓人可以在「花前月底，舉杯清唱，合以紫簫，節以紅牙，飄飄然作騎鶴揚州之想，信可樂也。」〔註90〕因此黃昇所扮演的角色有點像是提供詞作選輯，以便文人歌者揀擇，其評點則是為了幫助認識詞體特色，並掌握詞旨。以文學批評的角度看，這種評點方式反映當時文學評點的獨立性未能完全凸顯，黃昇的目的是希望詞選可以流傳，其評點會以這樣的方式呈現，也是可以理解的。

此外，在尾批部分，亦可看到黃昇針對詞作本事和相關背景作出說明，除了幫助理解詞意，亦可凸顯詞作之特殊，以及受到關注的原因。如針對楊萬里〈念奴嬌〉(老夫歸去)，尾批曰：「古有螺江門。」張鎡〈燭影搖紅〉(宿雨初乾)，尾批曰：「柳塘、花院、現樂，皆家中堂名也。」〔註91〕這些都是針對詞中的特殊字句，作出注解和說明，並非純粹就詞的藝術表現作評判。再如柳永〈醉蓬萊〉(漸亭皋葉下)，尾批云：「永為屯田員外郎，會太史奏老人星見，時秋霽宴禁中，任宗命左右詞臣為樂章，內侍屬柳應制，柳方冀進用，作此詞奏呈。上見首有『漸』字，色若不懌，讀至『宸游風輦何處』，乃與御制真宗挽詞暗合。上慘然，又讀至『太液波翻』，曰：『何不

〔註89〕〔宋〕黃昇編集：《唐宋諸賢絕妙詞選》，頁32；35；37。
〔註90〕黃昇《中興以來絕妙詞選·序》，〔宋〕黃昇編集：《中興以來絕妙詞選》，頁2。
〔註91〕〔宋〕黃昇編集：《中興以來絕妙詞選》，頁25；31。

言波澄？』投之於地，自此不復擢用。」〔註92〕這一段本事的描寫，有可能是爲了服務一般讀者，以作爲參照。

又如，黃昇在牛希濟〈生查子〉(春山煙欲收)詞末批校：「一本無已字。」和凝〈薄命女〉(天欲曉)詞末批校：「又一本名〈長命女〉。」顧夐〈河傳〉(棹舉)詞末云：「一本『汀草』下有『共』字。」孫光憲〈浣溪沙〉(花漸凋疎不耐風)詞末云：「一本『疎』作『零』，『晚』作『滿』。」〔註93〕明顯有補充說明，並讓讀者作爲參考對照的用意。在王安石〈菩薩蠻〉(數間茅屋閑臨水)一詞中，黃昇則是針對「花是去年紅，吹開一夜風。」一句，夾批曰：「一本作『今日是何朝，看余渡石橋。』」〔註94〕另外在王邁〈賀新郎〉(出了羅浮洞)上片結尾「馳玉勒，歸金鳳」，夾批曰：「金鳳池，乃所居也。」又針對〈賀新郎〉(瓔珞珠垂縷)上片結尾「人頂禮，柳行路。」夾批曰：「所居地名柳行。」〔註95〕很可能是爲了幫助理解詞意，並方便讀者閱讀與比較，因此將批語列在詞句之下。

以文學批評的角度來看，這些批語並不能算是評點，因爲未能反映評點者的文學觀點和批評意見，只是純粹進行校注工作，但仍然可以看出黃昇選詞的謹愼。這種評點與校注相互融合的情況，可視爲詞之評點在初起時的一大特色。此外，這種對詞的題解與校注，有時在詞牌下批語中出現，有時在尾批和夾批中出現，就評點而言，則有體例不一的問題。孫琴安《中國評點文學史》云：「用我們今天的眼光來看，黃昇的《花庵詞選》似乎並沒有什麼了不起，評點的體例也不很嚴密，帶有一定的隨意性。」〔註96〕或許就是因爲以上這些問題，因而導致如此的批評。但如果就評點者是作品與讀者的媒介來看，黃昇這種批評方式有其實用性，角色扮演也很成功，只

〔註92〕〔宋〕黃昇編集：《唐宋諸賢絕妙詞選》，頁46～47。
〔註93〕〔宋〕黃昇編集：《唐宋諸賢絕妙詞選》，頁11～12。
〔註94〕〔宋〕黃昇編集：《唐宋諸賢絕妙詞選》，頁24。
〔註95〕〔宋〕黃昇編集：《中興以來絕妙詞選》，頁99。
〔註96〕孫琴安：《中國評點文學史》，頁55。

是就批評的專業性看，則有很大的進展空間。

　　另外，關於《花庵詞選》有一爭議，吳世昌（1908～1986）《詞林新話》批評黃昇在詞下另加小題的作法，不免對詞作有所誤解，認爲有可能是書商刻意所加〔註97〕；但觀《花庵詞選》詞下小題，很多是黃昇根據作者原序或相關資料加以濃縮，是否爲書商所加，這一說法可再探究。從黃昇對評點的主導性來看，詞下小題是他所擬的可能性也很高，這或許是一種方便分類的方式，只是歸類的範圍大了些，有時類與類之間不免出現重疊的問題，如「惜別」、「怨別」、「記恨」、「別愁」、「別恨」、「別思」、「別意」等，難以清楚畫分，但也由此可以看出黃昇作爲一個評點者，積極介入作品和讀者之間，發揮引導作用的一個表現。

（五）對詞牌特點的說明

　　黃昇《中興以來絕妙詞選・序》，指出編輯詞選的目的在於提供「花前月底，舉杯清唱，合以紫簫，節以紅牙，飄飄然作騎鶴揚州之想，信可樂也。」〔註98〕因此在詞選的評點中，亦可看到針對詞的段落、字聲和詞牌特點，所作的說明，如李白〈清平樂令〉（禁庭春晝）：

　　　　翰林應制，按唐呂鵬《過雲集》載應制詞四首，以後二首
　　　　無清逸氣韻，疑非太白所作。

李白〈清平調辭〉（名花傾國兩相歡）：

　　　　沉香亭應制，古詞多只四句。

張泌〈江城子〉（碧闌干處小中庭）：

　　　　唐詞多無換頭，如此詞兩段自是兩首，故兩押「情」字，
　　　　今人不知，合爲一首，則誤矣。

〔註97〕吳世昌《詞林新話》：「《花庵詞選》調下副題誤者甚多，亦可證明非選者之無識如此，率皆書賈刻者妄加，以利話本作者或藝人採用也。」吳世昌：《詞林新話》，北京：北京出版社，2000 年 10 月第一版，頁63～64。

〔註98〕黃昇《中興以來絕妙詞選・序》，〔宋〕黃昇編集：《中興以來絕妙詞選》，頁 2。

李珣〈巫山一段雲〉（有客經巫峽）：

> 唐詞多緣題所賦，〈臨江仙〉則言仙事，〈女冠子〉則述道
> 情，〈河瀆神〉則詠祠廟，大概不失本題之意。爾後漸變，
> 去題遠矣。如此二詞，實唐人本來詞體如此。〔註99〕

這類評點對於詞牌格律，以及詞牌與內容之間的關係，作出清楚的說
明，對於詞牌特色及詞體特徵的掌握，有相當的幫助。

又，針對周邦彥〈瑞龍吟〉（章臺路），黃昇於尾批處指出：

> 今按此詞自「章臺路」至「歸來舊處」是第一段，自「黯
> 凝竚」至「盈盈笑語」是第二段，此謂之雙拽頭，屬正平
> 調，自「前度劉郎」以下，即犯大石，係第三段，至「歸
> 騎晚」以下四句，再歸正平，今諸本皆於「吟箋賦筆」處
> 分段者，非也。〔註100〕

從其對詞意和音樂分段的提醒，反映黃昇對詞之音樂特性的重視，這
種評點方式除了可以作為讀詞之引導，更能讓讀者掌握詞體的特點。

在張輯〈疏簾淡月〉一詞中，黃昇則針對：「梧桐雨細，漸滴作
秋聲，被風驚碎。」一句，特別就「作」字，夾批曰：「去聲。」又
針對馮取洽〈沁園春〉（稟氣之中）一詞，就其中「百年大齊，恰則平
分。」的「齊」字，夾批曰：「去聲。」並就「作風流二老，歲歲尋
盟。」一句的「作」字，夾批曰：「去聲。」〔註101〕這種特意的標舉，
亦可看出黃昇對詞體特點的重視，詞既然是可以演唱的，則聲調的起
伏也應特別注意，尤其，去聲字如果用得好，對整首詞的藝術表現有
加分的作用。宋代沈義父《樂府指迷》云：「腔律豈必人人皆能按簫
填譜，但看句中用去聲字最為緊要。」〔註102〕黃昇的這些評點例子，
正好可以作為呼應。

〔註99〕 〔宋〕黃昇編集：《唐宋諸賢絕妙詞選》，頁5～6；10；15。
〔註100〕 〔宋〕黃昇編集：《唐宋諸賢絕妙詞選》，頁56。
〔註101〕 〔宋〕黃昇編集：《中興以來絕妙詞選》，頁92；105。
〔註102〕 〔宋〕沈義父《樂府指迷》，唐圭璋編：《詞話叢編》，頁280。

（六）黃昇《花庵詞選》評點的意義及檢討

1. 有助於詞作理解

　　針對黃昇的《花庵詞選》，陳匪石《聲執》稱許：「在宋人選本中爲網羅極富之本」，「頗能存各人之眞面目」〔註103〕；龍楡生〈選詞標準論〉亦云：此書「因詞以存人」，「旨在『傳人』」〔註104〕；王兆鵬《詞學史料學》則稱：「此書廣搜博選，不拘一格，能體現詞史發展的各個側面。」〔註105〕就黃昇選詞的時間點來看，他集合了當時南宋詞人的精華作品，並回溯唐代和北宋著名詞家的作品，反映他對這一時代作品的掌握，並基本上按照時代先後順序排列，讓讀者清楚了解詞這一文體的創作盛況，具有時代意義。就其詞作評論來看，因爲結合詞選的形式，以評點的方式呈現，其直接影響是讓與詞有關的評論隨著詞家詞作一同傳揚出去，加深一般讀者對詞作的認識。也讓評點者的角色清楚出現在作者與讀者之間，對讀者有提點作用。吳承學〈現存評點第一書——論《古文關鍵》的編選、評點及其影響〉云：「評點是把讀者與文本放在主體部分，評點者僅起提示、引導、啓發作用。」〔註106〕評點者的評論意見可以作爲讀者讀詞的依據和參考，並透過這樣的方式培養讀者的評賞眼光，但缺點是評點者主觀介入的色彩太濃厚，對讀者的影響可能不只是提點而已，甚至還有價值判斷在內。雖然黃昇選詞不拘於一格，《中興以來絕妙詞選·序》云：「佳詞豈能盡錄，亦嘗鼎一臠而已。然其盛麗如游金張之堂，妖冶如攬嬙施之袪，悲壯如三閭，豪俊如五陵。」〔註107〕希望可以盡量收錄當時詞壇各種風格的代表詞作，力求客觀

〔註103〕陳匪石《聲執》，唐圭璋編：《詞話叢編》，頁 4956～4957。
〔註104〕龍沐勛〈選詞標準論〉，龍沐勛編：《詞學季刊》第一卷第二號，頁12～13。
〔註105〕王兆鵬：《詞學史料學》，頁 321。
〔註106〕吳承學：〈現存評點第一書——論《古文關鍵》的編選、評點及其影響〉，章培恆、王靖宇主編：《中國文學評點研究論集》，上海：上海古籍出版社，2002 年 12 月一版，頁 223。
〔註107〕黃昇《中興以來絕妙詞選·序》，〔宋〕黃昇編集：《中興以來絕妙

而全面的反映詞壇創作情況，但從其評點來看，還是可以看出他對雅致作品的偏好，這就會影響讀者的的看法。

黃昇《詩人玉屑‧原序》云：「詩之有評，猶醫之有方也。評不精，何益於詩；方不靈，何益於醫！然惟善醫者能審其方之靈，善詩者能識其評之精，夫豈易言也哉！」〔註108〕這是他對魏慶之《詩人玉屑》的評價，用在黃昇自己編選的《花庵詞選》一樣適用，因為黃昇本身也是創作者，懂得詞的藝術創作手法，是一「善詞者」，其「詞之評」，雖有主觀色彩，但有其獨到見解，能扣緊詞作命意、造語、風格來談，而且其評論不全然是批評，他還參考了當時詩話、筆記、序跋等資料，選擇相關的評論或背景資料，列在詞人名或詞牌名之下，或是作為尾批，帶有題解和注釋的成分，有助於掌握作品原意，猶如「讀詞之方」，提供了讀詞、賞詞的門徑和方法，這是詞選結合評點勝過一般詞作選輯的特點。

吳承學云：「評點文字不是獨立的文體，只有寄生於文本才可以生存，才有意義。」〔註109〕當詞選與評點結合後，詞作仍居主要地位，評點則為副，其目的是要幫助理解詞作原意，以評賞詞作。在批評的背後，當然寓含評點者的詞學觀與批評標準，但因為散見在各首詞作之前或之後，致使評點者的詞學觀點無法立即呈顯，必須透過歸納的方法，才能從中作出釐析。從黃昇《花庵詞選》評點的形式看，其批語有時附在詞人名之下，有時附在詞牌名之下，有時附在詞作之尾，有時則以夾注形式出現，若沒有在序言中說明體例，單從批語的多樣化和不同形式來看，則不免有瑣碎之感。其次，作為一帶有批評意味的選輯，黃昇所使用的批評術語，如「淒惋」、「有風味」、「有味」，再加上曾針對詞家使用過的：如評溫庭筠詞：「詞極流麗，宜為《花間集》之冠」；魯逸仲詞：「詞意婉麗，似万俟雅

〔註108〕黃昇《詩人玉屑‧原序》，〔宋〕魏慶之編：《詩人玉屑》，頁1481-35。
〔註109〕吳承學：〈現存評點第一書──論《古文關鍵》的編選、評點及其影響〉，章培恆、王靖宇主編：《中國文學評點研究論集》，頁223。

言」；僧惠洪詞：「情思婉約，似秦少游」；趙鼎：「詞婉媚不減《花間集》」；姜夔：「詞極精妙，不減清眞樂府，其間高處，有美成所不能及」〔註110〕，這些批評術語只出現在詞人評語中，但在詞作評語部分，卻沒有繼續發展，作出更確切的指涉，或針對某一詞作更細部的批評，否則就能確立詞體的特色，發展出評詞、賞詞的一個系統。再者，黃昇欣賞「佳詞」、「奇作」，也提出「雅」、「典雅」等概念，與淫俗相對，但沒有詳細解釋雅詞的判斷標準，雅詞的創作方法，至爲可惜。

　　從學習的觀點看，黃昇的《花庵詞選》主要是提供評詞和賞詞的參考依據，以培養批評鑑賞的眼光，適用於對詞已有基本了解的讀者，若是一般讀者，想透過這部詞選來學習作詞，可能要費較大的工夫，必須不斷反覆讀詞和靠自己摸索與體會，因爲它不是純粹的學詞指南，是爲了方便歌者演唱和讀者閱讀欣賞，其評點是爲了幫助理解詞作，而不完全是爲了指導創作。因此若與論述性較強的詩話或詞話相較，其理論性自然略顯不足。

2. 提供鑑賞詞作的方法

　　黃昇的《花庵詞選》雖然未能建立理論體系，體例也不一，有時不免站在作者立場爲其解釋寫作背景、詞句意思，尋求作者原意，但大體上都能謹守批評家的身分，就作品的主旨和藝術價值而論，不管作者的名氣、官階和地位，如評康與之〈喜遷鶯〉（臘殘春早）：「此詞雖佳，惜皆媚灶之語，蓋爲檜相作耳。」〔註111〕直指其詞有「媚灶」之嫌，作詞心態可議，這是黃昇批評的準則，也是這部詞選的價值。

　　此外，這部詞選的最大意義還在於將詩話和筆記序跋中的客觀材料，變成主觀批評的依據，並建立從命意和造語來批評詞作的標

〔註110〕〔宋〕黃昇編集：《唐宋諸賢絕妙詞選》，頁 7；64；71；《中興以來絕妙詞選》，頁 17；64。

〔註111〕〔宋〕黃昇編集：《中興以來絕妙詞選》，頁 5。

準，講求詞旨，也重視詞的藝術表現手法，提供鑑賞詞作的方法，此舉不但加深詞選的主觀色彩，也明顯置入鑑賞家的身分，讓讀者看到評點者所扮演的提示、引介、賞鑑、批評等多重角色。同時因為黃昇努力針對詞的內容和藝術表現手法作出評判，著眼於詞作本身，提出「佳詞」、「奇作」的批評概念，在無形中也確立了詞的獨特文學地位，不管在風格上還是表現手法上都是有別於詩的。

　　清代江藩的《經解入門》中提到：「經非注不明，故治經必須研求古注。」「凡說經，一字一義，必當求其實據。」〔註112〕黃昇在《花庵詞選》中，針對部分詞句所進行的解釋，如評秦觀〈南歌子〉（玉漏迢迢盡）：「末句蓋心字也。」〔註113〕楊萬里〈念奴嬌〉（老夫歸去）：「古有螺江門。」張鎡〈燭影搖紅〉（宿雨初乾）：「柳塘、花院、現樂，皆家中堂名也。」〔註114〕這種注解和說明的方式，就像對群經的注疏一般，是讀者理解的起源和憑藉，但黃昇沒有停留在這此，除了挖掘作品的意義，進而欣賞作品的美，並結合內容意旨和藝術表現手法，為這一作品作出評價。這種拓展，讓評點提昇到批評的層次，使詞選的批評意識、詞學意義得以凸顯，更從旨在傳人〔註115〕的詞選，逐漸往以詞作為導向發展，使詞作本身的價值得以彰顯，呼應其以「佳詞」〔註116〕為選錄標準的出發點。龔鵬程《中國文學批評史論》有云：評點這種細部批評的方式「往往關心到文章的細部……而也正因為如此，它便很難注意大的原理原則問題……而偏重實際批評及較屬於技術性的問題。」〔註117〕但黃昇的這種嘗試，讓詞在

〔註112〕〔清〕江藩撰，周春健校注：《經解入門》，上海：華東師範大學出版社，2010 年 5 月一版，頁 24；116。
〔註113〕〔宋〕黃昇編集：《唐宋諸賢絕妙詞選》，頁 37。
〔註114〕〔宋〕黃昇編集：《中興以來絕妙詞選》，頁 25；31。
〔註115〕龍沐勛〈選詞標準論〉云：黃昇《花庵詞選》的特色在「因詞以存人」。龍沐勛編：《詞學季刊》第一卷第二號，頁 12。
〔註116〕黃昇《中興以來絕妙詞選・序》：「佳詞豈能盡錄，亦嘗鼎一臠而已。」〔宋〕黃昇編集：《中興以來絕妙詞選》，頁 1。
〔註117〕龔鵬程：《中國文學批評史論》，北京：北京大學出版社，2008 年 6 月一版，頁 165～166。

被評點的過程中，顯現其特有的文學價值和時代意義，反過來也說明了的評點的意義，讓評點得以被納入詞學批評的討論中，作為「中國第一本對詞進行評點的著作」﹝註 118﹞，其拓展之功是值得肯定的。

第二節　唐宋詞評點在明代的發展

　　詞發展到了明代，因為模擬《花間集》和《草堂詩餘》的創作，「託體不尊，難言大雅」，「連章累篇，不外酬應」，所以被吳梅《詞學通論》批評是「中衰之期」﹝註 119﹞；詞學發展到明代，也因「詞學研究的情況，比起宋代和元初卻無重大的進展，詞話的數量大大地減少」，被謝桃坊《中國詞學史》稱為「中衰時期」﹝註 120﹞，但如果從評點的角度看，就會發現這一時期有關唐宋詞的評點活動異常活躍，而且多集中在《草堂詩餘》這一選本上，為什麼會有這樣的發展？如果單純從《草堂詩餘》掀起的熱潮看，學者普遍認這是受到明代學風的影響，如謝桃坊《中國詞學史》云：「明人詞體觀念的基本定勢是出於對南宋和元初詞壇的雅正與清泚的審美理想和審美趣味的反動，趨向於淺俗與香弱。五代時穠豔的《花間詞》與南宋流行的淺近香豔的《草堂詩餘》，成了明人作詞時學習和仿效的範本。」﹝註 121﹞孫克強〈試論《草堂詩餘》在詞學批評史上的影響和意義〉則從明代城市經濟與娛樂活動的發展，提出：「《草堂詩餘》應歌的『實用價值』的特點與當時士人享樂風氣相適應」，「在這種背景下，《草堂詩餘》作為燕賓娛客的工具也應運而廣為流傳」﹝註 122﹞；蕭鵬《群體的選擇──唐宋人詞選與詞人群通論》則認為這與明代的復古思

﹝註 118﹞　孫琴安：《中國評點文學史》，頁 55。
﹝註 119﹞　吳梅：《詞學通論》，上海：華東師範大學出版社，1996 年 11 月一版，頁 139。
﹝註 120﹞　謝桃坊：《中國詞學史》（修訂本），頁 139。
﹝註 121﹞　謝桃坊：《中國詞學史》（修訂本），頁 141。
﹝註 122﹞　孫克強：〈試論《草堂詩餘》在詞學批評史上的影響和意義〉，《中國韻文學刊》1995 年 2 期，頁 70。

潮，以及整個社會的風氣有關，所以偏好「晚唐五代和北宋香豔小詞。」〔註 123〕根據劉軍政〈明代《草堂詩餘》版本述略〉的統計，明代縮編、擴編和重新修訂、評注的《草堂詩餘》版本就有三十九種〔註 124〕，之所以出現這樣的評點熱潮，與明代通俗文學的興起，以及文學評點的風氣大開有關，侯美珍〈明清士人對「評點」的批評〉提到：「明中葉後，小說、戲曲等通俗文學逐漸盛行，經徐渭、李贄、湯顯祖和陳繼儒等人的努力，將評點施用於小說和戲曲上，成爲評點隊伍中後來居上的生力軍。」〔註 125〕孫琴安《中國評點文學史》更根據當時評論家的人數、匯評和集評本的出現、評點合刻本的出現，以及小說評點的崛起，將明代稱爲「中國評點文學的全面繁榮和空前發展時期。」〔註 126〕

因爲這樣的發展，針對《草堂詩餘》而產生的評點著作，也成爲研究的焦點。目前有關《草堂詩餘》評點的研究，已有相當的成果，如孫琴安《中國評點文學史》，針對李攀龍《草堂詩餘雋》、李廷機和翁正春的《新刻分類評釋草堂詩餘》、陳仁錫《續草堂詩餘》、董其昌《新鋟訂正評注便讀草堂詩餘》、沈際飛《草堂詩餘四集》等作出初步的探討，認爲這些詞評家多能就詞的語言、風格、藝術特徵等，採用尾批或眉批的方式，作出審美的賞析，其中尤以沈際飛的評點最能跳脫套語的襲用，而「評出新意來，評出味道來」〔註 127〕；謝桃坊《中國詞學史》歸結沈際飛評點《草堂詩餘》的主要意義，認爲其評點「使讀者由此進入藝術鑑賞的境界。這種對作品的具體分析，標誌了詞學批評進入了一個新的理性認識的層

<hr />

〔註 123〕蕭鵬：《群體的選擇——唐宋人詞選與詞人群通論》，頁 442～448；413。
〔註 124〕劉軍政：〈明代《草堂詩餘》版本述略〉，《南陽師範學院學報（社會科學版）》2004 年 2 月，頁 49～54。
〔註 125〕侯美珍：〈明清士人對「評點」的批評〉，《中國文哲研究通訊》2004 年 9 月，第十四卷第三期，頁 223。
〔註 126〕孫琴安：《中國評點文學史》，頁 107～116。
〔註 127〕孫琴安：《中國評點文學史》，頁 145～159。

次」〔註128〕；李娟娟《《草堂四集》及《古今詞統》之研究》就沈際飛評點的《草堂詩餘》作出討論，不但說明其編選目的、內容體例和所反映的詞學觀，也論及其評點成就〔註129〕；陳清茂《楊慎的詞學》、林惠美《楊慎及其詞學研究》則論及楊慎批點《草堂詩餘》的詞學拓展〔註130〕；謝旻琪《明代評點詞集研究》，其中亦針對楊慎評點《草堂詩餘》和沈際飛評點《草堂詩餘四集》，分別探討其批評範式、詞學觀和審美風尚〔註131〕。單篇論文部分，則有張宏生〈楊慎詞學與《草堂詩餘》〉，認為楊慎對《草堂詩餘》的批評，不全然採取贊成與承繼的態度，而是有「正反兩個方面，層次也比較豐富」，但考量書商所出版之《草堂詩餘》批點本，不能排除偽託的可能，因此只就楊慎的《詞品》來論〔註132〕；岳淑珍〈張綖《草堂詩餘別錄》考論〉，認為張綖《草堂詩餘別錄》的評點「反映了張綖的詞學觀點及其『婉約』、『豪放』二體說的思考過程」〔註133〕；甘松〈《草堂詩餘》與明前中期詞學演變——以陳鐸、張綖等人為例〉，認為「在詞學觀念上，明前中期詞壇對《草堂詩餘》的接受和評價大致經歷了由肯定到反思、由學習實踐到理論提昇的過程」〔註134〕；丁放、甘松〈《草堂詩餘四集》的編選評點及其詞學意義〉，

〔註128〕謝桃坊：《中國詞學史》（修訂本），頁191。

〔註129〕李娟娟：《《草堂四集》及《古今詞統》之研究》，1996年6月，高雄師範大學國文研究所碩士論文。

〔註130〕陳清茂：《楊慎的詞學》，1994年5月，臺灣師範大學國文研究所碩士論文；林惠美：《楊慎及其詞學研究》，2003年，高雄師範大學國文學系博士論文。

〔註131〕謝旻琪：《明代評點詞集研究》，2004年6月，東吳大學中國文學系碩博士班碩士論文。

〔註132〕張宏生：〈楊慎詞學與《草堂詩餘》〉，《南京師大學報（社會科學版）》2008年3月，頁135。

〔註133〕岳淑珍：〈張綖《草堂詩餘別錄》考論〉，《新鄉學院學報（社會科學版）》2008年10月，頁95。

〔註134〕甘松：〈《草堂詩餘》與明前中期詞學演變——以陳鐸、張綖等人為例〉，《合肥師範學院學報》2010年1月，頁25。

則從沈際飛的評點作出歸結,認為他重視「言『情』與寫『真』」,欣賞「自然雋永、翻新出奇」之詞,「講究字句章法,辨析詞調音韻」,「肯定金元明詞」〔註 135〕;葉輝〈從明代的《草堂詩餘》批評看明人的詞學思想〉,認為明人重情,因此「在批評詞作時,將抒情的優劣作為品評詞作高下的重要標準。」〔註 136〕

　　從這些研究趨向看,可以發現學者最為關注的是楊慎評點《草堂詩餘》和沈際飛評點《草堂詩餘》的發展,一方面是因其獨到的審美眼光,一方面則是著重其影響;學者多注意到評點作為一種批評方式,所反映的詞學觀,以及與明代文學發展之間的關係,雖然《草堂詩餘》的整體文學價值不高,但經明代詞評家修訂、評點過後,卻開啟了詞作批評的風氣,詞評家多能從詞的各個面向作出細部的分析和評賞,有助於唐宋詞在明代的流傳與深入認識。在這樣的研究基礎上,筆者想要探討的是,究竟明代對唐宋詞的評點發展到怎樣的情形,與南宋黃昇的《花庵詞選》是否有所承繼關係,還是有顯著的不同?在黃昇《花庵詞選》對唐宋名家詞的命意及造語都已有既定分析的情況下,明人的評點要如何作出突破?為了釐清這個問題,並使本文的論述更為完整,仍然必須對這一階段的評點情況有所交代,因此先以影響最廣,最具代表性的楊慎批點《草堂詩餘》和沈際飛《古香岑草堂詩餘四集》為主要討論對象,探討他們的評點有何進展與特色;繼而探討明代末年,試圖扭轉和修正《草堂》詞風,而出現的《古今詞統》,其主要評點者徐士俊對唐宋詞的評點又有何改變。

一、楊慎批點《草堂詩餘》析論

　　楊慎,字用修,號升庵。四川新都人,生於明孝宗弘治元年

〔註 135〕 丁放、甘松:〈《草堂詩餘四集》的編選評點及其詞學意義〉,《文學評論》2009 年 3 期,頁 164~166。

〔註 136〕 葉輝:〈從明代的《草堂詩餘》批評看明人的詞學思想〉,《人文雜誌》2002 年 6 期,頁 95。

（1488），卒於世宗嘉靖四十年（1561）。在明代《草堂詩餘》盛行的風氣下，亦曾根據顧從敬《類編草堂詩餘》本加以批點，目前常見明吳興閔暎璧刊朱墨套印本〔註137〕，及清光緒十三年（1887），山陰宋澤元據閔暎璧刊本重新校訂刊刻的《懺花盦叢書》本〔註138〕，另外，根據陶子珍《明代詞選研究》可知尚有朱之蕃於明萬曆年間刊刻之《詞壇合璧》四種，其中亦收有楊慎批點之《草堂詩餘》〔註139〕。從楊慎批點本來看，不但有眉批、旁批、尾批，亦在詞句旁使用「。」和「、」的批點符號，對照南宋評詞只見評語的情況，這一拓展很值得注意。為了避免《草堂詩餘》批點本可能因書商託名造成推論不確的問題，論述過程中將對照楊慎《詞品》的觀點作釐清。

（一）使用眉批、旁批，評賞佳句

在楊慎批點的《草堂詩餘》中，使用「。」和「、」兩種批點符號，除了發揮斷句功能，當這兩種符號出現在某些特定詞句之旁，並輔以眉批或旁批的說明時，這些符號便具有評賞作用。如評張輯〈桂枝香〉（梧桐雨細），在「梧桐雨細，漸滴作秋聲，被風驚碎」；「悠悠歲月天涯醉，一分秋，一分憔悴」；「落葉西風，吹老幾番塵世」；「疏簾淡月照人無寐」等句右旁，皆標有「。」的符號，眉批云：

「歲月天涯醉」與「吹老幾番塵世」，皆名理語。〔註140〕

明顯有引導讀者仔細對體會佳句的用意，並使批點符號同時具有摘錄佳句與批評的功能。又如，評秦觀〈水龍吟〉（小樓連苑橫空），除了眉批云：「首句與換頭一句俱隱妓名『樓東玉』三字，甚巧。」在「天還知道，和天也瘦」一句右旁，亦標上「。」的符號，旁批則云：

〔註137〕　〔明〕楊慎批點：《草堂詩餘》，明吳興閔暎璧刊朱墨套印本，臺北：國家圖書館藏。以下有關楊慎批點，多引自此書。

〔註138〕　〔明〕楊慎批點：《草堂詩餘》，清光緒山陰宋澤元《懺花盦叢書》本，《叢書集成續編》，臺北：新文豐出版公司，1991年7月臺一版。

〔註139〕　陶子珍：《明代詞選研究》，臺北：秀威資訊科技公司，2003年7月出版，頁75。

〔註140〕　〔明〕楊慎批點：《草堂詩餘》，卷四，頁34。

情極之語，纖穠特甚。〔註141〕

比較南宋黃昇《花庵詞選》評點秦觀此詞，詞牌下批語云：「寄營妓
樓婉婉，字東玉，詞中藏其姓名與字在焉。」〔註142〕楊慎除了在眉
批處說明作詞緣由，幫助理解詞意，還讚美秦觀藉「『小樓連苑』及
換頭『玉珮丁東』，隱『樓東玉』三字」〔註143〕的做法「甚巧」，同
時欣賞「天還知道，和天也瘦」是「情極之語」，可以看出楊慎所扮
演的角色，除了引導閱讀，作爲讀者與作品之間的媒介，更是一個
批評家和鑑賞家。雖然謝桃坊《中國詞學史》認爲：「楊慎所下的評
語不太多，而關於調名的解釋和事典的注釋，均甚爲疏漏。沈際飛
繼而評點的《草堂詩餘》在詞壇上的影響是大大超過了楊慎的。」
〔註144〕但從評點唐宋詞的發展來看，楊慎配合批點符號以評賞詞中
佳句的方式，證明詞作是值得仔細閱讀、欣賞與體會，使評點變得
細膩化，再加上楊慎的名氣，對《草堂詩餘》地位和價值的提昇，
自然可以發揮影響，並非毫無意義。只是，相較於黃昇《花庵詞選》
針對詞作旨意、整體風格的評點方式，楊慎這種針對特定字句的評
賞，容易引起讀者的誤解，以爲填詞只要追求字句雕琢華美、「纖穠
特甚」即可，對詞的發展也不免產生負面影響。

此外，楊慎所使用的「。」和「、」兩種批點符號，都用以標示
佳句，彼此之間並無截然的劃分，經常是混用的，如評張孝祥〈念奴
嬌〉(洞庭青草)，在上片「玉界瓊田三萬頃，著我扁舟一葉」一句右
旁，及下片詞末「扣舷一笑，不知今夕何夕」一句右旁，標上「、」
的符號；又在下片「孤光自照，肝肺皆冰雪」一句右旁，標上「。」
的符號，眉批則云：

淼杳曠忽，殊有仙氣。

〔註141〕〔明〕楊慎批點：《草堂詩餘》，卷四，頁36。
〔註142〕〔宋〕黃昇編集：《唐宋諸賢絕妙詞選》，頁35。
〔註143〕〔明〕楊慎：《詞品》，上海：上海古籍出版社，2009年8月一版，頁70。
〔註144〕謝桃坊：《中國詞學史》(修訂本)，頁186。

　　煞甚冷心腸。〔註145〕

顯然句旁標有批點符號者，皆爲值得欣賞的佳句，但前者以「、」
標示，後者以「。」標示，彼此的差別何在？讀者其實無法準確區
分。又如，評秦觀〈如夢令〉（鶯嘴啄花紅溜），楊愼在「指冷玉笙寒，
吹徹小梅春透」一句右旁，標上「。」的符號，旁批云：「翻李後
主『小樓吹徹玉笙寒』句。」在詞末「人與綠楊俱瘦」一句右旁，
亦標上「。」的符號，眉批卻云：「意想妙甚，然春柳恐未必瘦。」
〔註146〕同樣都使用「。」的符號，一者用旁批說明出處，讓讀者
對照原句，具有箋注的作用，一者藉眉批讚賞作者的「意想妙甚」，
並發表短評，可見楊愼此時的評點，尚未完全建立體例；但已爲後
來沈際飛的評點奠定基礎，因爲沈際飛在評點《古香岑草堂詩餘四
集》時，即使用「○」、「、」、「◎」、「ㄣ」等不同符號；分別標示
「靈慧新特之句」、「爾雅流麗之句」、「鮮奇警策之字」、「冷異巉削
之字」〔註147〕，這應是有鑑於楊愼評賞字句並無確然體例，讀者
容易無所適從的問題，所作出的修正。從這點來看，楊愼的評點在
明代亦具開拓奠基的作用。

（二）具有議論與考辨性質的評語

　　楊愼批點，除了針對特殊詞句進行評賞，留心詞人情感與巧思
的表達，還在《草堂詩餘》中，加入議論與考辨性質的批評，發表
對詞史發展、詞作特質、《草堂詩餘》選詞等諸多問題的看法，顯現
他的詞學觀點與審美趣味。如評陳叔寶〈秋霽〉（虹影侵堦）：

　　此亦胡浩然作也，何等佞人，將此詞添入陳後主名，六朝
　　安得有此慢調？況「孤鶩」、「落霞」，乃王勃序，後主豈預
　　知而引用之耶？〔註148〕

〔註145〕〔明〕楊愼批點：《草堂詩餘》，卷四，頁29～30。
〔註146〕〔明〕楊愼批點：《草堂詩餘》，卷一，頁2。
〔註147〕沈際飛《古香岑草堂詩餘四集·發凡》，〔明〕沈際飛評選：《古香
　　　　岑草堂詩餘·正集》，頁4～5。
〔註148〕〔明〕楊愼批點：《草堂詩餘》，卷五，頁13。

《詞品》亦云:「《草堂詞》選〈春霽〉、〈秋霽〉二首相連,皆胡浩然作也。格韻如一,尾句皆是『有誰得知』,而不知何等妄人,於〈秋霽〉下添入陳後主名,不知六朝焉知此等慢調?況其中有『孤鶩』、『落霞』語,乃襲用王勃之序,陳後主豈能預知勃文而倒用之邪?」〔註149〕可見楊慎對《草堂詩餘》的接受,並非只是一味推崇與讚許,而是能有所辯證與思索。又如,楊慎評王充〈天香〉(霜瓦鴛鴦):

> 一派俗俚之談,全不成調。

評京鏜〈木蘭花慢〉(算秋來景物):

> 用事庸,出語俗,何以為詞入選? 〔註150〕

這些例子,表現出楊慎對《草堂詩餘》選詞不當的批判,更提醒讀者應審慎辨別,以免受此俗俚之詞的影響,以一個評點者所扮演的區分優劣的角色看,楊慎的評點其實頗有識見。張宏生〈楊慎詞學與《草堂詩餘》〉云:「從楊慎生活的年代來看,他對《草堂詩餘》的研究,正好反映出該書開始進入明人的視野。他對明代《草堂詩餘》的流行,以及由此導致的社會性的仿效,既是一個推波助瀾的角色,也是一個反思批評的角色。」〔註151〕從這個角度看,楊慎對《草堂詩餘》的評點,除了評賞詞作,增加讀者對《草堂詩餘》的了解與閱讀興趣,還能針對其中的明顯錯誤,作出批判與指證,展現謹慎、講求實證的態度,立場也較客觀。以評點唐宋詞的發展來看,楊慎的評點除了「為讀者點明精彩」〔註152〕,在品評詞作時,還漸漸表現評點者個人的色彩和觀點,評點儼然成為評點者可以發表看法,並貼近讀者的管道,對明代詞學家的競相投入評點,評點風氣的盛行,以及對《草堂詩餘》的重視,都有所影響。

此外,楊慎在《草堂詩餘》的評點中,說明自己並非只欣賞「纖

〔註149〕 〔明〕楊慎:《詞品》,唐圭璋編:《詞話叢編》,頁459。
〔註150〕 〔明〕楊慎批點:《草堂詩餘》,卷四,頁6;卷四,頁33~34。
〔註151〕 張宏生:〈楊慎詞學與《草堂詩餘》〉,頁135。
〔註152〕 張伯偉:《中國古代文學批評方法研究》,北京:中華書局,2002年5月一版,頁543。

頓」之詞，對蘇軾、李清照等不同風格的作品，也同樣讚許，如評蘇
軾〈念奴嬌〉（大江東去）：

　　古今詞多脂膩纖媚取勝，讀東坡此詞感慨悲壯，雄偉高卓，
　　詞中之史也。銅將軍鐵拍板唱公此詞，雖優人謔語，亦是
　　狀其雄卓奇偉處。

評蘇軾〈滿庭芳〉（蝸角虛名）：

　　先生此詞，專在喚醒世上夢人，故不作一深語。

評李清照〈念奴嬌〉（蕭條庭院）：

　　情景兼至，名媛中自是第一。

評蘇軾〈念奴嬌〉（憑高眺遠）：

　　東坡中秋詞，〈水調歌頭〉第一，此詞第二。

評蘇軾〈哨遍〉（為米折腰）：

　　〈醉翁亭〉、〈赤壁前後賦〉，當時俱括為詞，俱泊然無味，
　　獨此東坡〈歸去詞〉特勝，不特其音律之諧也。〔註153〕

這些批評一方面推崇蘇軾和李清照的詞作表現，有助於提高兩人的詞
史地位，一方面則肯定《草堂詩餘》對這些詞作的選錄，使讀者更能
深入認識《草堂詩餘》的價值，這也正是楊慎評點《草堂詩餘》的原
因，即要證明詞一樣具有不輸給詩的文學價值〔註154〕。

　　但是，楊慎對《草堂詩餘》的評點不免有所錯誤，如作者判定錯
誤，楊慎評李煜〈浣溪沙〉（菡萏香銷翠葉殘）：「綺麗委宛，後主詞此
為第一。」〔註155〕宋澤元考訂云：「陳眉公評本：此詞是南唐元宗作，
證之《詞綜》亦然。《南唐書》云：元宗作〈浣溪沙〉詞，手寫以賜
王感化。惟《花庵》及此本屬之後主，恐誤。」〔註156〕又如，楊慎
評歐陽修〈瑞鶴仙〉（臉霞紅印枕）：「人謂永叔不能作情語，此詞煞甚

〔註153〕〔明〕楊慎批點：《草堂詩餘》，卷四，頁 29；9；25；26；卷五，
　　　　頁 35～36。
〔註154〕楊慎《草堂詩餘》序：「詩詞同工而異曲，共源而分派。」〔明〕
　　　　楊慎批點：《草堂詩餘》，《叢書集成續編》，頁 268。
〔註155〕〔明〕楊慎批點：《草堂詩餘》，卷一，頁 9。
〔註156〕〔明〕楊慎批點：《草堂詩餘》，《叢書集成續編》，卷一，頁 277。

情至。」〔註157〕沈際飛亦誤認爲歐詞〔註158〕，但，宋澤元考訂云：
「《詞苑叢談》云：此詞是陸雪窗（陸淞）作，迷離婉妮，幾在周、秦
之上。今誤作歐公，非是。」〔註159〕楊愼判定作者有誤，以致批評
仍缺乏論證。再如，楊愼評李煜〈虞美人〉（春花秋月何時了），詞牌下
批語云：「此詞想亦是歸朝後所作。」眉批云：「比〈浪淘沙〉詞較宛
轉蘊藉。」〔註160〕但李煜是否曾經歸朝，須經考證，並不能只憑詞
意來推想。這是在肯定楊愼評點有所拓展時，不能忽略的問題。

　　整體而言，楊愼所批點的《草堂詩餘》，不管就評點的形式還是
內容來看，都十分豐富，雖然批點符號的使用，並無法截然區分，眉
批和旁批，亦非完全用以評賞詞作，有時帶有議論性質，有時作爲箋
注，有時用以發表感想，體例不一，但在楊愼對《草堂詩餘》大部分
詞作幾乎都有批評或批點的情況下，對《草堂詩餘》在明代的盛行，
仍有關鍵影響。

二、沈際飛《古香岑草堂詩餘四集》評點析論

　　沈際飛，字天羽，江蘇人，爲明代後期文人。其《古香岑草堂
詩餘四集》共分《正集》、《續集》、《別集》、《新集》四集，《正集》
是根據顧從敬所輯《類選箋釋草堂詩餘》，而加以評點，《續集》、《別
集》亦同樣採取顧本以調分的編排方式，再加以評點，《新集》則爲
國朝詞。沈際飛評點唐宋詞之所以著名，除了因爲他獨到的審美眼
光，批評意見爲後人所重視，更在於他使用不同的批點符號，建立
評點的體例。

（一）評、注有別，建立評點體例

　　在南宋黃昇的《花庵詞選》中，所謂的評點與注釋，並無嚴格的

〔註157〕〔明〕楊愼批點：《草堂詩餘》，卷五，頁1～2。
〔註158〕〔明〕沈際飛評選：《古香岑草堂詩餘・正集》，卷五，頁6～7。
〔註159〕〔明〕楊愼批點：《草堂詩餘》，《叢書集成續編》，卷五，頁339。
〔註160〕〔明〕楊愼批點：《草堂詩餘》，卷二，頁7。

區分，因此在評點詞作時，也不免出現為詞句作注的情況；然而，沈際飛批點的《古香岑草堂詩餘四集》，卻在一開始就清楚區分評點與注釋的不同，並使用不同的批點符號，建立評賞的標準與體例，這對詞作的掌握以及批評水準的提昇相當有幫助。《古香岑草堂詩餘四集・發凡》於「著品」一條說明：

> 評語前未有也，近閩中墨本、吳興硃本有之，非唪囈則隔搔，見者嘔噦。茲集精加披剝，旁通仙釋，曲暢性情。其靈慧新特之句，用「○」；爾雅流麗之句，用「、」；鮮奇警策之字，用「◎」；冷異巉削之字，用「↷」；鄙拙膚陋字句，用「│」。復用「・」讀句，以便覽者，不囁嚅於開卷，心良苦矣。〔註161〕

又於「證故」一條指出：

> 註釋不曉耕之何人，而金陵本、閩中本、浙本、吳中本，轉展相襲，依樣葫蘆，顯者複說，僻者闕如，大可噴飯。今細細查註，微顯闡幽，不複不脫。間有援引非倫，亦如郭象註莊，意言之外，別有新趣耳。〔註162〕

顯然沈際飛清楚知道評點是屬於品評的一種，目的是要精準指出詞作妙處，以引導讀者充分領略並欣賞詞作之美；注釋則用以「微顯闡幽」，目的在於幫助理解詞意，偶爾也能有新的闡發。他對詞句的注釋，多附在詞句之下；至於對詞作的評點，則以眉批的方式呈現，如此一來，在形式上也可以有清楚的區隔。他將讀者的批評與對詞作的注釋作一劃分，使評點能確立為批評的一環，這對詞的評點來說，無疑是一大進展。

在沈際飛對評點體例的說明中，可知他對詞作採取一種精讀的方式，從詞句到用字，詳加體會與比較，以分判優劣，並藉由批點符號的使用，確立賞鑑標準。其最欣賞的是「靈慧新特之句」，以

〔註161〕沈際飛《古香岑草堂詩餘四集・發凡》，〔明〕沈際飛評選：《古香岑草堂詩餘・正集》，頁4～5。

〔註162〕沈際飛《古香岑草堂詩餘四集・發凡》，〔明〕沈際飛評選：《古香岑草堂詩餘・正集》，頁4。

「○」標記，代表詞句蘊含作者巧思，而且極有藝術表現力；其次是「爾雅流麗之句」，以「、」標記，代表詞句典雅而有韻致，並且富有文采。在用字上，最欣賞「鮮奇警策之字」，以「◎」標記，其字詞或者承上啓下，或能凸顯情感，對於整首詞具有關鍵性的影響；其次則是「冷異巉削之字」，以「ㄑ」標記，說明其用字雖然用得險，卻很見力道。至於「鄙拙膚陋字句」，則以「丨」標記，說明字句粗俗不雅，有損詞之格調。可見，沈際飛對於流俗所從之《草堂詩餘》，並非抱持全然接受與推崇的態度，而是能客觀回到詞的創作來看，仔細在字句上作評賞，有讚美亦有批評。藉由這樣的評點，使每一首詞都可以有被獨立評賞的機會，讀者循著批點符號的標註，再配合眉批的說明，便可深入了解詞作，進而學習其佳者，避免「鄙拙膚陋」之缺失。

如評周邦彥〈少年遊〉（并刀如水），沈際飛於詞牌下注云：「此調多參差不同，以本集二調為正。」又於詞下小題「冬景」底下，注云：「起句作八字，不用韻。」接著在「纖手破新橙」的「破」字右旁，以「ㄑ」的批點符號，說明這是「冷異巉削之字」，再於「相對坐調笙」，以及「低聲問向誰行宿，城上已三更。馬滑霜濃，不如休去，直是少人行。」幾句右旁，以「、」的批點符號，說明這是「爾雅流麗之句」。詞末則注云：「杜詩：『焉得并州快剪刀。』李詩：『吳鹽如花皎如雪。』杜詩：『霜愁騎馬滑。』又：『霜濃木石滑。』」眉批則云：

　　　冬景大不寂寞。

　　　「低聲」數語，旖旎婉戀，足以移情而奪嗜。〔註163〕

這種注釋和評點方式，除指出詞句的出處，以供讀者比較，還特別點出「破」字之特殊，又以「、」的批點符號，引導讀者需細細體會之處，再以「冬景大不寂寞」的批語，暗指女子的柔情，這不但凸顯周邦彥的寫詞功力，也能提供賞詞的依據。至於「起句作八字，不用韻」

<hr>

〔註163〕〔明〕沈際飛評選：《古香岑草堂詩餘‧正集》，卷一，頁34。

的說明，更可作爲創作的參考。這種批評與注釋分開的處理方式，亦可方便讀者閱讀。

又如，評柳永〈晝夜樂〉(秀香家住桃花徑)，沈際飛在「層波細剪明眸」一句右旁，以「○」的批點符號，說明這是「靈慧新特之句」；又在「膩玉圓搓素頸」一句右旁，以「◎」的批點符號，說明這是「鮮奇警策之字」；在「遇天邊亂雲愁凝」的「愁凝」二字右旁，則以「ㄟ」的批點符號，說明這是「冷異巉削之字」；又在「一聲聲堪聽」、「猶自怨鄰雞，道秋宵不永」幾句右旁，以「、」的批點符號，說明這是「爾雅流麗之句」；至於「無限狂心乘酒興，這歡娛漸入佳靜」一句右旁，則以「｜」的批點符號，說明這是「鄙拙膚陋字句」；再以眉批說道：

> 詞樂而淫，不當入選；「膩玉」句則佳，東坡用之，得并存。

詞末注釋則云：

> 秀香，妓名。
>
> 顧愷之：「倒餐甘蔗，口漸入佳境爾。」〔註164〕

然而，這首詞不管是從北宋詞的發展，或是從柳永詞的創作歷程來看，其代表性和重要性都不夠，所以，南宋黃昇《花庵詞選》就直接批評說：「此詞麗以淫，不當入選，以東坡嘗引用其語，故錄之。」〔註165〕但沈際飛卻如此的精讀詞作，並爲之作注，以作爲學習的參考，雖然他也反對淫俗之作，可是對詞中可取的佳句，仍會予以指出，並點明造成詞作格調不高的原因，以避免習詞者犯同樣錯誤。從正面的影響看，這種評點的方式和態度，說明不管雅詞還是俗詞，皆有可觀、可取之處，不可等閒視之或一語帶過；然而，從負面的影響看，此詞是爲妓女所作，立意終究不高，況且在《古香岑草堂詩餘·正集》中，〈晝夜樂〉一調，只選柳永此詞爲例，以此作爲習詞範本，容易使明詞只講究詞句華美，缺乏對命意的重視。更何況此詞也未能凸顯

〔註164〕〔明〕沈際飛評選：《古香岑草堂詩餘·正集》，卷四，頁9。
〔註165〕〔宋〕黃昇編集：《唐宋諸賢絕妙詞選》，頁48。

柳詞的特色，這將導致對柳永詞的片面認識。

　　整體來看，沈際飛《古香岑草堂詩餘四集》這種評、注分開的方式，若與南宋黃昇《花庵詞選》評、注不分的情況相比，確實可使批評走向專業化。他對每一首詞都抱持細細品讀的態度，指出其中的「靈慧新特之句」、「爾雅流麗之句」、「鮮奇警策之字」、「冷異巉削之字」，以供欣賞與學習，自然可以提高《草堂詩餘》入選詞作的價值。但，值得思考的是，以《草堂詩餘》編選的嚴謹度，以及所選詞家、詞作的代表性看，是否值得如此精讀與評賞？又是否因為《草堂詩餘》所選，多「春恨」、「春思」、「秋懷」、「秋思」、「閨情」、「閨思」之作，在詞作命意上，難以道出其特殊，所以才要如此在字句上作鑽研？雖然沈際飛以此初步建立評點的體例，但一味賞析詞藻之華美，客觀來看，仍難提高《草堂詩餘》整體的評價。

（二）靈活使用眉批，進行鑑賞

　　南宋黃昇的《花庵詞選》多使用詞牌下批語與尾批的形式，其評語不是在一詞之首就是一詞之末，所以他的批評多是針對整首詞而發，以概括整首詞的特點；然而沈際飛的《古香岑草堂詩餘四集》則多使用眉批的形式，有時也對整首詞發表評論，但更多時候是隨著他的閱讀所感，並配合批點符號的使用，說明詞之章法與蘊含之情感，同時有所聯想與闡發，整體而言，顯得靈活而不拘格套。如評秦觀〈桃源憶故人〉（碧紗影弄東風曉）：

　　　　「海棠開了」，下轉出「啼鳥」、「妝點」，趣溢不窘。

評晏幾道〈探春令〉（綠楊枝上曉鶯啼）：

　　　　即「打起黃鶯兒，莫教枝上啼」意。

　　　　睡不成，淚不極，聲情殆盡。

評黃庭堅〈醉落魄〉（紅牙板歇）：

　　　　即後主詞：「待踏馬蹄清夜月。」其不羈在個「碎」字。

評王安石〈漁家傲〉（平岸小橋千嶂抱）：

　　　　極能道閒居之趣。

　　　　荊公執拗新法，鏟滅正人。渾是邯鄲一夢，至此推枕而覺
　　　矣。

評晁沖之〈傳言玉女〉（一夜東風）：

　　　　如見深閨小婦，舉止羞澀，語言柔脆，不由入動情矣。

評周邦彥〈蕙蘭芳引〉（寒瑩晚空）：

　　　　一部《西廂》只此句。〔註166〕

　　　以沈際飛的評點來看，就如同他對黃庭堅〈醉落魄〉（紅牙板歇）
的評語一般，全在「不羈」二字，有時針對詞作整體藝術表現而言，
如評王安石〈漁家傲〉（平岸小橋千嶂抱）：「極能道閒居之趣。」但此
語黃昇《花庵詞選》已提過〔註167〕，所以沈際飛不忘加入自己的解
讀，說：「荊公執拗新法，鏟滅正人。渾是邯鄲一夢，至此推枕而覺
矣。」對其閒居選擇，有所諷刺；有時則會分析章法，如評秦觀〈桃
源憶故人〉（碧紗影弄東風曉）：「『海棠開了』，下轉出『啼鳥』、『妝點』，
趣溢不窮。」指出其句法之妙；有時亦會聯結他詞，作一比較，如
評黃庭堅〈醉落魄〉（紅牙板歇）：「即後主詞：『待踏馬蹄清夜月。』
其不羈在個『碎』字。」可見，他是隨著自己的感悟與體會，再基
於創作及鑑賞功力，信手拈來，自成一格，同時對詞有另一番新解。
而且，沈際飛還擅長使用譬喻，使其評語顯得生動有致，如評晁沖
之〈傳言玉女〉（一夜東風）：「如見深閨小婦，舉止羞澀，語言柔脆，
不由入動情矣。」評周邦彥〈蕙蘭芳引〉（寒瑩晚空）：「一部《西廂》
只此句。」這比直接說晁沖之筆下人物形象鮮明，周邦彥寫詞含蓄
而有情致，還來得更有變化，也更有涵蓋力與想像空間，成功凸顯
二位詞人的創作特色。這便是沈際飛的評點具有識見，並有感染力
的原因。

　　　再看沈際飛的評點與指導創作之間的關係，沈際飛《古香岑草

〔註166〕〔明〕沈際飛評選：《古香岑草堂詩餘・正集》，卷一，頁32；33；
　　　　　卷二，頁5；19；32；卷三，頁3。

〔註167〕黃昇《花庵詞選》評王安石〈漁家傲〉（平岸小橋千嶂抱）：「極能
　　　　　道閒居之趣。」〔宋〕黃昇編集：《唐宋諸賢絕妙詞選》，頁24～25。

堂詩餘四集・發凡》於「分裹」一條指出：「《正集》，裁自顧汝所手，此道當家，不容輕爲去取，其附見諸調，竝鱗次其中。」〔註168〕這裏的「顧汝所手」，指的是明代顧從敬所輯《類選箋釋草堂詩餘》，此選將明代增修、箋注《草堂詩餘》，多以類分的編排方式，改以調分，按照小令、中調、長調的次序，每一詞牌至少列出一首詞爲例，其目的除了方便閱讀，更有助於摹擬習作。沈際飛採用此選爲《正集》底本，其《續集》、《別集》亦同樣採取以調分的編排方式，再加以評點，就是希望能成爲學詞的參考依據。《古香岑草堂詩餘四集・發凡》於「定譜」一條指出：「余則以一調爲主，參差者明註字數多寡，庶定格自在，神明惟人，即此是譜，不煩更覓《圖譜》矣。」〔註169〕可見沈際飛有意以其評點、注釋，說明每一詞牌的格律，以指導創作，甚至取代張綖《詩餘圖譜》，企圖心可見一斑。

因此，在《古香岑草堂詩餘四集》的評點中，可以看到沈際飛對詞體特質與創作的分析，如評李煜〈虞美人〉（春花秋月何時了）：

> 詞家以山喻愁、以水喻愁，皆入情。「落紅萬點愁如海」，「一江春水向東流」，以水喻也。方回云：「試問閒愁知幾許，一川煙草，滿城風絮，梅子黃時雨。」兼花木喻愁之多，更新特。

評劉過〈唐多令〉（蘆葉滿汀洲）：

> 情暢、語俊、韻協，音調不見扭造，此改之得意之筆。

評康與之〈風入松〉（一宵風雨送春歸）：

> 此調前後段字數皆同，諸作於前後段第四句，或皆六字，或皆七字，此後疊作七字，前段亦宜七字。舊譜有「好」字，今從之。

> 「流水難西」，一篇警策處。「花飛滿院」，非不佳；第「風

〔註168〕沈際飛《古香岑草堂詩餘四集・發凡》，〔明〕沈際飛評選：《古香岑草堂詩餘・正集》，頁3。

〔註169〕沈際飛《古香岑草堂詩餘四集・發凡》，〔明〕沈際飛評選：《古香岑草堂詩餘・正集》，頁5。

雨紅稀」，已包得了。

評晁補之〈洞仙歌〉（青煙冪處）：

　　凡作詩詞，當如常山之蛇，救首救尾。「青煙冪處」至「臥桂影」，固已佳矣；後段「都將許多明，付與金樽」至「素秋千頃」，可謂善救首尾者也。朱希眞〈念奴嬌〉詞，「插天翠柳」至「瑤臺銀闕」亦已佳；後段「洗盡凡心」至「休向人說」，收拾得無意味，并前迤索然。「冷浸佳人」、「素秋千頃」等語，能繪其明。

評周邦彥〈憶舊遊〉（記愁痕淺黛）：

　　一起下個「記」字，後來下個「更」字。「新燕」、「東風」是題旨，有以「門掩秋宵」，明說是秋寒。「蛩」、「流螢」，秋宵物類，而疑錯簡，則虛字何住。

　　散活尖酸，過崔氏語。

評蘇軾〈賀新郎〉（乳燕飛華屋）：

　　恍惚輕慢。本詠夏景，至換頭單說榴花。高手作文，語意到處即爲之，不當限以繩墨。榴花開，榴花謝，似「芳心共粉淚」想像，詠物妙境。

　　凡作詞或具深衷，或即時事，工與不工，則作手之本色，自莫可掩。〈賀新涼〉一解，苕溪正之誠然，而爲秀蘭，非爲秀蘭，不必論也。兩家紛然，子瞻在泉，不笑其多事耶！

〔註170〕

雖然上述這些評點，有的是化用宋人說法，如「詞家以山喻愁、以水喻愁」之說，宋代羅大經《鶴林玉露》已作過說明〔註171〕；「凡

───────────

〔註170〕〔明〕沈際飛評選：《古香岑草堂詩餘·正集》，卷二，頁2～3；18；30～31；卷三，頁5～6；卷四，頁33～34；卷六，頁10～11。

〔註171〕羅大經《鶴林玉露》云：「詩家有以山喻愁者，杜少陵云：『憂端如山來，澒洞不可掇。』趙嘏云：『夕陽樓上山重疊，未抵春愁一倍多。』是也。有以水喻愁者，李頎云：『請量東海水，看取淺深愁。』李後主云：『問君都有幾多愁，恰似一江春水向東流。』秦少游云：『落紅萬點愁如海。』是也。賀方回云：『試問閒愁知幾許，一川煙草，滿城風絮，梅子黃時雨。』蓋以三者比愁之多也，尤爲新奇。兼興中有比，意味更長。」〔宋〕羅大經《鶴林玉露》，

作詩詞，當如常山之蛇，救首救尾」之說，《苕溪漁隱叢話》亦有相同說法〔註172〕，但沈際飛以眉批的方式標明，提供讀者對照與參考，這樣的眉批內容其實相當豐富，並有彙整與提示的作用。此外，從這些評語亦可看出沈際飛重視情感之表達，必須是真摯而不造作，這也符合他在《古香岑草堂詩餘四集·序》中所提出的「傳情」主張：

> 情生文，文生情，何文非情？而以參差不齊之句，寫鬱勃難狀之情，則尤至也。

> 故詩餘之傳，非傳詩也，傳情也，傳其縱古橫今，體莫備於斯也。余之津津焉評之而訂之，釋且廣之，情所不自已也。〔註173〕

不管是選取怎樣的題材，採用什麼譬喻方式，能否「入情」，才是首要考量；其次則是有關語句的鍛鍊，不但要配合詞牌格律，留心每句字數多寡，還要重視詞之章法，起句、結句和換頭處，以及用字，不管「或具深衷，或即時事」，皆要仔細琢磨，方有韻味，如此亦能展現寫詞功力；最後還有協不協韻的問題，更要詳加研考，惟有符合這些要求者，才稱得上是佳詞。以上這幾例的評點，沈際飛不單是評賞詞作，他還指出了詞中常見的譬喻手法，以及詞牌格律和詞之章法，

《叢書集成新編》，臺北：新文豐出版公司，1984年6月出版，卷七，頁72。

〔註172〕 《苕溪漁隱叢話》云：「凡作詩詞，當要如常山之蛇，救首救尾，不可偏也。如晁無咎作中秋〈洞仙歌辭〉，其首云：『青煙冪處，碧海飛金鏡，永夜閑階臥桂影』，固已佳矣；其後云：『待都將許多明，付與金樽，投曉共流霞傾盡。更攜取胡床上南樓，看玉做人間，素秋千頃』，若此，可謂善救首尾者也。至朱希真作中秋〈念奴嬌〉，則不知出此，其首云：『插天翠柳，被何人推上，一輪明月，照我藤床涼似水，飛入瑤臺銀闕』，亦已佳矣；其後云：『洗盡凡心，滿身清露，冷浸蕭蕭髮。明朝塵世，記取休向人說』，此兩句全無意味，收拾得不佳，遂并全篇氣索然矣。」〔宋〕胡仔：《苕溪漁隱叢話》，臺北：世界書局，1966年4月再版，頁733。

〔註173〕 沈際飛《古香岑草堂詩餘四集·序》，〔明〕沈際飛評選：《古香岑草堂詩餘·正集》，頁4～5；7～8。

其對詞之創作顯然很有心得。讀者在閱讀沈際飛《古香岑草堂詩餘四集》的過程中，除了可以培養賞鑑眼光，在根據《草堂詩餘》進行模擬創作時，只要能仔細在一字一句上多加揣摩體會，並參考沈際飛的批評意見，對創作應有幫助。

（三）詞貴香而弱，雄放者次之

沈際飛《古香岑草堂詩餘四集・序》提出「詩餘之傳，非傳詩也，傳情也」的論點，並說明詞是「以參差不齊之句，寫鬱勃難狀之情」〔註174〕，以其所收詞作來看，仍以表達男女情思者居多，反映了《草堂詩餘》的屬性，也呼應沈際飛《古香岑草堂詩餘四集・序》所謂：「人之情，至男女乃極」〔註175〕的觀點。因此在沈際飛的評點中，亦可看到對這一觀點的重視。如其評胡浩然〈東風齊著力〉（殘臘牧寒）：

　　詞貴香而弱，雄放者次之，況麤鄙如許乎！

評歐陽修〈瑞鶴仙〉（臉霞紅印枕）：

　　詞以弄月嘲風為主，聲復出鶯吭燕舌之間，不近乎情，不可鄰乎鄭衛！則其景而帶情，騷而存雅，不在玄乎！委婉深厚，不忍隨口而過，漢魏餘意。

評柳永〈望梅〉（小寒時節）：

　　填詞即綺靡，而《三百》微婉之旨存焉。〔註176〕

這樣標舉詞體「香而弱」，並認為「詞以弄月嘲風為主」的觀點，應是反映了明代普遍的詞學觀點，如明代王世貞《藝苑卮言》即云：「詞須宛轉綿麗，淺至儇俏，挾春月煙花於閨幨內奏之，一語之豔，令人魂絕，一字之工，令人色飛，乃為貴耳。至於慷慨磊落，縱橫豪爽，抑亦其次，不可作耳。作則寧為大雅罪人，勿儒冠而胡服也。」

〔註174〕 沈際飛《古香岑草堂詩餘四集・序》，〔明〕沈際飛評選：《古香岑草堂詩餘・正集》，頁7～8；4～5。

〔註175〕 沈際飛《古香岑草堂詩餘四集・序》，〔明〕沈際飛評選：《古香岑草堂詩餘・正集》，頁5。

〔註176〕 〔明〕沈際飛評選：《古香岑草堂詩餘・正集》，卷三，頁9；卷五，頁6～7；26。歐陽修〈瑞鶴仙〉（臉霞紅印枕）詞，前段已述，此為陸淞詞，非歐詞。

又云：「溫飛卿所作詞曰《金荃集》，唐人詞有集曰《蘭畹》，蓋皆取其香而弱也。然則雄壯者，故次之矣。」〔註177〕然而，這樣有意引導詞風的發展趨向，限制詞的題材和主題，並以這樣範圍狹小的選輯，搭配如此色彩鮮明的評點和引導，雖然讓詞憑藉「嘲風弄月」的寫情之作，在明代取得延續生命的合理性和正當性，對推動當代詞的創作具有不可抹滅的影響；但以這樣的批評觀點，套在其他非以婉約詞著稱的唐宋詞家身上，是否會造成片面和偏頗的認識？

檢視《古香岑草堂詩餘‧正集》的評點，沈際飛評蘇軾〈哨遍〉（爲米折腰）：

> 「誰不遣君歸」，棒喝。檃括渾似東坡詩作者。
>
> 《詩》變而爲《騷》，《騷》變而爲詞，皆可歌也。淵明以賦爲詞，故東坡云然。《後山詩話》謂：「東坡以詩爲詞，如教坊雷大使之舞，極天下工，要非本色。」不知東坡自云：「平生不善唱曲，間有不入腔處，非盡如此。」觀此則東坡又善唱矣，後山何比況之？〔註178〕

顯然沈際飛仍能謹守批評家該有的立場，客觀評詞，並不會因爲此詞非一般「嘲風弄月」之作，不符合「詞體香而弱」的特質，或沈際飛個人的喜好，給予否定，反而能讚賞東坡眞性情的表露，並爲他的「以詩爲詞」、「不協音律」作出辯駁，這是沈際飛的評點之所以能獨樹一格的原因。

再看沈際飛對眞正雄放之詞的評點，如評岳飛〈滿江紅〉（怒髮衝冠）：

> 膽量、意見、文章，悉無古今。有此願力，是大聖賢、大菩薩。武穆〈小重山〉一詞：「欲將心事付瑤琴，知音少，絃斷有誰聽。」又指主和議者多也，大同唐詞，置之。〔註179〕

〔註177〕〔明〕王世貞《藝苑卮言》，唐圭璋編：《詞話叢編》，頁385；386。
〔註178〕〔明〕沈際飛評選：《古香岑草堂詩餘‧正集》，卷六，頁26。
〔註179〕〔明〕沈際飛評選：《古香岑草堂詩餘‧別集》，卷三，頁20。

沈際飛《古香岑草堂詩餘‧別集》所收錄之詞，都由他揀擇，不像《正集》是取顧從敬《類選箋釋草堂詩餘》爲底本，《續集》是由毘陵長湖外史類輯，因此，這首不似《花間》、《草堂》風格的詞作，沈際飛大可不選，然而，沈際飛不但選入，還稱其「膽量、意見、文章，悉無古今」，可見到了明朝崇禎年間沈際飛《古香岑草堂詩餘四集》刊刻之時，以「香而弱」爲主的《草堂》詞風，漸漸有所改變，至少在沈際飛《古香岑草堂詩餘‧別集》中，已努力作一平衡，其選入如辛棄疾〈永遇樂〉（千古江山）、〈沁園春〉（杯汝來前）、劉克莊〈沁園春〉（何處相逢），蔣捷〈沁園春〉（老子平生）、〈沁園春〉（結算平生），文天祥〈滿江紅〉（試問琵琶）等，或感慨或寄寓，或自嘲或戲謔的詞作，使詞「有別才，有別趣」，並「別於《正》，別於《續》」〔註180〕，以呈現詞的多樣面貌。

　　雖然沈際飛主張「詞貴香而弱」，但反對「樂而淫」〔註181〕者；雖然「以雄放者次之」，但沒有否定雄放之詞，可見沈際飛的選詞和評點，不但爲讀者提供區分優劣的依據，以提高評詞賞詞的水準，更在某種程度上修正和平衡了《草堂》詞風的偏頗發展，只是所選雄放之詞在數量上仍顯不足，只是少量點綴在《古香岑草堂詩餘‧別集》中，如果希望透過此書模擬學習的讀者，不會流於「樂而淫」者，則不一定能符合期待。

（四）沈際飛《古香岑草堂詩餘四集》評點的意義及價值

1. 引導讀者精研詞作

〔註180〕　沈際飛《古香岑草堂詩餘別集‧小序》：「詩餘之有別集，有味乎言別也。滄浪氏云：『詩有別才，有別趣』，餘何獨不然！」「吾且於材取別，別於《正》，別於《續》，之謂別也。」〔明〕沈際飛評選：《古香岑草堂詩餘‧別集》，頁3；5。

〔註181〕　沈際飛評柳永〈晝夜樂〉（秀香家住桃花徑）：「詞樂而淫，不當入選；『膩玉』句則佳，東坡用之，得并存。」〔明〕沈際飛評選：《古香岑草堂詩餘‧正集》，卷四，頁9。

　　沈際飛《古香岑草堂詩餘四集》的評點，透過「○」、「、」、「◎」、「Ｑ」、「｜」等五種批點符號，建立賞鑑詞作的標準，區分評點與注釋的不同，引導讀者精研詞作，並在詞的批評上有所拓展與鑽研，爲讀者提供評賞與學習依據，這些都是此選的一大突破。

　　在南宋黃昇的《花庵詞選》中，只有評語而無批點，爲了便於流傳，因此專就詞之命意、主旨，以及藝術特色，作出評價，在音樂尚存的時候，黃昇的評語是爲了確實賞握並理解詞意，也使歌者可以準確演繹其情，其《中興以來絕妙詞選‧序》即指出：編輯詞選的目的在於提供「花前月底，舉杯清唱，合以紫簫，節以紅牙，飄飄然作騎鶴揚州之想，信可樂也。」〔註182〕到了明代，《草堂詩餘》的流傳則只在文字部分，沈際飛對一詞一句詳加批點，帶領讀者精讀詞作，並分判優劣，使《草堂詩餘》轉變爲讀本的性質。雖然顧從敬《類選草堂詩餘》不取《草堂詩餘》以類分的方式，改以調分，以便模擬學習，但如果沒有沈際飛取顧從敬《類選草堂詩餘》爲底本，並一一詳加評點，讀者不但少了引導，無法精研詞句，也少了賞詞的精準眼光，難以在讀詞時習得創作佳詞之法。丁放、甘松〈《草堂詩餘四集》的編選評點及其詞學意義〉亦云：沈際飛使用的「符號圈點具有直觀的特點，易爲初學者接受。」〔註183〕可見，批點符號的使用，除了使批評更具體而有針對性，也具有引導閱讀的作用，這便是沈際飛《古香岑草堂詩餘四集》評點所帶來的一大進展。

2. 具有理論分析的特性

　　有關詞的批評，從南宋黃昇《花庵詞選》開始，便常以簡短、扼要的評語，概括一首詞的特點，如評舒亶〈菩薩蠻〉(畫船槌鼓催君去)：「此詞極有味。」評史達祖〈雙雙燕〉(過春社了)：「詠燕，形容盡矣。」

〔註182〕黃昇《中興以來絕妙詞選‧序》，頁2。
〔註183〕丁放、甘松：〈《草堂詩餘四集》的編選評點及其詞學意義〉，《文學評論》2009年3期，頁164。

〔註 184〕但到底何謂「有味」、「無味」，如何才是「形容盡矣」，缺乏分析與說明，一切似乎「只能意會，不可言傳」。這種評語的好處是簡潔明瞭，好或不好，皆一語道盡，評點者是站在鑑賞家的高度來區分詞作優劣，並透過詞選之編輯、評點，充分展現自己的學識以及對詞的掌握，但如果站在詞選要普及，能被一般讀者所接受和理解，進而達到模擬學習的目的，這種概要式的評語，顯然就不能符合需求。明代盛行《草堂詩餘》，可以知道當時詞壇的風氣和一般人的喜好，就是偏向婉約柔豔風格，所以整部詞選多「閨情」、「閨思」、「春怨」、「春恨」之作，沈際飛因應這樣的風氣，評選《古香岑草堂詩餘四集》，其基本訴求就是要隨俗所好，評點也不能再像以前一樣，只是高手過招，不留痕跡，必須要能給出一個理由，同時說出一個所以然，使一般讀者可以理解和掌握。尤其，沈際飛希望《古香岑草堂詩餘四集》能取代張綖《詩餘圖譜》，進而達到指導創作的目的，則對詞的批評，就必須從詞體構成的各個條件，作出詳細分析和探究，這些都促使沈際飛的評點有了截然不同的進展與發揮空間。

　　如前所引沈際飛《古香岑草堂詩餘四集》評康與之〈風入松〉（一宵風雨送春歸）、晁補之〈洞仙歌〉（青煙冪處）、周邦彥〈憶舊遊〉（記愁痕淺黛），從詞的格律用韻、章法安排、字法、句法等，詳細作出說明和提點，又針對蘇軾〈賀新郎〉（乳燕飛華屋），分析其詠物之妙，並對此詞是否為妓女秀蘭所作的爭議，指出其非賞詞要點，情感之真切與造語之工致，才是讀者需要關注與學習的重點〔註 185〕，透過這樣的

〔註 184〕〔宋〕黃昇編集：《唐宋諸賢絕妙詞選》，頁 41；《中興以來絕妙詞選》，頁 73。

〔註 185〕沈際飛評蘇軾〈賀新郎〉（乳燕飛華屋）：「恍惚輕慢。本詠夏景，至換頭單說榴花。高手作文，語意到處即為之，不當限以繩墨。榴花開，榴花謝，似『芳心共粉淚』想像，詠物妙境。凡作詞或具深衷，或即時事，工與不工，則作手之本色，自莫可掩。〈賀新涼〉一解，苕溪正之誠然，而為秀蘭，非為秀蘭，不必論也。兩家紛然，子瞻在泉，不笑其多事耶！」〔明〕沈際飛評選：《古香岑草堂詩餘·正集》，卷六，頁 10～11。

評點方式，使詞的評賞變得有依據，並能實際從詞的創作來談，具體給出理由，具有理論分析的特性，也指出學詞途徑，使讀者有參考和模擬的對象，更可加速《草堂詩餘》的流傳與影響，這點亦是沈際飛評點的最大意義和價值。

三、卓人月、徐士俊《古今詞統》評點析論

卓人月（1606～1636），字珂月，號蕊淵，浙江仁和（今杭州）人；徐士俊（1602～1681），字野君，一字三有，亦為浙江仁和人。明代出現大量以《草堂詩餘》為編選底本的詞選，即使有沈際飛《古香岑草堂詩餘四集》的評點，試圖引領詞壇的發展，但一以《草堂》為準的創作模式，無可避免會使詞風趨於纖弱，在此情況下，為了試圖作出扭轉和改變，因而出現卓人月彙選、徐士俊參評的《古今詞統》，這即是二人編輯此選的意義和價值。這部詞選除了選錄隋、唐及宋、金時期的作品，還加入元、明的詞作，編者有意要呈現詞的歷時演變，並作一古今對照。此外，卷首還收錄明代各家編著修訂《草堂詩餘》的原序，此書評點者對之一一進行批評，對此，陶子珍《明代詞選研究》認為：

> 《古今詞統》將多種《草堂詩餘》選本，匯為一編，而又別開生面，另闢新貌，其由明末過渡至清代詞壇，對於詞人創作風格與詞學風氣之發展，具有關鍵性之影響。〔註186〕

如果從徐士俊《古今詞統·序》來看：

> 詞盛於宋，亦不止於宋，故稱古今焉。

> 世人但知《花間》、《草堂》、《蘭畹》之為三珠樹，而不知《詞統》之集大成也。

> 或曰：詩餘興而樂府亡，歌曲興而詩餘亡。夫有統之者，何患其亡也哉？〔註187〕

〔註186〕陶子珍：《明代詞選研究》，頁356。

〔註187〕徐士俊《古今詞統·序》，〔明〕卓人月彙選、徐士俊參評：《古今詞統》，據明崇禎刻本影印，《續修四庫全書·集部·詞類》，上海：

可見此選在明代末年出現，明顯扮演著一統古今之詞的角色，有意拓展一般人對詞作的既定認知，使之不局限在《花間》、《草堂》的框架之內，同時可以延續詞在當代的生命，具有一定的詞學意義。

　　針對《古今詞統》這部詞選的重要性，丁放、葛旭芳〈從明代詞選看詞學觀念的演變〉指出：「至崇禎末年，《古今詞統》出，其評語多達上千條，對明代詞學觀念的進步，對明末及清代詞評之書的發展，產生了重大的影響。」〔註188〕張宏生〈統序觀與明清詞學的遞嬗──從《古今詞統》到《詞綜》〉亦認為：此書影響了清代浙西詞派和常州詞派的詞學發展，其「選稼軒詞獨多，已經從一個特定角度，隱隱將典雅格律納入討論的範圍」；「周濟在其《宋四家詞選》中『退蘇進辛』」，「其淵源至少也可以追溯到明末的《古今詞統》」〔註189〕。可見，這部詞選所扮演的總結一時代風氣的角色確實值得仔細探尋。除此之外，在《古今詞統》中，亦出現大量的評點資料，評點者除採用眉批和尾批的形式，還使用「。」、「、」等符號，對大部分的詞作進行校注和審美的賞析，背後自有其批評標準和方法需要釐析。透過這部詞選，還能與沈際飛評點的《草堂詩餘》，作一比較和照應，以明瞭這一時期唐宋詞評點的發展與演變情況，並評析其評點的詞學意義和價值。

（一）結合批點符號，評賞詞作

　　在明代卓人月彙選、徐士俊參評的《古今詞統》中，可以看到評點者在詞句的右旁，使用「。」和「、」兩種批點符號，整體來看是「。」多於「、」，當使用「。」時，會配合眉批或尾批，就其字句藝術表現的巧思與創意，下一精簡評語，表明讚賞與肯定，而當使用「、」時，則表示這是值得注意的佳句，其欣賞的程度，並沒有使用

　　　　　上海古籍出版社，2002 年初版，頁 439：442～443。
〔註188〕丁放、葛旭芳：〈從明代詞選看詞學觀念的演變〉，《學術月刊》2008年 6 月，頁 110。
〔註189〕張宏生：〈統序觀與明清詞學的遞嬗──從《古今詞統》到《詞綜》〉，《文學遺產》2010 年 1 期，頁 88：93。

「。」時來得高。除此之外,在評點唐宋詞時,徐士俊還採取了一種抒發個人感懷與體悟的方式,隨興所至的作出評論,或是透過類比相關詩詞的方式,互相對照,以凸顯詞作,評點內容相當豐富。

1. 著重字句藝術的賞析

徐士俊《古今詞統·序》指出:

> 考諸《說文》曰:「詞者,意內而言外也。」不知內意,獨務外言,則不成其為詞。

> 詞又當描寫柔情,曲盡幽隱乎! 〔註190〕

由序文來看,徐士俊認為批評應有針對性,不管是就「內意」還是「外言」,甚至是整體特色,都要能凸顯詞「描寫柔情,曲盡幽隱」的特點,如此才能給出切合實際而具有識見的詞評。然而檢閱整部《古今詞統》的評點,仍以對「外言」的賞析,即詞句藝術的評賞居多。在徐士俊欣賞的字句右旁,多會加上「。」的批點符號,再以眉批的形式,加以說明,整體而言,評語簡短精煉,而且多採用一種反問的句式,詰問作者,成功引起讀者注意,使評語顯得生動而有趣。

比如徐士俊評孫光憲〈浣溪沙〉(風遞殘香出繡簾),在「爭教人不別猜嫌」一句右旁,以「。」批點,眉批曰:「末句妙在全不使性。」評張泌〈浣溪沙〉(鈿轂香車過柳堤),在「樺煙生處馬頻嘶」一句右旁,以「。。、、、、、」批點,眉批曰:「『樺煙』字奇。」評晏殊〈浣溪沙〉(一曲新詞酒一杯),在「無可奈何花落去,似曾相識燕歸來」一句右旁,以「。」批點,眉批曰:「實處易工,虛處難工,對法之妙無兩。」評陸游〈浣溪沙〉(花市東風卷笑聲),在「花市東風卷笑聲」的「卷笑聲」三字右旁,以「。」批點,眉批曰:「『卷』字奇。」評呂本中〈醜奴兒令〉(恨君不似江樓月),在「恨君不似江樓月」及「恨君却似江樓月」兩句右旁,以「。」批點,眉批曰:「章

〔註190〕徐士俊《古今詞統·序》,〔明〕卓人月彙選、徐士俊參評:《古今詞統》,頁 440～441。

法妙，疊句法尤妙。似女子口授，不由筆寫者。情不在豔，而在眞也。」評朱敦儒〈減字木蘭花〉（劉郎已老），在「故國山河照落紅」一句右旁，以「。」批點，眉批曰：「末句如古劍一吼。」評辛棄疾〈水調歌頭〉（造化故豪縱），在「詩在片帆西」一句右旁，以「。」批點，眉批曰：「佳句忽來，正如一片遠帆從天際落。」評辛棄疾〈漢宮春〉（亭上秋風），在「一編太史公書」一句右旁，以「。」批點，眉批曰：「讀此結句，知幼安之門高於漢史之龍門；讀後結句，知幼安之戶冷於晉賢之鳳戶。」評劉克莊〈沁園春〉（一卷陰符），在「一卷陰符，二石硬弓，百斤寶刀」一句右旁，以「。」批點，眉批曰：「用人用物，用事用言，愈實愈空。正如善用劍者，但見寒光一片，不見劍，亦不見身。」〔註191〕

　　徐士俊對唐宋詞的評點，較著重在章法、句法和用字的巧思經營，所以會搭配「。」或「、」的批點符號，特別點出某句妙或某字奇，提醒讀者注意。當使用「。」時，表明此句或此字用得特別巧妙，如評張泌〈浣溪沙〉（鈿轂香車過柳堤），眉批曰：「『樺煙』字奇」，其在「樺煙生處馬頻嘶」一句右旁的批點符號，即作「。。、、、、」標示，顯見「。」高於「、」的評價。雖然徐士俊注重詞句藝術的表現，但並非如《草堂詩餘》一般，只著意婉約詞的選錄與品評，對於辛棄疾、劉克莊等豪放詞人的作品，只要符合其對呂本中〈醜奴兒令〉（恨君不似江樓月）一詞的評語──「情不在豔，而在眞也」，他也會毫不遲疑給予極高的讚賞與評價，並以生動的譬喻呈現，使評語本身也極具文采，不輸沈際飛《草堂四集》的評點。如評辛棄疾〈水調歌頭〉（造化故豪縱）「佳句忽來，正如一片遠帆從天際落。」評劉克莊〈沁園春〉（一卷陰符）「正如善用劍者，但見寒光一片，不見劍，亦不見身。」評朱敦儒〈減字木蘭花〉（劉郎已老）「末句如古劍一吼。」評語極富詩意，且能凸顯原詞的豪情與

〔註191〕〔明〕卓人月彙選、徐士俊參評：《古今詞統》，頁 529；530；533；544；547；56；64；121。

壯闊，使讀者留下深刻印象。

再如，評閣選〈八拍蠻〉(愁鎖黛眉煙易慘)，在「遇人推道不宜春」的「不宜春」三字右旁，以「。」批點，眉批曰：「卻不道『四時天氣總愁人』。」評張仲宗〈憶王孫〉(輕羅團扇掩微羞)，在「一寸橫波入鬢流」一句右旁，以「。」批點，眉批曰：「何消說到目成！」評辛棄疾〈生查子〉(青山招不來)，在「山頭明月光，本在天高處。夜夜入清溪，聽讀《離騷》去。」一句右旁，以「。」批點，眉批曰：「月有耳乎？月無耳，何以有珥？」評陳師道〈減字木蘭花〉(娉娉嫋嫋)，在「心到郎邊客已知」一句右旁，以「。」批點，眉批曰：「何必眼波動，然後被人猜！」評牛嶠〈柳枝〉(橋北橋南千萬條)，在「認得羊家靜婉腰」一句右旁，以「。」批點，眉批曰：「不怕白家小蠻生嗔耶？」「白家小蠻」指的是白居易〈柳枝〉：「一樹春風萬萬枝，嫩於金色軟於絲。永豐坊裏東南角，盡日無人屬阿誰。」一詞，尾批有云：「此詞白公爲小蠻而作也。宣宗朝國樂唱之，上取永豐柳兩枝，植禁中。白感上意，又爲詩云：『定知此後天文裏，柳宿光中添兩枝。』」〔註192〕這幾例則是徐士俊針對特殊詞句，以一種反問的方式，質疑作者可以有更好的表現方式，或純粹抒發一種感慨，因爲用設問的句式，其批評顯得輕鬆而有文學趣味。然而，整體來看，因爲徐士俊多注重字句藝術的表現，即使面對豪放詞，也未能從主旨命意來作強調，評點格局未免太小，易給人只重枝微末節之感。

2. 感性率真的評語

在《古今詞統》針對唐宋詞所進行的評點中，評點者徐士俊還採取一種相當感性的方式，並靈活運用各種形容詞或比喻，針對詞作內容或詞作本事，抒發個人的感想，或提出評論，易使讀者留下鮮明的印象。如針對溫庭筠〈望江南〉(千萬恨)一闋，眉批曰：

〔註192〕〔明〕卓人月彙選、徐士俊參評：《古今詞統》，頁 476；503；519；
546；499；497～498。

　　　幽涼殆似鬼作。〔註193〕

「幽涼」二字用得巧妙，生動刻畫出等待中女子的心情，以及無奈的處境；「殆似鬼作」一語，更是強調了溫庭筠的寫詞功力非一般人可比擬，其評語下得精準，而且充分凸顯個人特色。其他類似的例子，如針對溫庭筠〈望江南〉（梳洗罷）一闋，在「過盡千帆皆不是」一句右旁，加上「、」的批點符號，眉批曰：「朝朝江口望，錯認幾人船。」評歐陽炯〈南鄉子〉（畫舸停橈），於「笑指芭蕉林裏住」一句右旁，加上「。」的批點，眉批曰：「隱隱聞村落中嬌女聲。」評薛濤〈阿那曲〉（玉漏聲長燈耿耿），於「東墻西墻時見影」一句右旁，加上「。」的批點，眉批曰：「寒風襲人。」評賀知章〈柳枝〉（碧玉裝成一樹高），在「二月春風是剪刀」一句右旁，加上「。」的批點符號，眉批曰：「此句亦似剪刀。」評韋莊〈思帝鄉〉（春日遊），於「縱被無情棄，不能羞」一句右旁，加上「。」的批點符號，眉批曰：「死心塌地。」評周邦彥〈浣溪沙〉（薄薄紗廚望似空），在「簟紋如水浸芙蓉」一句右旁，以「。」批點，並眉批曰：「我願爲魚戲蓮葉。」評辛棄疾〈青玉案〉（東風夜放花千樹），在「早吹隕、星如雨」，及「那人却在燈火闌珊處」兩句右旁，加上「。」的批點符號，眉批曰：「星中織女亦復吹落人世。」評黃庭堅〈歸田樂〉（暮雨濛堦砌）（對景還消瘦）二詞，於「怨你又戀你，恨你，惜你，畢竟教人怎生是」和「憶我又喚我，見我，嗔我，天甚教人怎生受」兩句右旁，加上「。」的批點符號，眉批曰：「二詞爲董解元導師。」評王安石〈千秋歲〉（別館寒砧），於「夢闌時，酒醒後，思量著。」一句右旁，加上「。」的批點符號，眉批曰：「末句不言愁，使人自愁。」評辛棄疾〈一枝花〉（千丈擎天手），眉批曰：「『千丈』數語入他人手，如何耐得！」評史達祖〈齊天樂〉（闌干只在鷗飛處），於「闌干只在鷗飛處」一句右旁，加上「、」的批點符號，眉批曰：「闌干恐是淚。」

〔註193〕〔明〕卓人月彙選、徐士俊參評：《古今詞統》，頁471。

評劉過〈沁園春〉（玉帶銅符），眉批曰：「誦此等詞，可驅瘧鬼，可禁小兒啼。」〔註194〕

這種批評方式最大的特色是，訴諸於評點者讀詞當下的感受，隨興而至，評語顯得感性而率真，並能跳脫套語的襲用，說出詞的另一番佳處和獨特體悟。如評溫庭筠〈望江南〉（梳洗罷）：「朝朝江口望，錯認幾人船。」評韋莊〈思帝鄉〉（春日遊）：「死心塌地。」都是貼近詞中主角的處境，有感而發的作出評論，一語道出女子對愛情的執著，令人不勝感嘆與憐惜。再如針對歐陽炯〈南鄉子〉（畫舸停橈）的「笑指芭蕉林裏住」一句，評曰：「隱隱聞村落中嬌女聲。」針對薛濤〈阿那曲〉（玉漏聲長燈耿耿）的「東牆西牆時見影」一句，評曰：「寒風襲人。」針對賀知章〈柳枝〉（碧玉妝成一樹高）的「二月春風是剪刀」一句，評曰：「此句亦似剪刀。」針對王安石〈千秋歲〉（別館寒砧）的「夢闌時，酒醒後，思量著。」一句，評曰：「末句不言愁，使人自愁。」則是針對詞中的某些字句，真切道出自己的讀詞感受，雖然沒有直接說「此是佳句」，但評點者用一種生動而活潑的比喻，說他聽到了詞中女子的笑語盈盈，感受到夜裏的「寒風襲人」，以及詞句所透顯出的銳利之感，或是流露出的深刻愁緒，這比單說「此句佳」或「此句妙」，來得更有變化，也顯現批評的不拘形式。尤其，在評黃庭堅〈歸田樂〉（暮雨濛堦砌）（對景還消瘦）時，指出：「二詞為董解元導師。」說明這兩首詞別有韻味，以創意的比擬，讓詞的評點變得更多樣化。

整體來看，評點者徐士俊是扮演了一個感性讀者兼批評者的角色，因為喜歡詞而讀詞，進而評詞，同時要當作者的知音，其評語似乎是在與作者作一呼應，回應其情感，並點明詞作佳處，與更多讀者分享。也因為這種批評方式訴諸讀詞當下的感受，有話便說，又要力求新意，有時不免作出與詞作本身無甚關聯的批評，如評陸

〔註194〕以上引文，見〔明〕卓人月彙選、徐士俊參評：《古今詞統》，頁471；474；477；498；508；531；17；25；35；43；92；122。

游〈釵頭鳳〉（紅酥手）一詞，對詞作內容、藝術特色，皆無任何評語，反而是針對唐琬再嫁，和陸游此詞後，抑鬱而終一事，作出批評：

> 能死於後而不能守於前，惜哉唐娘！〔註195〕

這樣的意見，既不是要呼應作者情感，也不是要作為讀者與作品之間的橋樑，更不是要指導創作，只是一時感想的抒發，就批評的深度，以及與詞作結合的緊密度來看，明顯是不足的。

此外，還有一個更明顯的例子，徐士俊評柳永〈雨霖鈴〉（寒蟬淒切），先於尾批處引了：

> 東坡嘲柳七云：「『楊柳岸，曉風殘月』，此是梢公登溷處耳！」

既而眉批曰：

> 戲為柳七反唇云：「大江東去浪淘盡，千古風流人物。」死屍狼藉，臭穢何堪！〔註196〕

這種批評是採用一種戲謔的方式，使評點顯得靈活而有變化。但其實徐士俊已在「暮靄沉沉楚天闊」和「今宵酒醒何處，楊柳岸，曉風殘月」兩句右旁，分別加上「、」和「。」的批點符號，如果可以扣合這兩句作說明，點明詞作精彩之處，也很能作為參考。可能是因為他在尾批處已引了：

> 沈天羽云：「今宵」二句，者卿為詞宗，實甫為曲祖。求其似之，秦少游「酒醒處，殘陽亂鴉」，魏承班「簾外曉鶯殘月」。〔註197〕

這對柳永詞來說，已是備極推崇；可是為了另出新意，或引起讀者注意，徐士俊因而採取另一種批評方式。這種訴求個人感悟的批評方式，有其巧思與創意，並能避免與他人評語雷同的問題，但如果能扣緊詞作來談，批評意味會更濃厚。

〔註195〕〔明〕卓人月彙選、徐士俊參評：《古今詞統》，頁1。
〔註196〕〔明〕卓人月彙選、徐士俊參評：《古今詞統》，頁103。
〔註197〕〔明〕卓人月彙選、徐士俊參評：《古今詞統》，頁103。

3. 類比相關詞人詞句

　　徐士俊針對唐宋詞所進行的評點，除了採取感悟式的評語，還常常聯結相關的詞人詞句，作出對比，展現評點者的豐富學識，以及對詞作的掌握與嫻熟，並具有拉抬詞人、詞作名氣，甚至凸顯詞作特色的作用。就閱讀的角度看，除了方便讀者作比較，更可以作為提點，引導讀者在比較中領略詞作的美感，對詞有更深的體會。這是徐士俊評點唐宋詞的一大特色，然而，這也是以閱讀感受為出發的評點模式，必然要作出的變化，除了能使評語容易引起共鳴，無形中也能加強評點的鑑賞深度。比如徐士俊評張泌〈南歌子〉（柳色遮樓暗），針對結尾「高卷水精簾額，襯斜陽」一句，眉批曰：「泌之『襯斜陽』，憲之『背斜陽』，爭妍一字。」評皇甫松〈摘得新〉（酌一卮），針對「繁紅一夜經風雨，是空枝」一句，眉批曰：「比杜秋『莫待無花空折枝』更有含蘊。」評白居易〈花非花〉（花非花），眉批曰：「因情生文，雖〈高唐〉、〈洛神〉，奇麗不及也。」評無名氏〈小秦王〉（柳條金嫩不勝鴉），尾批曰：「白居易詩：『綠絲條弱不勝鶯。』王昌齡詩：『落落寞寞路不分，夢中喚作梨花雲。』」評張泌〈江城子〉（碧闌干外小中庭）（浣花溪上見卿卿）二詞，眉批曰：「二詞風流調笑，類李易安。」評顧敻〈浣溪沙〉（荷芰風輕簾幔香），針對「薄情年少悔思量」的「悔思量」三字，眉批曰：「『悔偷靈藥』，『悔教夫婿』，不如此悔深。」評辛棄疾〈浣溪沙〉（父老爭言雨水勻），針對「小桃無賴已撩人」一句，眉批曰：「少游『曉陰無賴』，稼軒『小桃無賴』，一悶一喜。」評李清照〈浣溪沙〉（繡面芙蓉一笑開），針對「眼波纔動被人猜」一句，眉批曰：「朱淑真云：『嬌痴不怕人猜』，便太縱矣。」評張先〈減字木蘭花〉（垂螺近額）（憑誰好筆）二詞，眉批曰：「二詞高快不下稼軒。」評辛棄疾〈減字木蘭花〉（盈盈淚眼），針對「日暮行雲無氣力」一句，眉批曰：「陳子高『東風無氣力』並美。」評王安國〈減字木蘭花〉（畫橋流水），針對「簾裏餘香馬上聞」一句，眉批曰：「讀『馬上』句，覺『馬上續殘夢』及『帶得詩來馬

上敲』之句，皆劣。」評柳永〈蝶戀花〉(佇倚危樓風細細)，針對「衣帶漸寬終不悔，爲伊消得人憔悴」一句，眉批曰：「有云『薄情年少悔思量』者，非情癡矣。」評黃庭堅〈青玉案〉(煙中一線來時路)，針對「煙中一線來時路」，眉批曰：「『一線』字最俊。李詞：『夕照山橫天一線』。」評辛棄疾〈醉翁操〉(長松之風如公)，眉批曰：「小詞中《離騷》也。」評岳飛〈滿江紅〉(怒髮衝冠)，眉批曰：「將軍游文章之府，洵乎非常之才。韓蘄王晚年亦作小詞，然不如岳。」評王昭儀(王清惠)〈滿江紅〉(太液芙蓉)，針對「太液芙蓉，渾不是、舊時顏色」和「驛館夜驚塵土夢，宮車曉碾關山月」兩句，眉批曰：「岳之悲壯，王之淒涼，宮怨邊愁，趙宋一時風景盡矣。」評辛棄疾〈哨遍〉(一壑自專)，眉批曰：「東坡檃括〈歸去來辭〉作〈哨遍〉，不過得其皮毛，此乃得其神髓。」〔註198〕

　　從上述評點來看，徐士俊最在意的除了「因情生文」，強調眞實情感的自然流露，如評白居易〈花非花〉(花非花)：「因情生文，雖〈高唐〉、〈洛神〉，奇麗不及也。」評柳永〈蝶戀花〉(佇倚危樓風細細)：「有云『薄情年少悔思量』者，非情癡矣。」也重視詞句藝術對情感表達的影響，所以他會就一字之奇或一句之妙，再三吟詠，並聯結相關詞作，凸顯詞之精彩，如評李清照〈浣溪沙〉(繡面芙蓉一笑開)，針對「眼波纔動被人猜」一句，眉批曰：「朱淑眞云：『嬌痴不怕人猜』，便太縱矣。」雖然沒有直接針對李詞佳處作說明，但透過這種對比的方式，成功點出李詞和朱詞一收一放，情感一含蓄一直露的差別。至於非唐宋名家，如王昭儀〈滿江紅〉(太液芙蓉)，甚至是無名氏的詞作，如無名氏〈小秦王〉(柳條金嫩不勝鴉)，都因爲徐士俊的評點，或指出詞中情感的深摯悲切，或與白居易詩、王昌齡詩的對照中，凸顯特色。

　　值得注意的是，徐士俊在評語中使用「小詞」一語，但他類比的

<hr />

〔註198〕〔明〕卓人月彙選、徐士俊參評：《古今詞統》，頁 469；470；474；508；530；534；535；546；649；17；45；52；53；148。

並不只限於詞，詩賦亦可作爲比較的對象，如評辛棄疾〈醉翁操〉（長松之風如公）：「小詞中《離騷》也。」評皇甫松〈摘得新〉（酌一卮），針對「繁紅一夜經風雨，是空枝」一句，眉批曰：「比杜秋『莫待無花空折枝』更有含蘊。」評無名氏〈小秦王〉（柳條金嫩不勝鴉）：「白居易詩：『綠絲條弱不勝鶯。』王昌齡詩：『落落寞寞路不分，夢中喚作梨花雲。』」如此一來，詞就成爲一門值得探討與重視的學問，因爲其字句不但有來歷，情感與藝術之表達，也能有別於詩。雖然徐士俊《古今詞統‧序》云：「詞爲詩餘，詩道大而詞道小。」〔註199〕但其評點所表現出來的，顯然也不能只以「小道」視之，否則何須探究其出處，並多方比較，甚至仔細到一字一句來賞析？

徐士俊將詞與《離騷》作類比，說明清代常州詞派所發展的寄託理論，以及張惠言將詞與《離騷》的類比，其來有自，不同的是，徐士俊在此只是使用《離騷》一語作爲比喻，將辛棄疾〈醉翁操〉（長松之風如公）一詞中的「人心與吾兮誰同」〔註200〕，與屈原的《離騷》作聯結；清代常州詞派張惠言的評點則是針對詞中的「幽約怨悱不能自言之情」〔註201〕，作出更多意義上的詮釋與價值上的肯定。除此之外，徐士俊對辛棄疾詞的特別關注與欣賞，也反映了明代後期已逐漸跳脫《草堂詩餘》的框架，雖然《古今詞統》仍收錄眾多豔詞，另一方面卻盛讚辛棄疾的豪放詞作，甚至認爲辛詞更勝蘇詞，評辛棄疾〈哨遍〉（一壑自專）時說：「東坡櫽括〈歸去來辭〉作〈哨遍〉，不過

〔註199〕 徐士俊《古今詞統‧序》，〔明〕卓人月彙選、徐士俊參評：《古今詞統》，頁 440。

〔註200〕 〔明〕卓人月彙選、徐士俊參評：《古今詞統》，頁 45。

〔註201〕 張惠言《詞選‧敘》：「詞者，蓋出於唐之詩人，採樂府之音以制新律，因繫其詞，故曰詞。傳曰：意內而言外，謂之詞。其緣情造端，興於微言，以相感動。極命風謠里巷男女哀樂，以道賢人君子幽約怨悱不能自言之情。低迴要眇，以喻其致。蓋詩之比興，變風之義，騷人之歌，則近之矣。」〔清〕張惠言輯：《詞選》，據清道光十年宛鄰書屋刻本影印，《續修四庫全書‧集部‧詞類》，上海：上海古籍出版社，2002 年初版，頁 536。

得其皮毛，此乃得其神髓。」而在《古今詞統》中又偏偏不選蘇東坡的〈哨遍〉（為米折腰），這種有目的的選輯與評點，除了有其個人的喜好，有意提高辛棄疾在唐宋詞發展過程中的地位和影響，更重要的還在貫徹此選宗旨，即廣收各種風格的作品，起一總覽的作用，徐士俊《古今詞統・序》云：

> 曰幽曰奇，曰淡曰豔，曰斂曰放，曰穠曰纖，種種畢具，
> 不使子瞻受「詞詩」之號，稼軒居「詞論」之名。又必詳
> 其逸事，識其遺文，遠徵天上之仙音，下暨荒城之鬼語，
> 類載而並賞之。雖非古今之盟主，亦不愧詞苑之功臣矣。
> 〔註202〕

針對這一點來看，徐士俊的《古今詞統》不但在選詞上有所突破，其評點亦能回歸到詞作藝術和內容意蘊上來欣賞，反映唐宋詞的各種面貌，這是值得肯定的。尤其從《古今詞統》對黃庭堅〈漁家傲〉（萬水千山來此土）的評語來看：

> 仙家捨七情，無還丹；禪家捨無明，無佛性。一部《詞統》，
> 都是〈惱公〉、〈懊儂〉之調，忽有山谷、覺範及遐周所詠
> 古德，機緣雜於其中，正使淫房酒肆，俱化清涼，怨女狂
> 夫，并為佛子。讀者果能會得此意，則秋波一轉，亦是禪
> 機。一部《詞統》，無異《五燈會元》耳。〔註203〕

可知卓人月、徐士俊對各種題材、風格詞作的包容度。因為在黃昇的《花庵詞選》中，雖然特別列了禪林僧徒的詞作，但所選仍以清麗雅致者居多〔註204〕，至於其所收黃庭堅詞，則未見此首作品，可見兩者的不同。清代王士禎《花草蒙拾》曾稱：「《詞統》一書，蒐采鑒別，

〔註202〕徐士俊《古今詞統・序》，〔明〕卓人月彙選、徐士俊參評：《古今詞統》，頁441～442。

〔註203〕〔明〕卓人月彙選、徐士俊參評：《古今詞統》，頁5。

〔註204〕如評僧揮〈訴衷情〉（湧金門外小瀛洲），黃昇云：「仲殊之詞多矣，佳者固不少，而小令為最，小令之中，〈訴衷情〉一調又其最，蓋篇篇奇麗，字字清婉，高處不減唐人風致也。」由此可見其選詞和評詞標準。〔宋〕黃昇編集：《唐宋諸賢絕妙詞選》，頁72。

大有廓清之力。」〔註205〕這的確是《古今詞統》的一大特點,但並非單靠選詞能完成,評點才是此選能佔有一席之地的關鍵。

(二)加入詞話、紀事資料,作為輔助說明

徐士俊《古今詞統・序》說明:此選兼收各種風格的詞作,並要「詳其逸事,識其遺文,遠徵天上之仙音,下暨荒城之鬼語,類載而並賞之。」〔註206〕因此在其評點中,也可以看到與詞作有關的本事,以及相關詞話的評論。這些敘述多出現在尾批,其實早在南宋黃昇的《花庵詞選》,也可以看到引用詞話或紀事資料,以作為對詞作的總體評價,或是用以幫助理解詞作,只是所引用的敘述並不長,而且總體來說,是用以作為評論;然而徐士俊的《古今詞統》,其所引用的詞話或紀事資料,段落都相當長,多附在詞後,從評點的形式看,應歸類為尾批,可是徐士俊在引述這些資料後,仍會在某些字句旁,加入批點符號,比如評陸游〈釵頭鳳〉(紅酥手),尾批曰:

> 按:放翁初娶唐氏閎之女,於其母為姑姪。伉儷相得,弗獲於姑,陸出之未忍絕,為別館往焉。姑知而掩之,遂絕。後改適同郡宗室趙士程。春日出遊,相遇於禹跡寺南之沈園。唐語其夫,遣致酒肴,陸悵然賦此詞。唐見而和之,未幾怏怏而卒。後放翁復過沈園,賦詩云:「落日城頭畫角哀,沈園非復舊池臺。傷心橋下春波綠,曾見驚鴻照影來。」
> 〔註207〕

其在「曾見驚鴻照影來」一句右旁,加入「。」的批點符號,眉批云:「能死於後而不能守於前,惜哉唐娘!」〔註208〕這樣的批評,是針對詞作本事而發,並非就詞作特色而言。可見,徐士俊對詞話或紀事資料的引述,是要作為一種附帶資料和輔助說明,與明代出現的《草

〔註205〕〔清〕王士禎:《花草蒙拾》,唐圭璋編:《詞話叢編》,頁685。
〔註206〕徐士俊《古今詞統・序》,〔明〕卓人月彙選、徐士俊參評:《古今詞統》,頁442。
〔註207〕〔明〕卓人月彙選、徐士俊參評:《古今詞統》,頁1。
〔註208〕〔明〕卓人月彙選、徐士俊參評:《古今詞統》,頁1。

堂詩餘》箋注本，所採取的方式是較類似的，大段資料的引用，除了
作爲參照，更要加深詞作的話題性和可讀性。其他類似的例子還有評
金德淑〈望江南〉（春睡起），尾批曰：

> 章丘李生至元都，嘗對月獨歌曰：「萬里倦行役，秋來瘦幾
> 分。因看河北月，忽憶海東雲。」夜靜，聞鄰婦有倚樓而
> 泣者，明日訪之，則宋宮人金德淑也。詢李曰：「客非昨暮
> 悲歌人乎？」李曰：「歌非己作，有同舟人自杭來，吟此句，
> 故記之耳。」金泣曰：「此亡宋昭儀黃惠清所寄汪水雲詩，
> 當時吾輩數人，皆有詩贈汪。」因自舉其〈望江南〉詞云
> 云。後遂委身於生。
>
> 考宋季琴士汪水雲，名元量，字大有。從謝后北邊，嘗教
> 宮人作詩。或謂瀛國公詩，亦水雲所教也。〔註209〕

這段引述是要說明宋亡的時代悲劇，以及人物處境，以引起同情，有
關詞作的眞正批評，其實只在眉批：「清絕凄絕，亡國之音。」〔註210〕
八個字便可道盡，或許是因爲金德淑並非名家，一般詞選也不會選入
其詞，也或許爲了說明詞人背景及作詞緣由，凸顯其詞之特殊及選詞
之必要，才要如此引述這段資料。

又如，評呂岩〈漁父〉（子午常餐日月精），尾批曰：

> 後周末，汴京民石氏，開茶肆，有丐者索飲，其幼女敬而
> 與之，如是月餘。父怒笞女，女供奉益謹。丐者謂女曰：「汝
> 能啜我殘茶否？」女頗嫌之，少覆於地，即聞異香，亟飲
> 之，便覺神體清健。丐者曰：「我呂仙也。汝雖無緣盡飲吾
> 茶，亦可隨汝所願。」女只求長壽，不乏財物。呂仙遺詞
> 一首，遂不復見。宣和中，呂仙又遺吳興倡女張珍奴一詞，
> 云：「坎離坤兑分子午，須認取、自家宗祖。地雷震動雨山
> 頭，漸洗濯、黃芽出土。　捉得金精牢閉固，煉庚申、要
> 生龍虎。待他問汝甚人傳，但只道、先生姓呂。」蓋〈步

〔註209〕　〔明〕卓人月彙選、徐士俊參評：《古今詞統》，頁 471～472。
〔註210〕　〔明〕卓人月彙選、徐士俊參評：《古今詞統》，頁 471。

蟾宮〉詞也。〔註211〕

這段敘述明顯是要加深作者的神仙色彩，但只能說是一種闡釋。雖然這段敘述可以加深對作者的了解，但如此引述的結果，卻會使眉批所謂：「『烹』字以險韻而得奇理」〔註212〕的批評意見被弱化，讀者注意的焦點被分散。這是《古今詞統》為豐富詞選內容，以成其大，所必然造成的結果。

從閱讀的角度看，這些詞話或紀事資料的提供有其必要，除了可以幫助對詞作內容或寫作目的的理解，還可引起一般讀者的注意和興趣，增加詞作的故事性和可看性。如清代王鵬運〈《精選名賢詞話草堂詩餘》跋〉云：

末附詞話，雖徵引未能博洽，亦頗足資發明。〔註213〕

或許就是因為這樣，而有這些介於評點與附錄之間的資料出現。徐士俊的廣泛引用資料，是為了扮演好作品與讀者之間溝通橋樑的角色，但嚴格來看，這些資料與詞作的相關性不一定緊密，也不見得是為了批評，列在詞作之後，只能視為附錄，真正的文學批評，仍應在眉批和詞句旁的批點符號上。

（三）評改原詞字句

從徐士俊評點的《古今詞統》，可以看到他對字句藝術的重視，其批點符號多出現在某句右旁，眉批則依此而發，多方類比，以強調某字某句之妙，可以看出他對詞句的細心體會，但如果重視過頭，使批評者凌駕創作者，以致刪改原詞字句，則有違評點的初衷。事實上，評點不管主觀或客觀，純粹私人閱讀或有意作為引導，都藉由既定的文本，與作者或其他讀者，作一定程度的對話與交流，進而能對文本有更深入而多樣化的賞鑑，但前提是維持作品的原貌，

〔註211〕 〔明〕卓人月彙選、徐士俊參評：《古今詞統》，頁473。
〔註212〕 〔明〕卓人月彙選、徐士俊參評：《古今詞統》，頁473。
〔註213〕 〔清〕王鵬運〈《精選名賢詞話草堂詩餘》跋〉，劉崇德、徐文武點校：《明刊草堂詩餘二種》，保定：河北大學出版社，2010年2月一版，頁519。

其他任何的評點都是外加的，以代表批評者對作品的賞讀。然而徐士俊卻改動李清照〈一剪梅〉（紅藕香殘玉簟秋）原詞字句，其評點此詞時，於「雁字回時月滿樓」一句右旁，加上「、」的符號，眉批云：

> 「樓」字上不必增「西」字。劉伯溫「雁短人遙可奈何」
> 亦七字句，倣此。〔註214〕

針對這個問題，首先可以知道徐士俊應該有看過其他的選本是作「雁字回時，月滿西樓」，但他認為「西」字多餘，因此將上片結尾的兩個四字句，改成七字句，但他究竟是認為李清照多增一字，還是認為後人擅加一字，因而予以改正？事實上這是個有爭議的問題，因為清代張宗橚《詞林紀事》認為：「此〈一剪梅〉變體也。前段第五句，原本无『西』字，後人所增。舊譜謂脫去一字者非。」〔註215〕鄭騫《詞選》也認為：「〈一剪梅〉前後結均為四字兩句，此作前結七字一句，是為別體；有作『月滿西樓』者，則為後人添改。」〔註216〕比較南宋黃昇的《花庵詞選》確實也作七字句——「鴈字回時月滿樓」〔註217〕，只是黃昇的《花庵詞選》原據「家藏文集之所有，朋游聞見之所傳」〔註218〕，《四部叢刊》所印則為明代刻本，目前所能見到最早的《漱玉詞》也是明代毛晉汲古閣所輯，缺乏原始版本作比對，所以針對這樣的問題，徐士俊應該將之放在校注中作處理，而不是以眉批的方式說明，這樣就變成了一種對詞作的批評，容易引起讀者的誤會，以為他評改原作，凌駕作者之上。若他認為李清照「雁字回時月滿樓」七字句作得好，可針對這點加以說明和強調，

〔註214〕〔明〕卓人月彙選、徐士俊參評：《古今詞統》，頁1。
〔註215〕〔清〕張宗橚：《詞林紀事》，成都：古籍書店，1982年3月一版，頁509。
〔註216〕鄭騫編注：《詞選》，臺北：中國文化大學出版部，1995年6月一版，頁101。
〔註217〕〔宋〕黃昇編集：《唐宋諸賢絕妙詞選》，頁74。
〔註218〕黃昇《中興以來絕妙詞選·跋》：「玉林此編亦姑據家藏文集之所有，朋游聞見之所傳。」黃昇編集：《中興以來絕妙詞選》，頁114。

而非停留在字句增一字減一字的討論，評與注因而有所混同。況且徐士俊所選〈一剪梅〉其他詞作，包括劉克莊〈一剪梅〉（陌上行人怪府公）、蔣捷〈一剪梅〉（一片春愁帶酒澆）、王世貞〈一剪梅〉（小籃愛踏道場山）〔註219〕，都維持兩個四字句，並沒有作任何改動，讀者很容易認為〈一剪梅〉上片結句兩個四字句，才是正體，徐士俊對李清照詞是妄意修改。徐培鈞《李清照集箋注》認為：此詞「既為雙調，則上下結句式、字數應一致，故仍應以有『西』字為是。」〔註220〕若以此來看，徐士俊的評點，不但可能傷及作品的完整度，更是對詞之音樂特性的忽略。

但徐士俊顯然對自己的體會很有自信，因為在評万俟詠〈昭君怨〉（春到南樓雪盡）時，針對「莫把闌干倚」一句，眉批云：

> 「莫把」句接得陡，或以此句宜六字，增作「頻倚」，便弱矣。易安「雁字回時月滿樓」，本宜八字，亦增不得。
> 〔註221〕

万俟詠〈昭君怨〉原句是作「莫把闌干頻倚」，「頻」字是否有損詞意，是可以討論的，不應直接將六字句改成五字句。況且徐士俊所選同一詞牌的其他詞作，包括劉克莊〈昭君怨〉（后土宮中標韻）、韓駒〈昭君怨〉（昨日樵村漁浦）、王山樵〈昭君怨〉（門外春風幾度）、卓田〈昭君怨〉（千里功名岐路）、陳繼儒〈昭君怨〉（記得去年穀雨）〔註222〕，都維持六字句。可見，徐士俊對唐宋詞的改動，全憑個人對詞意的理解與體會，沒有顧及詞的音樂特性。就算徐士俊對詞的創作再有體會，也不應混淆創作與批評之不同。或許就是因為這樣，孟稱舜為《古今詞統》所寫的序，才會指出：

> 自隋、唐、宋、元，以迄於我明，妙詞無不畢具。其意大

〔註219〕〔明〕卓人月彙選、徐士俊參評：《古今詞統》，頁1～2。
〔註220〕徐培鈞：《李清照集箋注》，上海：上海古籍出版社，2002年4月一版，頁20～21。
〔註221〕〔明〕卓人月彙選、徐士俊參評：《古今詞統》，頁516。
〔註222〕〔明〕卓人月彙選、徐士俊參評：《古今詞統》，頁515～516。

> 概謂詞無定格，要以摹寫情態，令人一展卷而魂動魄化者
> 爲上。〔註223〕

但，只要一以「情」爲主，便可以主張「詞無定格」嗎？雖然孟稱舜
持「詩變而爲詞，詞變而爲曲，詞者，詩之餘而曲之祖」〔註224〕的
觀點，或許以爲「古人初不定聲律，因所感發爲歌」〔註225〕，但詞
在發展的過程中，協不協音律卻成爲判斷是否爲詞的先決條件，李清
照〈詞論〉云：

> 詩文分平側，而歌詞分五音，又分五聲，又分六律，又分
> 輕濁輕重。〔註226〕

王灼《碧雞漫志》云：

> 今音節皆有轄束，而一字一拍，不敢輕增損。〔註227〕

既然用字是如此講究，又怎能單憑徐士俊一己之意，而妄自刪改字
句？這是完全不符合詞體發展歷史的。難怪張仲謀《明詞史》指出：

> 明人長於宏觀而疏於微觀，長於判斷而疏於考證。……無
> 視詞的音樂背景，單純從長短句形式上來尋求詞的起源。
>
> 〔註228〕

若從徐士俊對唐宋詞的評點來看，正是「疏於考證」又「無視詞的音
樂背景」的最好說明。

（四）明代《古今詞統》評點唐宋詞的意義及檢討

1. 廣泛評點詞作，反映唐宋詞豐富面貌

《古今詞統》是一縱貫古今的大型詞選，收錄隋、唐、五代、

〔註223〕孟稱舜〈《古今詞統》序〉，〔明〕卓人月彙選、徐士俊參評：《古今詞統》，頁438。
〔註224〕孟稱舜〈《古今詞統》序〉，〔明〕卓人月彙選、徐士俊參評：《古今詞統》，頁437。
〔註225〕〔宋〕王灼《碧雞漫志》，唐圭璋編：《詞話叢編》，頁74。
〔註226〕李清照〈詞論〉，〔宋〕胡仔：《苕溪漁隱叢話》，頁666～667。
〔註227〕〔宋〕王灼《碧雞漫志》，唐圭璋編：《詞話叢編》，頁80。
〔註228〕張仲謀：《明詞史》，北京：人民文學出版社，2002年2月一版，頁347。

宋、金、元、明詞,共四百八十六家,兩千零三十首詞,其編選方
式是以詞牌爲綱,接著依時代選錄具有代表性的詞作,唐宋詞在前,
元明詞在後,明顯要營造一種承接的關係,再配合徐士俊的評點,
除了讓我們看到以唐宋詞作爲典範,更讓我們看到詞在當時不斷被
創作,以延續生命的表現。徐士俊《古今詞統・序》說道:「或曰:
詩餘興而樂府亡,歌曲興而詩餘亡。夫有統之者,何患其亡也哉?」
〔註229〕因爲這樣的出發點,以及有意與明代《草堂詩餘》系列的詞
選作一區別,使卓人月和徐士俊完成這樣一部集大成的詞選。其評
點更具體使用批點符號,以與眉批或尾批作一結合,從中反映其對
唐宋詞及當代詞的看法。雖然李睿《清代詞選研究》認爲:「受明代
空疏學風的影響,明代詞選的評點水平不高,多是一些簡單的閱讀
感受和讚嘆之辭,顯得主觀隨意。」〔註230〕但如果從明代的詞學觀,
以及徐士俊的批評角度和立場,甚至是評點唐宋詞的發展來看,仍
有其意義和須檢討之處,不能如此簡單的一語帶過,忽略其特殊性。

　　卓人月、徐士俊的《古今詞統》對於詞的起源,持「詞源於樂
府」以及「詞爲詩餘」的觀點,這與明代《草堂詩餘》系列詞選的
詞學觀是相一致的。《古今詞統》卷首羅列《草堂詩餘》各選本的
序文,其中針對何良俊〈《草堂詩餘》序〉所謂:「夫詩餘者,古樂
府之流別,而後世歌曲之濫觴也。」〔註231〕眉批指出:「說詩詞沿
革如指掌。」〔註232〕徐士俊《古今詞統・序》云:「詞爲詩餘,詩
道大而詞道小。」〔註233〕孟稱舜〈《古今詞統》序〉云:「詩變而

〔註229〕徐士俊《古今詞統・序》,〔明〕卓人月彙選、徐士俊參評:《古今
　　　　詞統》,頁442~443。
〔註230〕李睿:《清代詞選研究》,合肥:安徽大學出版社,2011年6月一版,
　　　　頁36。
〔註231〕何良俊〈《草堂詩餘》序〉,〔明〕卓人月彙選、徐士俊參評:《古今
　　　　詞統》,頁443。
〔註232〕〔明〕卓人月彙選、徐士俊參評:《古今詞統》,頁443。
〔註233〕徐士俊《古今詞統・序》,〔明〕卓人月彙選、徐士俊參評:《古今
　　　　詞統》,頁440。

為詞，詞變而為曲，詞者，詩之餘而曲之祖。」〔註234〕由此可以看出明代末年對詞的起源和發展的基本看法。對於詞體特徵的認識，徐士俊與明代著名的詞評家沈際飛一樣，強調「詞主情」，沈際飛《古香岑草堂詩餘四集‧序》認為不可「以風氣貶詞」、「以體裁貶詞」並「以音義言詞而為詞解嘲」〔註235〕，徐士俊除了在《古今詞統》卷首列出這篇序文，還特別在這幾句的右旁加上「、」的批點符號；又在沈際飛所言：「情生文，文生情，何文非情？而以參差不齊之句，寫鬱勃難狀之情，則尤至也」〔註236〕幾句的右旁，加上「。」的批點符號，強調他對這段文字的認同，並眉批曰：「蘇以詩為詞，辛以論為詞，正見詞中世界不小，昔人奈何譏之？」〔註237〕詞中世界之所以不小，按照徐士俊的理解，除了在其「意內而言外」〔註238〕，更在於能「描寫柔情，曲盡幽隱」〔註239〕，孟稱舜《〈古今詞統〉序》更指出：「詞與詩、曲，體格雖異，而同本於作者之情。……作者極情盡態，而聽者洞心聳耳，如是者皆為當行，皆為本色。」〔註240〕在這樣強調「情」的觀點下，《古今詞統》在選詞上就有很大的突破，除了可以多選蘇軾、辛棄疾、劉克莊等人的詞作，廣泛收錄各種風格的作品，所謂：「曰幽曰奇，曰淡曰豔，曰斂曰放，曰穠曰纖，種種畢具，不使子瞻受『詞詩』之號，稼軒居

〔註234〕 孟稱舜《〈古今詞統〉序》，〔明〕卓人月彙選、徐士俊參評：《古今詞統》，頁437。

〔註235〕 沈際飛《古香岑草堂詩餘四集‧序》，〔明〕卓人月彙選、徐士俊參評：《古今詞統》，頁447。

〔註236〕 沈際飛《古香岑草堂詩餘四集‧序》，〔明〕卓人月彙選、徐士俊參評：《古今詞統》，頁447〜448。

〔註237〕 〔明〕卓人月彙選、徐士俊參評：《古今詞統》，頁447。

〔註238〕 徐士俊《古今詞統‧序》：「考諸《說文》曰：『詞者，意內而言外也。』不知內意，獨務外言，則不成其為詞。」〔明〕卓人月彙選、徐士俊參評：《古今詞統》，頁440。

〔註239〕 徐士俊《古今詞統‧序》：「詞又當描寫柔情，曲盡幽隱乎！」〔明〕卓人月彙選、徐士俊參評：《古今詞統》，頁441。

〔註240〕 孟稱舜《〈古今詞統〉序》，〔明〕卓人月彙選、徐士俊參評：《古今詞統》，頁437。

『詞論』之名。」〔註241〕更重要的還在它收錄了很多非唐宋詞名家的詞作,如姚月華、崔公達、薛濤、吳二娘、王麗眞、玉川叟、耿玉眞、京師妓、王嬌娘、翁客妓、金德淑、王清惠、衛芳華、江西女子、赤城韓夫人、珍娘、丘氏等流傳一時或來自民間的詞作,或許使整部詞選顯得有些駁雜,但也反映了唐宋詞更豐富的面貌。

　　徐士俊針對這些唐宋詞進行評點,最大的意義是跳脫爲經典而評的限制,純粹就詞而評詞,只要其中寓含眞情,不管作者的出身,皆可成爲歷代共賞的詞作。如《古今詞統》評丘氏〈燭影搖紅〉(綠淨湖光):「世間尤物,即是妖物,吾又何必辨此詞之爲人爲怪?」〔註242〕雖然作者的身分有疑慮,亦少不了傳說與杜撰的成分,但只要詞寫得別有韻致,如其中佳句:「塵世多情易老,更那堪、秋風裊裊。」〔註243〕此詞亦有入選的理由。再從徐士俊對這些非名家詞的評價來看,如評金德淑〈望江南〉(春睡起):「清絕凄絕,亡國之音。」評姚月華〈阿那曲〉(梧桐葉下黃金井):「『出門入門』含許多焦躁,在俗筆便說不了。」評崔公達〈阿那曲〉(晴天霜落寒風急):「飛卿『不忍別君後,卻入舊香閨』,牛嶠『羅幬愁獨入』,都不如『羞』字。」評薛濤〈阿那曲〉(玉漏聲長燈耿耿):「寒風襲人。」〔註244〕可知他的評點極爲重視讀者在閱讀當下的感受,特別是對詞中之「情」的領略與體會,以凸顯詞作的特色,使之成爲一般讀者亦可評賞的文學讀物,更讓詞得以成爲當代模擬創作的典範,除了延續詞之生命,更擴大了詞的影響。

　　若與南宋黃昇《花庵詞選》的評點來作比較,黃昇從詞之「命意造語工致」〔註245〕進行評賞,整體而言,是基於作者用意的理解和

〔註241〕徐士俊《古今詞統・序》,〔明〕卓人月彙選、徐士俊參評:《古今詞統》,頁441～442。
〔註242〕〔明〕卓人月彙選、徐士俊參評:《古今詞統》,頁65。
〔註243〕〔明〕卓人月彙選、徐士俊參評:《古今詞統》,頁65。
〔註244〕〔明〕卓人月彙選、徐士俊參評:《古今詞統》,頁471;476;477。
〔註245〕黃昇《唐宋諸賢絕妙詞選》:「凡看唐人詞曲,當看其命意造語工致

賞鑑；但如果徐士俊也採取同樣角度的賞鑑，則要如何突破既定之解說和既有之評價，所以他專從「情」的角度切入，強調詞之於我的感受，爲評點找出了一條活路，使詞在各朝各代都有被閱讀、賞鑑的可能。也因爲他過分強調「情」之動人的重要，缺乏意義上的深入探尋，無形中又讓詞淪爲「小道」，更讓評點有所局限，只能成爲一個參考，缺乏批評的力道。而一味「主情」，忽略詞的音樂特點，更讓他做出改詞的舉動，無疑又是對其詞體知識的一大諷刺。

2. 感悟式評語，不拘格套

在《古今詞統》的評點中，使用大量的批點符號，使批評有更具體的指涉，其多針對某字某句而發，從其小者來揭示詞的藝術特色，如此便能有所開展，同時說出一番新意，由此可以看出徐士俊所要強調的重點。他所下的評語相當精簡，再加上運用比喻，使評語本身顯得優美而有文采。胡建次《中國古典詞學理論批評承傳研究》認爲：《古今詞統》的「評點話語也都甚爲簡潔明了，一語中的，一般不作批評生發與例說展開，明顯體現出走的是『精評』之路」〔註246〕，在當時各種《草堂詩餘》詞選已經氾濫的情況下，《古今詞統》要起一個總結與統整的作用，其評語自然要能評出新意，或能展現自己的學識，才容易引起讀者的注意，並達到影響。以徐士俊的評語來看，往往只有一、二句，確實顯得精簡，如評張仲宗〈憶王孫〉(輕羅團扇掩微羞)：「何消說到目成！」評牛嶠〈柳枝〉(橋北橋南千萬條)：「不怕白家小蠻生嗔耶？」〔註247〕讓讀者分享他個人的體會與心得，使評語顯得生動而有變化，讀者彷彿參與了他閱讀和欣賞詞作的過程，再加上他多從內容或與詞作有關的本事，來抒發感想或評論，容易引起讀者對詞作的興趣，但不見得可以稱之爲精

處，蓋語簡而意深，所以爲奇作也。」〔宋〕黃昇編集：《唐宋諸賢絕妙詞選》，頁5。
〔註246〕胡建次：《中國古典詞學理論批評承傳研究》，頁306。
〔註247〕〔明〕卓人月彙選、徐士俊參評：《古今詞統》，頁503：499。

煉，只是說出一時的體會，顯得不拘格套。

　　雖然徐士俊的批評，多爲感悟式評語，但有時不免太過隨興與零散，如評陸游〈釵頭鳳〉（紅酥手）：「能死於後而不能守於前，惜哉唐娘！」〔註248〕這對於詞作的深刻了解或創意見解，甚至是作詞之法的掌握，並無多大幫助，更無法建立詞學批評的體系，好讓我們釐析其對詞之本體、創作與鑑賞的看法。更何況單憑對「詞主情」的強調，是否就能讓詞凸顯其特殊，而不會被其他文體取代？這是《古今詞統》未能回答的問題。若再與南宋黃昇《花庵詞選》相較，黃昇編輯詞選是按照時代，以詞家爲主，再選錄相關代表作，對於詞史發展、詞人風格、詞壇風氣的掌握，有相當大的幫助，不但條目清楚，評點也能指出詞家和詞作的特色，反映詞家和詞作在當時的評價，以及流傳情形；《古今詞統》則延續《草堂詩餘》以調分的方式，再羅列從隋唐到明的詞作，主題各異，各名家詞也都被打散在各調、各卷次中，對於詞人風格的掌握、詞史發展等，都有相當的難度，其評點也因爲這種編排方式，只能就單首詞而評，缺乏整體性的掌握。雖然徐士俊在評點時，努力聯結其他詞作相互比較，但評點的零散，導致對詞作的片面認識，仍是無可避免的缺點。

3. 讀者概念的提出

　　明代沈際飛《古香岑草堂詩餘》，透過對唐宋詞的評點，使《草堂詩餘》從歌本成功轉變爲讀本，然而直到《古今詞統》的評點，才眞正提出了讀者的概念，並強化了讀者的意識，以及讀者在閱讀過程中所扮演的重要角色。雖然《古今詞統》中許多感悟式的評語，無助於詞學批評體系的建立，可是在徐士俊強調讀者感受，並以此爲評的同時，也代表著讀者地位的提昇。如前所引《古今詞統》對黃庭堅〈漁家傲〉（萬水千山來此土）的評語，其中所出現的：

　　讀者果能會得此意，則秋波一轉，亦是禪機。〔註249〕

〔註248〕〔明〕卓人月彙選、徐士俊參評：《古今詞統》，頁1。
〔註249〕〔明〕卓人月彙選、徐士俊參評：《古今詞統》，頁5。

就清楚提出「讀者」的概念，並重視讀者對詞的領會與感受。除此之外，徐士俊在評陳仁錫〈《續詩餘》序〉時，亦云：

> 此序無一語及詞，而詞中之妙境畢具。讀者會心於此，作詞自然靈動。〔註250〕

可見明代對唐宋詞的評點，評點者所扮演的作品與讀者之間溝通橋樑的角色，已越來越鮮明，並且成功發揮推介的功能。其感悟式評語的出現，如：

> 讀二詞，老大傷悲，使人黯然。（評朱敦儒〈烏夜啼〉（秋風又到人間）（東風吹盡江梅））
>
> 讀之可哭，然文人貪生如此，亦可笑。（評李煜〈虞美人〉（春花秋月何時了））
>
> 形容晚景，使人讀之如身歷焉。詞令上品也。（評蘇軾〈行香子〉（北望平川））
>
> 讀此結句，知幼安之門高於漢史之龍門；讀後結句，知幼安之戶冷於晉賢之鳳戶。（評辛棄疾〈漢宮春〉（亭上秋風））
>
> 讀此詞數過，自然萬念灰冷。（評劉克莊〈摸魚兒〉（怪新來倚樓看鏡））〔註251〕

代表著此時對唐宋詞的接受，除了仰賴評點者的引導閱讀，更要求每一位讀者的心領神會，直接參與並感受其中的詞意詞情，方能有深刻的體會，並有助於填詞。雖然較沈際飛《古香岑草堂詩餘》的評點，少了理論分析的客觀與深刻度，卻多了讀者的真情實感，以及對唐宋詞的異代追慕和共鳴，這種評點方式的靈活與真摯，亦是不可忽視的特色。放大來看，當詞的評點在清代常州詞派的手上大放異彩時，尤其譚獻（1832～1901）提出：「作者之用心未必然，而讀者之用心何必不然」〔註252〕的觀念，應可加以追溯，因為在明代徐士俊《古今詞

〔註250〕　〔明〕卓人月彙選、徐士俊參評：《古今詞統》，頁445。

〔註251〕　〔明〕卓人月彙選、徐士俊參評：《古今詞統》，頁512；620；14；64；125。

〔註252〕　譚獻《復堂詞錄・序》，〔清〕譚獻：《復堂詞話》，唐圭璋編：《詞

統》的評點中，就已出現「讀者」的概念，並強調每位讀者的讀詞感受，只是一者著重對詞情與詞意的體會與共鳴，一者著重詞作政治寓意的挖掘與詮釋，這對評點來說，究竟是往前推進，抑或倒退，則是可以思索的問題。

第三節　唐宋詞評點在清代前中期的發展

　　清代，詞學興盛，陽羨詞派、浙西詞派、常州詞派接續而起，各有代表的詞學家、詞學理論，此時所編輯刊刻的唐宋詞選，超過三十種〔註253〕，居各代之冠，依編輯出版的先後順序看，清康熙年間刊刻出版的有：明卓回輯《古今詞匯》，明沈謙、清毛先舒輯《古今詞選》，周銘輯《林下詞選》，吳綺、程洪選《記紅集》，陸次雲、章昉輯《見山亭古今詞選》，顧璟芳輯《唐詞蓉城匯選》，朱彝尊、汪森編輯《詞綜》，先著、程洪輯《詞潔》，沈辰垣、王奕清等奉敕編纂《御選歷代詩餘》，萬樹《詞律》，項以淳輯《清嘯集》，沈時棟輯，尤侗、朱彝尊參訂《古今詞選》，孫致彌輯、樓儼補訂《詞鵠初編》，歸淑芬等輯《古今名媛百花詩餘》；乾隆年間刊刻出版的有：夏秉衡輯《清綺軒歷朝詞選》，黃蘇《蓼園詞選》；嘉慶年間刊刻出版的有：許寶善《自怡軒詞選》，張惠言輯《詞選》；道光年間刊刻出版的有：周濟輯《詞辨》、《宋四家詞選》，周之琦《心日齋十六家詞錄》；光緒年間刊刻出版的有：戈載輯、杜文瀾校注《宋七家詞選》，譚獻輯《復堂詞錄》，陳廷焯輯《雲韶集》、《詞則》，成肇麐《唐五代詞選》，王闓運《湘綺樓詞選》，馮煦《宋六十一家詞選》，梁令嫻輯《藝蘅館詞選》，朱祖謀輯《宋詞三百首》等。

話叢編》，頁 3987。

〔註253〕鄧建、王兆鵬〈中國歷代選本的格局分布及其文化意蘊〉統計清代所輯詞選的種數，共有 28 種，然單就清代唐宋詞選出版刊刻的實際數量來看，已超過 30 種，由此更可看出清代編輯詞選的熱絡情況。見鄧建、王兆鵬：〈中國歷代選本的格局分布及其文化意蘊〉，《江漢論壇》2007 年 11 月，頁 112～113。

　　清代所編的唐宋詞選，不像明代專門針對《草堂詩餘》而發，多是另行編輯，反映不同的詞學觀點。爲什麼會有這樣截然不同的發展？柯崇樸〈《詞綜》後序〉云：

　　　　然所患向來選本，或以調分，或以時類，往往雜亂無稽，
　　　　凡名姓、里居、爵仕，彼此錯見，後先之序，幾於倒置，
　　　　況重以相沿日久，以訛繼訛，於茲之選，可無詳訂以救其
　　　　失？〔註254〕

這裏所謂：「向來選本，或以調分，或以時類，往往雜亂無稽」，正好指出明代詞選的問題，不管是以《草堂詩餘》爲主的選本，還是明末卓人月、徐士俊的《古今詞統》，或以類分，或以調分，將同一詞家的詞作打散在各調、各卷次，而且所選有明顯的偏好，崇尙的是《花間》、《草堂》的纖弱之風，未能客觀呈現唐宋詞面貌，若要掌握唐宋詞史的發展，也是不易的。況且清代的學術環境與明代大爲不同，其對詞抱持著嚴謹的態度，將之視爲一門學問，需仔細研治、考訂與評論，所選輯的唐宋詞選，除了更爲精良，影響也更大。龍沐勛〈選詞標準論〉就指出，清代編輯的詞選主要是爲了脫離晚明舊習，轉移風氣，所以「別樹標幟，先之以尊體，繼之以開宗」，藉由「範圍古人，以示來學」〔註255〕。曹明升〈論清人的宋詞史研究〉亦云：「清代的學術研究是在反思明代學術空疏的基礎上展開的。」〔註256〕趙曉輝〈清代唐宋詞選本的功能與價值論述〉則指出：若依目的和功能的不同，清代的唐宋詞選可分成「文獻型詞選」和「詞論型詞選」，前者以朱彝尊《詞綜》爲代表，其選「意在訂譜備體，或重於存人存詞」；後者則以張惠言《詞選》爲代表，其選「偏於精選細論，操選政者的主觀意識較強，理論批評意識十分濃厚。」

〔註254〕柯崇樸〈《詞綜》後序〉，〔清〕朱彝尊、汪森編，孟斐標校：《詞綜》，
　　　　上海：上海古籍出版社，1999 年 11 月一版，頁 3。
〔註255〕龍沐勛〈選詞標準論〉，龍沐勛編：《詞學季刊》第一卷第二號，頁
　　　　15；24。
〔註256〕曹明升：〈論清人的宋詞史研究〉，《浙江社會科學》2010 年 3 期，
　　　　頁 115。

〔註257〕在這樣的情況下，這些選輯者眼中所看到的唐宋詞會有何不同？

除了清代所輯唐宋詞選值得關注，依附這些詞選所展開的評點，更是值得探討，如果清人選唐宋詞是刻意與明代作出區隔，並有其訴求，或改善風氣，或闡述一家詞論主張，或成一理論，有明顯的批評意識，則評點在其中發揮的作用和影響，亦是不可忽視。如《林下詞選》、《詞綜》、《詞潔》、《清綺軒歷朝詞選》、《蓼園詞選》、《自怡軒詞選》、《詞選》、《詞辨》、《宋四家詞選》、《詞則》、《湘綺樓詞選》、《藝蘅館詞選》等，皆載有選輯者或他人的評點，再配合序文說明選詞目的和詞學主張，具體表達對唐宋詞作的看法，或指導創作，或印證詞論，或批評詞風，皆帶有個人色彩和主觀意識，成為獨特的文學批評形式，以評點的深度和理論強度看，是為唐宋詞評點的全盛時期。

在常州詞派興起之前，清代前中期對唐宋詞的編輯與評點，一方面受到明代《草堂詩餘》的影響，一方面也看到明代推崇《草堂詩餘》所產生的弊病，因而力圖修正與革新，其針對性和使命感都顯得更為強烈，直接影響了清代詞人的創作，以及後來常州詞派對唐宋詞的評點和理論之建立，值得仔細探究。這一節便以朱彝尊《詞綜》，先著、程洪《詞潔》，以及黃蘇《蓼園詞選》為討論重點，以觀察清代前中期對唐宋詞評點的發展情形。

一、朱彝尊《詞綜》評點析論

朱彝尊（1629～1709），字錫鬯，號竹垞，浙江秀水（今嘉興）人，其《詞綜》之編成是在康熙戊午年，即康熙十七年（1678），共三十卷，其中二十六卷由朱彝尊編選，另外四卷由汪森（1653～1723）增補〔註258〕，是為初刻本，後來再經汪森等人繼續增補詞人一百二十

〔註257〕趙曉輝：〈清代唐宋詞選本的功能與價值論述〉，《甘肅社會科學》2009年2期，頁133。
〔註258〕汪森《詞綜》序：「友人朱子錫鬯，輯有唐以來迄於元人所為詞，

二家，補詞三百六十餘首，共六卷，附於初刻本之後，共三十六卷，於康熙辛未年，即康熙三十年（1691）刊印，是爲定本〔註259〕。此選蒐羅豐富，收錄唐五代、兩宋、金、元詞人共六百五十九人，詞作二千二百餘首，並詳加考訂詞人姓名爵里，以時代爲次，一改《草堂詩餘》諸選本「或以調分，或以時類，往往雜亂無稽」〔註260〕的問題，又因爲澄清「詩降爲詞，以詞爲詩之餘，殆非通論」〔註261〕，使詞體得尊，再加上推崇南宋姜夔「醇雅」〔註262〕詞作，以革除明代推崇《草堂》的流弊，成爲當時影響最爲廣泛的詞選本。王昶《明詞綜・序》即云：「國初朱竹垞太史集三唐、五代、宋、金、元之詞，汰其蕪雜，簡其精粹，成《詞綜》三十六卷，汪氏晉賢刻之，爲後

<hr />

凡一十八卷，目曰《詞綜》，訪予梧桐鄉。……錫鬯仍北遊京師，南至於白下。逾三年歸，廣爲二十六卷。予亦往來苕霅間，從故藏書家抄白諸集，相對參論，復益以四卷，凡三十卷。計覽觀宋、元詞集一百七十家，傳記、小說、地志共三百餘家，歷歲八稔，然後成書，庶幾可一洗《草堂》之陋，而倚聲者知所宗矣。」〔清〕朱彝尊抄撮，汪森增定：《詞綜》，《四部備要・集部》，臺北：中華書局，1966 年臺一版，頁 1。

〔註259〕汪森〈《補遺》後序〉：「《詞綜》之刻，成於戊午。會錫鬯以應薦入都，官翰林，嗣不省故集。繼典試江南，事竣，會予與青士（指周篔）於故里，論及前刻，挂漏尚多，欲謀爲定本而卒難刊改，思補輯以成完書。未幾北去，間遺一二鈔本前此所未經見者，然約而未廣，不足以成卷。辛酉春，青士偕山子（指沈進）過舍，相與燕坐草堂，出其遠近所搜輯，並錫鬯所遺，復從故集翻閱，匯爲兩卷，得詞若干首，猶未備也。久之，各以事罷去。其後……共補人百二十有二，補詞三百六十餘首，衮然可觀矣。……爰亟詮次其先後，凡六卷，以附於初刻之末。」〔清〕朱彝尊、汪森編，孟斐標校：《詞綜》，頁 5。

〔註260〕柯崇樸〈《詞綜》後序〉，〔清〕朱彝尊、汪森編，孟斐標校：《詞綜》，頁 3。

〔註261〕汪森〈《詞綜》序〉，〔清〕朱彝尊抄撮，汪森增定：《詞綜》，《四部備要・集部》，頁 1。

〔註262〕汪森〈《詞綜》序〉：「鄱陽姜夔出，句琢字鍊，歸於醇雅，於是史達祖、高觀國羽翼之，張輯、吳文英師之於前，趙以夫、蔣捷、周密、陳允衡、王沂孫、張炎、張翥效之於後。譬之於樂，舞箾至於九變，而詞之能事畢矣。」朱彝尊《詞綜・發凡》云：「填詞最雅，無過石帚。」〔清〕朱彝尊抄撮，汪森增定：《詞綜》，頁 1；5。

世言詞者之準則」〔註263〕,「一洗明代纖巧靡曼之習,遂開浙西一派,垂二百年」〔註264〕,「浙西詞派幾乎家祝姜張,戶尸朱厲矣」〔註265〕,由此可以看出朱彝尊《詞綜》的影響。

　　如果從唐宋詞評點發展的角度看,《詞綜》所載若干與詞人風格或詞作有關的文字,或列在詞人名之下,或附於詞作之末,就評點的形式來看,屬詞人名下批語和尾批,雖然多為前人評語,但當列在詞人名之下或詞作之後時,也代表某種程度的接受和認同,以提供讀者作為參照,因此也可以視為評點的一種方式,有其價值,陳匪石《聲執》即云:《詞綜》「附錄各家評語,應有盡有,較《花庵詞選》周備,足資學者之參證」〔註266〕。以下分兩點來論。

(一)沿繼黃昇《花庵詞選》評、傳結合的呈現方式

　　從詞人名下批語的部分來看,《詞綜》除了會列出詞人姓名爵里和代表詞集,亦會引出歷來有關這一詞人的重要評語,在閱讀詞作之前,即可先對這一詞人的詞作特點有概略的了解與掌握,尤其又多引自南宋黃昇《花庵詞選》評語,與黃昇《花庵詞選》在詞人名下批語的呈現方式相當類似,只是所引的參照資料更多,可見此選不但在體例上參考黃昇的《花庵詞選》,就評點來看,亦可視為黃昇《花庵詞選》的沿繼。比如在晚唐詞人溫庭筠名下,《詞綜》云:

> 本名岐,字飛卿,太原人,官方山尉,有《握蘭》、《金荃》等集。
>
> 黃叔暘云:「飛卿詞極流麗,宜為《花間集》之冠。」〔註267〕

在閱讀《詞綜》所選溫庭筠詞三十三首之前,讀者先看到這段敘述,

〔註263〕王昶《明詞綜・序》,〔清〕王昶:《明詞綜》,《四部備要・集部》,頁1。
〔註264〕陳匪石《聲執》,唐圭璋編:《詞話叢編》,頁4962。
〔註265〕〔清〕顧翰〈寒松閣詞・評跋〉,〔清〕張鳴珂:《寒松閣詞》,據清光緒十年江西書局刻本影印,《續修四庫全書・集部・詞類》,頁304。
〔註266〕陳匪石《聲執》,唐圭璋編:《詞話叢編》,頁4963。
〔註267〕〔清〕朱彝尊抄撮,汪森增定:《詞綜》,卷一,頁3。

即會對溫庭筠在詞史上的地位以及詞作特色，有一初步認識和概略印象，以評點所具有的引導閱讀和作為讀者與作品之間的媒介來看，這一段論述，有傳有評，以一個詞作選輯來看，確實有助於讀者入門。比較黃昇《花庵詞選》在溫庭筠名下，只評述：「詞極流麗，宜為《花間集》之冠」〔註268〕，《詞綜》還加上詞人背景的撰述，顯得更為詳盡。又如《詞綜》在宋代詞人万俟詠名下，云：

> 自號詞隱，崇寧中充大晟府製撰，有《大聲集》五卷。
>
> 黃叔暘云：「雅言精於音律，自號詞隱，發妙旨於律呂之中，運巧思於斧鑿之外，平而工，和而雅，比諸刻琢句意，而求精麗者遠矣。」〔註269〕

這是將黃昇《花庵詞選》詞人名下批語和詞作尾批加以結合〔註270〕，因而撰成，又如，《詞綜》在宋代詞人陳與義名下，云：

> 字去非，李常孫，本蜀人，後徙居河南葉縣。政和中登上舍甲科，紹興中拜翰林學士，知制誥，參知政事。有《簡齋集‧無住詞》一卷。
>
> 黃叔暘云：「去非詞雖不多，語意超絕，識者謂其可摩坡仙之壘也。」〔註271〕

與黃昇《花庵詞選》的敘述相似〔註272〕，只是更為詳細。由此可以看出《詞綜》對唐宋詞人的撰述體例是先傳而後評，兩相結合，對每

〔註268〕〔宋〕黃昇編集：《唐宋諸賢絕妙詞選》，頁7。

〔註269〕〔清〕朱彝尊抄撮，汪森增定：《詞綜》，卷九，頁9。

〔註270〕黃昇《花庵詞選》在万俟詠名下，云：「精於音律，自號詞隱，崇寧中充大晟府製撰，依月用律制詞，故多應制，所作有《大聲集》五卷，周美成為序，山谷亦稱之為一代詞人。」在〈長相思〉（短長亭）詞末云：「雅言之詞，詞之聖者也，發妙旨於律呂之中，運巧思於斧鑿之外，平而工，和而雅，比諸刻琢句意，而求精麗者遠矣。」〔宋〕黃昇編集：《唐宋諸賢絕妙詞選》，頁60；62。

〔註271〕〔清〕朱彝尊抄撮，汪森增定：《詞綜》，卷十一，頁7。

〔註272〕黃昇在陳與義名下批云：「名與義，自號簡齋居士。以詩文被簡注於高宗皇帝。入參大政，有《無住詞》一卷。詞雖不多，語意超絕，識者謂其可摩坡仙之壘也。」〔宋〕黃昇編集：《中興以來絕妙詞選》，頁7。

位詞人的呈現方式較爲一致，比較黃昇《花庵詞選》對於詞人介紹，有時只有評述，有時則只有傳略，《詞綜》這種呈現方式，是較爲嚴謹而完備的。

此外，《詞綜》除了參考黃昇《花庵詞選》對詞人詞作的評點，還盡可能多方擷選前人各種批評，呈現各種不同的觀點，起一彙整統合的作用，並顯得較爲客觀。如在姜夔名下即云：

> 字堯章，鄱陽人，流寓吳興，有《白石詞》五卷。
>
> 范石湖云：「白石有裁雲縫月之妙手，敲金戛玉之奇聲。」趙子固云：「白石，詞家之中、韓也。」黃叔暘云：「白石詞極精妙，不減清眞，其高處，有美成所不能及。」沈伯時云：「白石清勁知音，亦未免有生硬處。」張叔夏云：「姜白石如野雲孤飛，去留無跡。」又云：「白石詞，不惟清虛，且又騷雅，讀之使人神觀飛越。」〔註273〕

在吳文英名下則云：

> 字君特，四明人，從吳毅夫遊，有《夢窗甲乙丙丁稿》四卷。
>
> 張叔夏云：「吳夢窗如七寶樓臺，眩人眼目，拆碎下來，不成片段。」尹惟曉云：「求詞於吾宋，前有清眞，後有夢窗，此非予之言，四海之公言也。」沈伯時云：「夢窗深得清眞之妙，但用事下語太晦處，人不易知。」〔註274〕

這樣的引述，讓讀者充分了解歷來對詞人的不同評價，加深對詞人詞作的掌握，亦可看出《詞綜》編輯者的用心，有助於此選在當時的普遍流傳。《詞綜·發凡》云：「詞人姓氏爵重，選家書法不一……覽者茫然，莫究其世次。甚有別本以朱三十五《樵歌》爲秋娘作者，良可大噱。是集考之正史，參以地志、傳記、小說，以集歸人，以字歸名，得十之八九。論世之功，柯子寓匏有焉。」〔註275〕從《詞綜》對唐

〔註273〕〔清〕朱彝尊抄撮，汪森增定：《詞綜》，卷十五，頁1。

〔註274〕〔清〕朱彝尊抄撮，汪森增定：《詞綜》，卷十九，頁1。

〔註275〕朱彝尊《詞綜·發凡》云：「詞人姓氏爵重，選家書法不一：先系爵後書名者，《花間集》、《中州樂府》體也；書字於官爵下者，《絕妙詞選》體也；書名者，《全芳備祖》體也；書字者，《草堂》體也；

宋詞人的評點來看，不但發揮整合的作用，還能有所考據，更是論詞必先「知其人論其世」〔註 276〕觀點的實踐，這是對詞人與詞作的重視，也是確立《詞綜》地位和價值的一個原因。

　　此外，《詞綜》亦收錄唐宋時期仙鬼詞，根據《詞綜·發凡》所述，此選在編輯之初，除參考黃昇《花庵詞選》，亦曾參考明代卓人月、徐士俊《古今詞統》，這些詞作很可能是在參考後而收錄，但為什麼不會出現如《古今詞統》一般顯得駁雜的問題？原因在朱彝尊編輯時，經過挑選與詳加考索，即「務去陳言，歸於正始」〔註 277〕，使這些詞作收歸在「醇雅」的範疇之下，因而呈現時代價值，可視為唐宋詞發展過程中的一個參考。如在耿玉真女郎名下，《詞綜》云：

> 《南唐書》云：盧絳病痁且死，夜夢白衣婦人歌此詞勸酒。歌數闋，因謂絳曰：「子之疾，食蔗即愈。」如言果差。迨數夕，又夢前婦人曰：「妾乃玉真也，他日富貴，相見於固子坡。」後入金陵，累官柱國。唐亡歸宋，以龔慎儀事坐誅。臨刑，有白衣婦人同斬，姿貌宛如所夢，問其姓名，曰：「耿玉真。」問受刑之地，即固子坡也。〔註278〕

> 冠別字於姓名之前者，鳳林書院體也；至楊氏《詞林萬選》、陳氏《花草粹編》，或書名，或書字，或書別字，或書官，或書集。覽者茫然，莫究其世。甚有別本以朱三十五《樵歌》為秋娘作者，良可大噱。是集考之正史，參以地志、傳記、小說，以集歸人，以字歸名，得十之八九。論世之功，柯子寓匏有焉。」〔清〕朱彝尊抄撮，汪森增定：《詞綜》，頁4。

〔註276〕《孟子·萬章》：「誦其詩，讀其書，不知其人可乎？是以論其世也。」〔宋〕朱熹集註，蔣伯潛廣解：《四書讀本》，臺北：啟明書局，頁255。

〔註277〕朱彝尊《詞綜·發凡》云：「是集兼採趙弘基《花間集》、黃昇《花庵絕妙詞》、《中興以來絕妙詞》、陳景沂《全芳備祖樂府》、元好問《中州樂府》、彭致中《鳴鶴餘音》、鳳林書院《元詞樂府補題》、許有孚《圭塘欸乃集》、顧梧芳《尊前集》、楊慎《詞林萬選》、陳耀文《花草粹編》、沈際飛《草堂詩餘廣集》、茅映《詞的》、卓人月《詞統》諸書，務去陳言，歸於正始。」〔清〕朱彝尊抄撮，汪森增定：《詞綜》，頁3～4。

〔註278〕〔清〕朱彝尊抄撮，汪森增定：《詞綜》，卷三，頁8～9。

這裏清楚說明是根據《南唐書》記載，並非無端收錄，可讓讀者看到唐代詞的不同面貌，並有集大成的意義。

整體而言，《詞綜》在詞人名下的批語，體例相當一致，都是先有詞人小傳，再引出歷來有關此一詞人詞作的評論，且經過一番考證，對於閱讀詞作確有助益。《詞綜》這種作法，影響深遠，後來清代編輯的詞選，多曾參考過《詞綜》所收詞人詞作，如先著、程洪《詞潔》，以及後來常州詞派張惠言《詞選》更是在《詞綜》基礎上精選而成〔註279〕，陳廷焯《詞則》亦參考《詞綜》的這種作法，在詞人名下，多針對詞人字號、官爵、詞集，作精略的介紹，與《詞綜》所載幾乎相同，如在溫庭筠名下，《詞則》云：「本名岐，字飛卿，太原人，官方山尉，有《握蘭》、《金荃》等集。」〔註280〕這段敘述與《詞綜》完全相同；又，上述有關耿玉真女郎的引文，《詞則》也照樣引出，差別只在《詞則》是以尾批的方式呈現〔註281〕，仍是《詞則》曾參考《詞綜》的明證。

（二）援引前人評語，凸顯詞作特點

《詞綜》在詞人名下批語的呈現方式是多方引述前人批評，以對詞人整體創作傾向和詞作特點有一概要性的掌握，在詞作之末的尾批部分，亦是多引前人批評，以提供讀者參考，幫助對詞作的了解。如在溫庭筠〈更漏子〉（玉爐香）詞末，即引胡元任評語：

胡元任云：庭筠工於造語，極爲奇麗，此詞尤佳。〔註282〕

〔註279〕比對張惠言的《詞選》與朱彝尊的《詞綜》，在張選的一百一十六首詞作中，有一百零二首與朱選相同。又於牛嶠〈菩薩蠻〉的詞牌下批語云：「《花間集》七首，詞意頗雜，蓋非一時之作。《詞綜》刪存二首，章法絕妙。」顯見參考的痕跡。〔清〕張惠言輯：《詞選》，據清道光十年宛鄰書屋刻本影印，《續修四庫全書・集部・詞類》，上海：上海古籍出版社，2002年初版，頁539。
〔註280〕〔清〕陳廷焯編選：《詞則・大雅集》，上海：上海古籍出版社，1984年5月一版，頁16。
〔註281〕〔清〕陳廷焯編選：《詞則・大雅集》，頁39。
〔註282〕〔清〕朱彝尊抄撮，汪森增定：《詞綜》，卷一，頁4。

事實上，《詞綜》在詞作尾批部分所列評語並不多，只是零星點綴在其中，更顯得這些特意列出的文字，有其批評作用和價值，比如此則評語，就反映出以《詞綜》的觀察與考索，「工於造語，極為奇麗」可能即是歷來對溫詞的普遍認知，因而列出，同時亦可呼應對溫庭筠「詞極流麗，宜為《花間集》之冠」〔註283〕的稱許。類似的例子還有宋高宗趙構〈漁父詞〉（水涵微雨湛虛明）尾批：

> 廖瑩中《江行雜錄》云：「〈漁父詞〉清新簡遠，雖古之騷
> 人詞客，老於江湖，擅名一時者，不能企及。」〔註284〕

章楶〈水龍吟〉（燕忙鶯懶芳殘）尾批：

> 黃叔暘云：「『傍珠簾』數語，形容盡矣。」〔註285〕

李清照〈壺中天慢〉（蕭條庭院）尾批：

> 黃叔暘云：「前輩稱易安『綠肥紅瘦』為佳句，予謂『寵柳
> 嬌花』語亦甚奇俊，前此未有能道之者。」〔註286〕

雖然這些都是前人評語，但當這些敘述放在詞作之末，又明顯是針對詞作而展開的評論意見，即具有尾批的功能，是選輯者在閱讀詞作，並參照前人諸多評語，經過挑選而錄入，代表選輯者相當程度的認同，亦是他對這些詞作特色的揭示，同時也解釋了選錄此詞的原因。

此外，《詞綜》也會引述與詞人創作動機或詞牌特點有關的記載和說明，如蜀主王衍〈醉妝詞〉（者邊走）尾批：

> 《北夢瑣言》云：「蜀主衍，嘗裹小巾，其尖如椎。宮女
> 多衣道服，簪蓮花冠，施胭脂夾臉，號醉妝，作此詞。」
>
> 〔註287〕

孫洙〈菩薩蠻〉（樓頭尚有三通鼓）尾批：

> 黃叔暘云：「孫公於元豐間為翰苑，與李端愿太尉往來尤
> 數，會一日鎖院，宣召者至其家，則出數十輩蹤跡得之於

〔註283〕 〔清〕朱彝尊抄撮，汪森增定：《詞綜》，卷一，頁3。
〔註284〕 〔清〕朱彝尊抄撮，汪森增定：《詞綜》，卷四，頁1。
〔註285〕 〔清〕朱彝尊抄撮，汪森增定：《詞綜》，卷七，頁7。
〔註286〕 〔清〕朱彝尊抄撮，汪森增定：《詞綜》，卷二十五，頁2。
〔註287〕 〔清〕朱彝尊抄撮，汪森增定：《詞綜》，卷二，頁1。

> 李氏,時李新納妾,能琵琶,公飲不肯去,而迫於宣命,
> 入院幾二鼓矣,遂草三制罷,復作此長短句以記別恨,遲
> 明遣以示李。」〔註288〕

李珣〈巫山一段雲〉(古廟依青嶂)尾批:

> 黃叔暘云:「唐詞多緣題所賦,〈臨江仙〉則言仙事,〈女冠
> 子〉則述道情,〈河瀆神〉則詠祠廟,大概不失本題之意。
> 爾後漸變,去題遠矣。如珣此作,實唐人本來詞體如此。」
> 〔註289〕

由以上三則可以看到《詞綜》對詞人創作動機和詞牌特點的重視,以及對黃昇《花庵詞選》的沿繼,這與《詞綜》詳加考證詞人姓名爵里之目的相同,一是以嚴謹的態度對待詞人詞作,以確立詞作的價值,二是藉此達到「知其人論其世」的要求,不管是要精研詞作或據而創作,都能有更深入透徹的了解與掌握。

另外,《詞綜》有些按語,則有批評作用,如蜀主孟昶〈玉樓春〉(冰肌玉骨清無汗),尾批云:

> 按:蘇子瞻〈洞仙歌〉本檃括此詞,然未免反有點金之憾。
> 〔註290〕

這則按語,比較蜀主孟昶〈玉樓春〉(冰肌玉骨清無汗)和蘇軾〈洞仙歌〉(冰肌玉骨),以爲原作就已精妙無比,蘇軾的刻意檃括非但無法超越,還「反有點金之憾」,因此在《詞綜》中,就沒有選錄蘇軾〈洞仙歌〉(冰肌玉骨)這一首,批評鑑賞的意味濃厚。這段按語在陳廷焯《詞則》中,同樣有引出,以尾批的方式呈現〔註291〕,但《詞則》一樣沒有選錄蘇軾〈洞仙歌〉(冰肌玉骨),是《詞則》參考《詞綜》,並認同這一批評的具體例證。可惜的是,《詞綜》對詞人詞作的直接批評,只有這一則最明顯;其他按語,則又與寫作動機有關,如黃公

〔註288〕〔清〕朱彝尊抄撮,汪森增定:《詞綜》,卷七,頁6。
〔註289〕〔清〕朱彝尊抄撮,汪森增定:《詞綜》,卷三,頁3。
〔註290〕〔清〕朱彝尊抄撮,汪森增定:《詞綜》,卷二,頁1。
〔註291〕〔清〕陳廷焯編選:《詞則‧大雅集》,頁27~28。

度〈青玉案〉（鄰雞不管離懷苦）尾批：

> 按本集：公登第後，為趙忠簡所器，而秦檜頗銜之，及召赴行在，雖知非當路意，而迫於君命，故寓意此詞，蓋去就早定矣。〔註292〕

德祐太學生〈百字令〉（半堤花雨）尾批：

> 見《湖海新聞》。三、四謂眾宮女行，五謂朝士去，六謂臺官默，七指太學上書，八、九謂只陳宜中。「東風」，謂賈似道；「飛書傳羽」，謂北軍至也；「新塘楊柳」，謂賈妾。
>
> 〔註293〕

德祐太學生〈祝英臺近〉（倚危欄）尾批：

> 「穉柳」，謂幼君；「嬌黃」，謂太后；「扁舟飛渡」，謂北軍至；「塞鴻」，指流民也；「人惹愁來」，謂賈出；「那人何處」，謂賈去。〔註294〕

這三則除了解釋詞人創作動機，更將詞作與當時政治背景作結合，認為詞作確實有所指涉，尤其將詞中詞句視為有其特殊指陳，與後來常州詞派以寄託解詞的方式如出一轍，因此如果從唐宋詞評點發展的角度看，會發現常州詞派在詞選評點中所談的寄託，並非首創，而是其來有自，如張惠言解蘇軾〈卜算子〉（缺月挂疏桐）所引南宋鮦陽居士語，在黃昇《花庵詞選》中就已引用〔註295〕；《詞綜》對德祐太學生這兩首詞的批語，在陳廷焯《詞則》中亦是照樣錄出〔註296〕。可見在唐宋詞選輯與評點發展的過程中，引用前人評語以為參照或有所批評，是選輯者常用的一種方式，決定這些評語成為參照資料或被納入批評體系的關鍵，則在詞選的選輯目的是要「傳人」抑或「立說」〔註297〕。若是「立說」，如常州詞派詞選，

〔註292〕　〔清〕朱彝尊抄撰，汪森增定：《詞綜》，卷十三，頁7。

〔註293〕　〔清〕朱彝尊抄撰，汪森增定：《詞綜》，卷二十四，頁1。

〔註294〕　〔清〕朱彝尊抄撰，汪森增定：《詞綜》，卷二十四，頁1～2。

〔註295〕　〔宋〕黃昇編集：《唐宋諸賢絕妙詞選》，頁23。

〔註296〕　〔清〕陳廷焯編選：《詞則・大雅集》，頁175～176。

〔註297〕　龍沐勛〈選詞標準論〉：「選詞之目的有四：一曰便歌，二曰傳人，

則前人評語自然可以成爲一佐證，又因寄託解詞的大加發揮，以及清代嘉慶道光以後時局之不穩，則以寄託解詞，關注詞人創作動機，似乎成爲常州詞派的專利和最有影響的表現，但回到詞選評點的發展來看，常州派詞選對唐宋詞的評點有其脈絡相承的一面，《詞綜》的這三則例子，正好可以說明不但常州派詞選曾受《詞綜》影響，以寄託解詞的評點方式亦可能是在這三則的基礎上加以發揮擴展而成。這便是《詞綜》評點多引用前人評語，但仍有意義的原因。

二、先著、程洪《詞潔》評點析論

　　先著（1651～?），字渭求，號遷甫，晚號之溪老生，四川人；程洪，字丹問，江蘇廣陵（今揚州）人，二人在清代康熙時期合編《詞潔》，根據先著於壬申四月所寫的序文，可知此書編成於康熙三十一年（1692），又根據《詞潔》評蘇軾〈念奴嬌〉（大江東去）：「《詞綜》從《容齋隨筆》改本，以『周郎』、『公瑾』傷重，『浪聲沉』較『淘盡』爲雅。予謂『淘盡』字雖粗，然『聲沉』之下不能接『千古風流人物』六字。蓋此句之意全屬『盡』字，不在『淘』、『沉』二字之別。至於赤壁之役，應屬『周郎』，『孫吳』二字反失之泛。惟『了』字上下皆不屬，應是湊字。」〔註298〕對比朱彝尊《詞綜》，於蘇軾〈念奴嬌〉（大江東去）詞後，確實註明「從《容齋隨筆》所載黃魯直手書本更正。」〔註299〕可知《詞潔》編成的時間略晚於《詞綜》，其所持意見有相同處，亦有不同處。相同的是，反對明代顧從敬《草堂詩餘》以來以小令、中調、長調編選詞作的方式，提出詞只有令、慢之分的觀點，如朱彝尊《詞綜·發凡》云：「宋人編集歌詞，長者曰慢，短者曰令，初無中調、長調之目，字顧從敬編《草堂》詞，以臆見分之

　　三曰開宗，四曰尊體；前二者依他，後二者爲我。」龍沐勛編：《詞學季刊》第一卷第二號，頁1。

〔註298〕〔清〕先著、程洪輯，劉崇德、徐文武點校：《詞潔》，北京：河北大學出版社，2012年2月出版，頁167～168。

〔註299〕〔清〕朱彝尊抄撮，汪森增定：《詞綜》，卷六，頁3。

後，遂相沿，殊屬率率。」〔註300〕先著《詞潔‧發凡》云：「詞無長調、中調之名，不過曰『令』、曰『慢』而已。」〔註301〕不同的是，《詞潔》主要推崇周邦彥詞，《詞綜》則推崇姜夔、張炎的「醇雅」。目前所能見到的《詞潔》評點文字，以唐圭璋《詞話叢編》中胡念貽所輯《詞潔輯評》〔註302〕最為人熟知，然無法對應所選之詞，今有劉崇德、徐文武點校之《詞潔》，由河北大學出版，雖是重新排印本，但在目前難以見到原始刊本的情況下，僅能先就此本的選詞與評點，以掌握這一時期對唐宋詞評點的發展。從《詞潔》評點的情況來看，與明代沈際飛《古香岑草堂詩餘》和徐士俊《古今詞統》評點最大的不同，即是從「重情」〔註303〕的主張，轉而重視詞的「風骨」與「興象」，同時提出「渾成」的審美標準，提高詞的地位與價值，並具有扭轉風氣的作用。以下從實際評點的例子來分析。

（一）講求小詞的「風骨」與「興象」

先著《詞潔‧序》指出：

> 詩之道廣，而詞之體輕。道廣則窮天際地，體物狀變，歷古今作者而猶未窮。體輕則轉喉應拍，傾耳賞心而足矣。

> 唐以前之樂府，則詩載其詞，猶與詩依類也。至宋人之詞，遂能與其一代之文，同工而獨絕，出於詩之餘，始判然別於詩矣。〔註304〕

可知其所持觀點，是能標舉詞的特質，即「轉喉應折，傾耳賞心」，

〔註300〕　朱彝尊《詞綜‧發凡》，〔清〕朱彝尊抄撮，汪森增定：《詞綜》，頁6。

〔註301〕　先著《詞潔‧發凡》，〔清〕先著、程洪輯：《詞潔》，頁2。

〔註302〕　《詞潔輯評》為胡念貽於1978年根據北京圖書館善本室所收之西諦舊藏本輯錄。〔清〕先著、程洪：《詞潔輯評》，唐圭璋編：《詞話叢編》，頁1373。

〔註303〕　沈際飛《古香岑草堂詩餘四集‧序》：「故詩餘之傳，非傳詩也，傳情也，傳其縱古橫今，體莫備於斯也。余之津津為評之而訂之，釋且廣之，情所不自已也。」〔明〕沈際飛評選：《古香岑草堂詩餘‧正集》，頁7～8。

〔註304〕　先著《詞潔‧序》，〔清〕先著、程洪輯：《詞潔》，頁1。

但不因此以「小道」視之，反而能就「詩之道廣，而詞之體輕」，凸顯詩、詞之不同，同時肯定詞的文學價值，認為詞「能與其一代之文，同工而獨絕，出於詩之餘，始判然別於詩矣」。這種「尊體」的詞學觀念，與汪森〈《詞綜》序〉所謂的：「古詩之於樂府，近體之於詞，分鑣並騁，非有先後。謂詩降為詞，以詞為詩之餘，殆非通論矣。」〔註305〕回到唐宋詞出現的時代條件，以呈現詞體特質，並客觀給予評價，是可以相互呼應的。這種觀點，可以修正明代所謂「詩道大而詞道小」〔註306〕的言論，扭轉詞體不尊的局面，並有助於清代詞學的發展，以此導出評點唐宋詞的必要，讓讀者真正認識詞體的特質和價值。先著《詞潔·序》云：

> 《詞潔》云者，恐詞之或即於淫鄙穢雜，而因以見宋人之
> 所為，固自有真耳。〔註307〕

這種反對詞「淫鄙穢雜」的觀點，其實就是針對明代推崇《草堂詩餘》所產生的流弊而發，《詞潔·發凡》云：「《草堂》流傳耳目，庸陋取譏，續集尤為無識。」〔註308〕朱彝尊《詞綜·發凡》亦云：「《草堂詩餘》所收最下最傳，三百年來，學者守為《兔園冊》，無惑乎詞之不振也。」〔註309〕可見在康熙時期，詞壇主要討論的議題即是如何革除《草堂》俗詞之流弊，以恢復宋代雅詞的原貌。在這樣的出發點之下，《詞潔》特別強調小詞的「風骨」，顯然就是為了扭轉明代《草堂詩餘》以來的「詞貴香而弱」〔註310〕的詞風，並希望能發揮積極的作用。

〔註305〕汪森〈《詞綜》序〉，〔清〕朱彝尊抄撮，汪森增定：《詞綜》，頁1。

〔註306〕徐士俊《古今詞統·序》：「詞為詩餘，詩道大而詞道小。」〔明〕卓人月彙選、徐士俊參評：《古今詞統》，頁440。

〔註307〕先著《詞潔·序》，〔清〕先著、程洪輯：《詞潔》，頁2。

〔註308〕先著《詞潔·發凡》，〔清〕先著、程洪輯：《詞潔》，頁1。

〔註309〕朱彝尊《詞綜·發凡》，〔清〕朱彝尊抄撮，汪森增定：《詞綜》，頁3。

〔註310〕沈際飛《古香岑草堂詩餘》評胡浩然〈東風齊著力〉（殘臘牧寒）：「詞貴香而弱，雄放者次之，況麤鄙如許乎！」〔明〕沈際飛評選：《古香岑草堂詩餘·正集》，卷三，頁9。

《詞潔》評晏幾道〈南鄉子〉（新月又如眉）：

> 小詞之妙，如漢、魏五言詩，其風骨、意味、興象，迥乎
> 不同。苟徒求之色澤字句間，斯末矣。〔註311〕

為什麼小詞需要講求「風骨」？而且還要與漢、魏五言詩相類比，而不是與宮體詩作聯結？朱彝尊《詞綜·發凡》云：「言情之作亦流於穢，此宋人選詞多以雅為目。法秀道人語涪翁曰：『作豔詞當墮犁舌地獄。』正指涪翁一等體制而言耳。」〔註312〕或許就是因為看到小詞「重情」，專尚「色澤字句」，纖柔而無實質的流弊，所以《詞潔》才要特別提出「風骨」、「意味」與「興象」的概念，並舉晏幾道〈南鄉子〉（新月又如眉）為例，以為創作的典範。可見《詞潔》的這種評點方式和態度都有針對性，不是單純站在鑑賞的角度，給予詞作評賞的意見，或是像明代徐士俊《古今詞統》的評點，以一個讀者的角度，分享自己讀詞當下的感受與體會〔註313〕，而是在評點的過程中，給出明確的詞學觀點與主張，評點已然成為審美理論的一部分。

再如《詞潔》評劉克莊〈昭君怨〉（曾看洛陽舊譜）：

> 南渡偏安之痛，藉小詞兩語發出凡語，有關係自然感人，
> 若必以香豔為詞，宜壯夫所羞稱也。

評晏幾道〈減字木蘭花〉（長亭送晚）：

> 輕而不浮，淺而不露。美而不豔，動而不流。字外盤旋，
> 句中含吐，小詞能事備已。

評夏竦〈喜遷鶯令〉（霞散綺）：

> 高華瑩澈，尤以質勝，慶曆間詞如此。

評陸游〈鵲橋仙〉（華燈縱博）：

〔註311〕〔清〕先著、程洪輯：《詞潔》，頁60。
〔註312〕朱彝尊《詞綜·發凡》，〔清〕朱彝尊抄撮，汪森增定：《詞綜》，頁5。
〔註313〕如徐士俊《古今詞統》評牛嶠〈柳枝〉（橋北橋南千萬條）：「不怕白家小蠻生嗔耶？」評陸游〈釵頭鳳〉（紅酥手）：「能死於後而不能守於前，惜哉唐娘！」〔明〕卓人月彙選、徐士俊參評：《古今詞統》，頁499；1。

詞之初起，事不出於閨帷、時序，其後有贈送、有寫懷、有詠物，其途遂寬。即宋人亦各競所長，不主一轍。而今之治詞者，惟以鄙穢褻媟爲極，抑何謬與！

評程過〈滿江紅〉（春欲來時）：

粗服亂頭，卻勝他雕鏤者。

評蘇軾〈水調歌頭〉（明月幾時有）：

凡興象高，即不爲字面礙。此詞前半，自是天仙化人之筆。惟後半「悲歡離合」、「陰晴圓缺」等字，苛求者未免指此爲累。然再三讀去，轉挽運動，何損其佳。少陵〈詠懷古跡〉詩云：「支離東北風塵際，漂泊西南天地間。」未嘗以「風塵」、「天地」、「西南」、「東北」等字窒塞，有傷是詩之妙。詩家最上一乘，固有以神行者矣，於詞何獨不然。題爲「中秋對月懷子由」，宜其懷抱俯仰，浩落如是。錄坡公詞若并汰此作，是無眉目矣。亦恐詞家疆宇狹隘，後來作者，惟墮入纖穠一隊，不可以救藥也。後村二調亦極力能出脫者，取爲此公嗣響，可以不孤。

評王觀〈慶清朝慢〉（調雨爲酥）：

玉林云：「風流楚楚，詞林中之佳公子也。」然不可無一，不可有二，學步則非。韶美輕俊，恐一轉便入流俗，故詞先辨品。〔註314〕

所謂的「風骨」、「興象」，是與詞人的眞切情感和詞品高下有所關聯，眞正有「風骨」的詞作，其品亦高，而有「興象」之作，憑藉詞人眞實的「懷抱俯仰，浩落如是」，自然能使讀者越涵詠越覺意味無窮，這才是眞正能感動讀者的佳製。若只是留心於詞句的雕琢，而無實質情感，甚至專尙「鄙穢褻媟」之詞，不但會使詞流於淺近卑俗，導致詞體不尊的情況，更毫無「風骨」與「興象」可言，這樣的詞作是否仍能禁得起時代的檢驗，《詞潔》是相當憂心的。因此《詞潔》透過重新選詞，刪汰俗豔之作，《詞潔‧發凡》特別指出：「韻，小乘也。

〔註314〕〔清〕先著、程洪輯：《詞潔》，頁6；16；37；63～64；116～117；124；143。

豔，下馴也。詞之工絕處，乃不主此。今人多以是二者言詞，未免失之淺矣。蓋韻則近於佻薄，豔則流於褻媟，往而不返，其去吳騷市曲無幾。……故是選於去取清濁之界，特爲屬意，要之才高而情眞，即瑕不得而掩瑜矣。」〔註315〕另一方面則透過詞的評點，再三提點與強調，由一家之詞加以延伸，並藉以發揮，無非就是要革除俗詞、豔詞之弊，以還宋詞的本來面目，同時希望能一正當時詞壇風氣，不要因爲講究詞的形式、字句，致使「詞家疆宇狹隘」，甚至「墮入纖穠一隊」，那就無可挽救了。

從《詞潔》的這幾則評點來看，其主旨和訴求都非常明確，而且能與評點者的詞學觀點和主張相互呼應，同時提出「風骨」與「興象」作爲審美標準，在清代康熙時期反對《草堂》俗詞，講尚雅詞的背景下，有其時代意義和價值，同時能看到從明代到清代評點唐宋詞，從「重情」到講求「風骨」與「興象」的演變，這對後來常州詞派張惠言《詞選》提出：詞「感物而發，觸類條鬯，各有所歸，非苟爲雕琢曼辭而已」〔註316〕的說法，應有相當的影響。因爲兩者同樣體認到詞在形式雕琢之外，有著更重要的特質，這才是詞之所以有別於詩，並取得文學價值的關鍵。然而，在《詞潔》的這幾則評點中，也有缺點，因爲如果專就評點是針對作品提出評賞意見的這點來看，這些評語闡發詞學觀點的部分較多，議論性也較強，就單首詞給出審美批評的部分則較少，不免讓人忽略詞作才是主角，但這也可以看出清代評點唐宋詞的標準和方式已與明代有很大的不同。

（二）以周邦彥詞的「渾成」爲審美標準

先著、程洪的《詞潔》在詞的字雕句琢之外，提出詞需有「風骨」與「興象」的議題，主要是針對明末以來詞體不振的情況而發。但是否因此就視詞體的「含毫運思，求其工美」〔註317〕爲無物？

〔註315〕先著《詞潔・發凡》，〔清〕先著、程洪輯：《詞潔》，頁2。
〔註316〕張惠言《詞選・敍》，〔清〕張惠言輯：《詞選》，頁536。
〔註317〕先著《詞潔・發凡》：「今詞不可以付歌伶，則竹素之觀也。且含毫

其實不然。從《詞潔》對詞作的評點,可知其所要求的乃是更高的藝術境界,即所謂「渾成」,也就是字句雕琢是可以的,但前提是需有眞實的情感,發之於肺腑,再者才是要求詞句的雕琢無痕,如此才能成爲境界高妙的佳製。如《詞潔》評姚寬〈生查子〉(郎如陌上塵):

> 〈生查子〉,以渾成爲工。

評林逋〈點絳唇〉(金谷年年):

> 於所詠之意,該括略盡,高遠無痕,得神之作。

評賀鑄〈臨江仙〉(巧剪合歡羅勝子):

> 南宋小詞,僅能細碎,不能渾化融洽。即工到極處,只是用筆輕耳,於前人一種耀豔深華,失之遠矣。讀以上諸詞自見。今多謂北不逮南,非篤論也。

評賀鑄〈青玉案〉(凌波不過橫塘路):

> 工妙之至,無跡可尋,語句思路,亦在目前,而千人萬人不能湊泊。山谷云:「解道江南斷腸句,只今惟有賀方回。」其爲當時稱許如此。

評李元膺〈洞仙歌〉(廉纖細雨):

> 著筆惟恐傷題,總不欲涉痕跡。詠物一派,高不能及。石帚此種亦最可法。「分明都是淚」,石帚〈促織〉云:「西窗又吹暗雨。」玉田〈春水〉云:「和雲流出空山。」皆是過處爭奇,用筆之妙,如出一手。合此數公觀之,略可以悟。

評史達祖〈東風第一枝〉(草腳愁蘇):

> 史之遜姜,有一二欠自然處。雕鏤有痕,未免傷雅,短處正不必爲古人曲護。意欲靈動,不欲晦澀。語欲穩秀,不欲纖佻。人工勝則天趣減,梅谿、夢窗不能不讓白石出一頭地。〔註318〕

所謂的「渾成」和「渾化融洽」,指的是詞筆與詞意的渾融,也就

運思,求其工美,固當擇調而塡之。」〔清〕先著、程洪輯:《詞潔》,頁 1。

〔註318〕 〔清〕先著、程洪輯:《詞潔》,頁 7;8;74;86;104;164。

是筆要能行意，詞意能透過詞筆恰如其分的表現出來，不但有「風骨」，有「興象」，還能達到斧鑿無痕的境界，這才稱得上是「高遠無痕，得神之作」。因此《詞潔》所提出的「工妙之至，無跡可尋」，以及「用筆之妙，總不欲涉痕跡」，乃是指詞人能確切掌握詞體的特質，並熟悉詞的表達方式，善用長短句的形式，以表達內心幽深的情感，意味深長，而有藝術的美感。可見《詞潔》並沒有反對字句的雕琢，而是要求更高層次的藝術表現，一首有「風骨」、有「興象」的詞作，必然禁得起藝術美感的檢驗，也只有這樣的詞作才有資格被選入《詞潔》中。事實上，這樣的審美要求在南宋黃昇《花庵詞選》的評點中也曾提出，如黃昇評万俟詠〈長相思〉（短長亭）：「雅言之詞，詞之聖者也，發妙旨於律呂之中，運巧思於斧鑿之外，平而工，和而雅，比諸刻琢句意，而求精麗者遠矣。」〔註319〕為什麼《詞潔》和《花庵詞選》都要求詞不能有斧鑿的痕跡？原因在於詞人情感的流露，講求的是自然真切，詞的種種技巧，是為了使情感的表達更深刻，更容易引起共鳴，不能本末倒置，為文而造情，甚至只講技巧而不講情感，所謂：「雕鏤有痕，未免傷雅」，「意欲靈動，不欲晦澀。語欲穩秀，不欲纖佻。人工勝則天趣減。」〔註320〕因此，《詞潔》在評程過〈滿江紅〉（春欲來時）時，之所以特別強調：「粗服亂頭，卻勝他雕鏤者」〔註321〕，就是要說明詞雖以言情為主，但要能發之於肺腑，而不要刻意雕琢。唯有善用技巧，不為技巧所累，才能使詞達到「工妙之至，無跡可尋」的「渾成」境界。

依照《詞潔》的評點標準，宋代最能達到「渾成」這一藝術境界的即是周邦彥。《詞潔》對周邦彥詞多所讚揚與推舉，甚至稱他為「詞家正宗」，比之為詞中的杜甫。其評秦觀〈滿庭芳〉（山抹微雲），指出：

　　詞家正宗，則秦少游、周美成。然秦之去周，不止三舍。

〔註319〕〔宋〕黃昇編集：《唐宋諸賢絕妙詞選》，頁62。
〔註320〕《詞潔》評史達祖〈東風第一枝〉（草腳愁蘇），〔清〕先著、程洪輯：《詞潔》，頁164。
〔註321〕〔清〕先著、程洪輯：《詞潔》，頁116～117。

宋末諸家，皆從美成出。

評張炎〈齊天樂〉（分明柳上春風眼）云：

> 美成如杜，白石兼王、孟、韋、柳之長。與白石并有中原
> 者，後起之玉田也。梅溪、夢窗、竹山皆自成家，遜於白
> 石，而優於諸人。草窗諸家，密麗芊綿，如溫、李一派。
> 玉臺沿至於宋初，而宋詞亦以是終焉。以詩譬詞，亦可聊
> 得其彷彿。〔註322〕

《詞潔》推崇周邦彥詞，認為周邦彥的成就遠遠超過秦觀，還指出：
「宋末諸家，皆從美成出。」對他用筆的巧妙和純熟給予極大的肯定
〔註323〕，又在評姜夔〈暗香〉（舊時月色）時，云：

> 落筆得「舊時月色」四字，便欲使千古作者皆出其下。詠
> 梅嫌純是素色，故用「紅萼」字，此謂之破色筆。又恐突
> 然，故先出「翠尊」字配之。說來甚淺，然大家亦不外此。
> 用筆之妙，總使人不覺，則烹鍛之工也。美成〈花犯〉云：
> 「人正在、空江煙浪裏。」堯章云：「長記曾攜手處，千樹
> 壓，西湖寒碧。」堯章思路，卻是從美成出，而能與之埒，
> 由於用字高，煉句密，泯其來蹤去跡矣。〔註324〕

雖然盛讚姜夔「用筆之妙，總使人不覺，則烹鍛之工也」，但又與周
邦彥詞對舉，指出：「堯章思路，卻是從美成出。」顯然將周邦彥推
舉為詞壇盟主，其次是姜夔、張炎，再者才是秦觀、史達祖、吳文英、
蔣捷。這種標舉宋代代表詞家，並依藝術成就加以分判高下的作法，
明顯有取之為典範，「因以見宋人之所為」〔註325〕的用意。所以，《詞
潔》才會依詞牌，再精選代表詞作的方式，編選詞輯，以方便習詞或

〔註322〕〔清〕先著、程洪輯：《詞潔》，頁126；202～203。
〔註323〕如《詞潔》評周邦彥〈憶舊游〉（記愁橫淺黛）：「『舊巢』下，如琴
　　　　曲泛音，盡而不盡。美成詞是此等筆意處最難到，玉田亦似十分模
　　　　擬者。」〔清〕先著、程洪輯：《詞潔》，頁187。
〔註324〕〔清〕先著、程洪輯：《詞潔》，頁146。
〔註325〕先著《詞潔・序》：「《詞潔》云者，恐詞之或即於淫鄙穢雜，而因
　　　　以見宋人之所為，固自有真耳。」〔清〕先著、程洪輯：《詞潔》，
　　　　頁2。

取之爲參考。根據這點，也可以看出雖然《詞綜》爲革除《草堂》之弊而推舉姜夔雅詞，提出：「塡詞最雅，無過石帚。」〔註326〕並透過選詞以達到轉變風氣的目的，但在此同時或稍後，先著和程洪也以編選詞輯的方式，並透過詞作的評點，宣揚自己的詞學主張，提出不同的審美標準。尤其，在這樣的評選過程中，充分提高周邦彥詞的地位，宋代張炎《詞源》云：「美成詞只當看他渾成處，於軟媚中有氣魄。採唐詩融化如自己者，乃其所長。惜乎意趣卻不高遠。」〔註327〕認爲周邦彥詞仍有所不足，但先著和程洪則極度肯定周邦彥詞的藝術成就，以爲典範，擴大周詞的影響。

　　整體上看，《詞潔》的評點只針對部分詞作而發，而且多概括而談，或由某一首詞加以聯結，重申自己的選詞和審美標準，但可以看出清代對唐宋詞的評點，與明代重情、重藝術表現手法的取向，已有所不同，不但提出「風骨」與「興象」的概念，重新思考詞的眞正特質和價值，更提出「渾成」的審美標準，提供另外一條認識唐宋詞的途徑。陳水雲《唐宋詞在明末清初的傳播與接受》云：「清人編輯了大量的唐宋詞選本，在對唐宋詞的審視、反思中，形成了很多有價值的論見，促進了清詞流派的形成，促進了唐宋詞史與清代詞學的建構。」〔註328〕然而，詞選要能發揮影響力，以評點作爲批評之實踐，更有關鍵的作用。從《詞潔》以周邦彥詞之「渾成」爲審美標準的這點來看，也可以明白後來常州詞派大家周濟《宋四家詞選》所提出的「問塗碧山，歷夢窗、稼軒，以還清眞之渾化」〔註329〕，其來有自，常州詞派的詞學主張並非單獨提出，亦有可能是交融統整後的結果。

〔註326〕朱彝尊《詞綜·發凡》，〔清〕朱彝尊抄撮，汪森增定：《詞綜》，頁5。

〔註327〕〔宋〕張炎：《詞源》，唐圭璋編：《詞話叢編》，頁266。

〔註328〕陳水雲：《唐宋詞在明末清初的傳播與接受》，北京：中國社會科學出版社，2010年10月一版），頁134。

〔註329〕周濟《宋四家詞選·序論》，〔清〕周濟輯：《宋四家詞選》，據清光緒潘祖蔭輯刊《滂喜齋叢書》本影印，《百部叢書集成》，臺北：藝文印書館，1967年出版，頁2。

以下再看與張惠言《詞選》同時，一樣以寄託解詞的黃蘇《蓼園詞選》。

三、黃蘇《蓼園詞選》評點析論

　　黃蘇，名道溥，號蓼園，廣西臨桂（今桂林）人，約爲乾隆時期文人，編有《蓼園詞選》。關於其人其書，原本的名氣和影響都不大，但後來因爲況周頤（1859～1926）從其姊處偶得此書，「假歸雒誦，詫爲鴻寶」，盛稱其「前人名句、意境絕佳者，皆載在是編也」，並云：「由是遂學爲詞，蓋余詞之導師也」〔註330〕，之後於民國九年（1920）由其弟子趙尊嶽刊印，逐漸打開名氣。再加上徐珂《中國歷代詞選集評》〔註331〕輯錄大量黃蘇《蓼園詞選》詞評，使人明白在清代乾隆、嘉慶時期，不只有張惠言《詞選》談及詞的比興寄託，黃蘇《蓼園詞選》亦採取同樣的解讀模式，著重對詞作意義的探索，尤其將詞作與政治寓意作連結，與後來常州詞派的寄託理論相當類似，其影響逐漸爲人所重視。孫克強《清代詞學》從時代風潮解釋：「嘉、道年間的社會動盪，迫使詞人們反思詞的思想情感和社會作用。常州詞派標舉『比興寄託』應時而興，而同時的其他詞人經歷時代風雨亦當有所觸動，⋯⋯此種變化即是時代使然，黃蘇之論亦應作如是觀。」〔註332〕依照這樣的說法，爲什麼只有張惠言的《詞選》對常州詞派產生較大的影響，而黃蘇《蓼園詞選》影響則較小？張宏生《清代詞學的建構》認爲：「有清一代，人們對《草堂詩餘》的評價基本上都不高，既然如此，則人們由此及彼，對完全取材於《草堂詩餘》的《蓼園詞選》

〔註330〕況周頤〈《蓼園詞選》序〉：「余年十二，先未嘗知詞。偶往省姊氏，得是書案頭，假歸雒誦，詫爲鴻寶。由是遂學爲詞，蓋余詞之導師也。⋯⋯前人名句、意境絕佳者，皆載在是編也。」〔清〕黃蘇、周濟、譚獻選評，尹志騰校點：《清人選評詞集三種》，濟南：齊魯書社，1988 年 9 月一版，頁 4。

〔註331〕徐珂選評：《中國歷代詞選集評》，臺北：國家出版社，2012 年 5 月初版。

〔註332〕孫克強：《清代詞學》，北京：中國社會科學出版社，2004 年 7 月一版，頁 339。

忽略不提，也是很自然的」，「另外，《詞選》的顯赫和《蓼園詞選》的冷清也與二位作者的身分有關，黃蘇的身世一直不太清楚，以至於長期以來人們對他的所知甚少。」〔註333〕

　　雖然如此，晚清詞學大家況周頤對黃蘇的《蓼園詞選》卻多有讚許，況周頤在〈詞學講義〉中列舉「詞學初步必需之書」共五本，包括：萬樹《詞律》、戈載《詞林正韻》、宋人所選《草堂詩餘》、黃蘇《蓼園詞選》和朱祖謀《宋詞三百首》〔註334〕，其將《蓼園詞選》與萬樹《詞律》和朱祖謀《宋詞三百首》相提並論，顯見重視。況周頤〈《蓼園詞選》序〉指出：

> 綜觀宋以前諸選本，《花間》未易遽學，《花庵》間涉標榜，弁陽翁《絕妙好詞》，泰半同時儕輩之作，往往以詞存人，或此人別有佳構，翁未及見，而遂闕如，烏在其爲黃絹幼婦也？唯《草堂詩餘》、《樂府雅詞》、《陽春白雪》較爲醇雅。以格調氣息言，似乎《草堂》尤勝。中間十之一二，近俳近俚，爲大醇之小疵。自餘名章俊語，撰錄精審，清雅朗潤，最便初學。學之雖不能至，即亦絕無流弊。於性情，於襟抱，不無裨益，不失其爲取法乎上也。《蓼園詞選》者，取材於《草堂》，而汰其近俳近俚者也。每闋綴以小箋，意在引掖初學。〔註335〕

可見況周頤是採取一種較客觀的態度來看待《草堂詩餘》，平心而論，宋人所選《草堂詩餘》，主要問題在於採取以類分的編排方式，如「春思」、「春恨」、「春閨」，很難作出區分，但其實不少名家詞作都被錄入，如蘇軾〈賀新郎〉（乳燕飛華屋）、〈水龍吟〉（似花還似非花）、〈洞仙歌〉（冰肌玉骨）、〈卜算子〉（缺月掛疏桐）、〈水調歌頭〉（明月幾時有）、〈蝶戀花〉（花褪殘紅青杏小）、〈念奴嬌〉（大江東去）、〈八聲甘州〉（有情風萬

〔註333〕　張宏生：《清代詞學的建構》，南京：江蘇古籍出版社，1999年9月一版，頁225。

〔註334〕　況周頤〈詞學講義〉，《詞學季刊》創刊號，1933年4月，頁110～111。

〔註335〕　況周頤〈《蓼園詞選》序〉，《清人選評詞集三種》，頁3～4。

里卷潮來〉、〈江城子〉（天涯流落思無窮）等，都被選入，或許就是因爲如此，況周頤才會認爲在宋代詞選本中，《草堂詩餘》算是其中「較爲醇雅」者。以《草堂詩餘》所選「較爲醇雅」者，再配以黃蘇《蓼園詞選》的評箋，未嘗不是一條學詞的途徑。徐珂《清代詞學概論》化用況周頤〈《蓼園詞選》序〉的這段話，亦云：《蓼園詞選》「所選諸詞有格調，有氣息，中間十之一二，爲大醇之小疵。自餘名章俊語，撰錄精審，清疏朗潤，最便初學。學之雖不能至，即亦絕無流弊。於性情，於襟抱，不無裨益，不失其爲取法乎上也。」〔註336〕可見黃蘇的《蓼園詞選》雖然取材於《草堂詩餘》，但已有所揀擇和不同，尤其「刪汰《草堂詩餘》中近俳近俚者」的這點，更是此選獲得重視的關鍵。黃蘇對詞作的評點，後來還被徐珂《中國歷代詞選集評》輯錄，徐珂期望能使初學者不因「苦於開卷茫然，鮮所領會」〔註337〕，顯見黃蘇評點的特殊。尤其徐珂是常州詞派譚獻的弟子，《中國歷代詞選集評》所輯詞評，除了張惠言《詞選》、周濟《宋四家詞選》、譚獻《復堂詞話》，最多的就是南宋黃昇《花庵詞選》、明代沈際飛《古香岑草堂詩餘》和黃蘇《蓼園詞選》的意見，更可看出徐珂對黃蘇詞評的認同。

　　以黃蘇《蓼園詞選》的評點來看，雖然會先引用前人的批評，但在之後會以「按語」的形式，加上自己的看法，並從形式藝術的重視，逐漸往詞作寓意的部分作探討，同時著重挖掘詞作寄託的深意，呈現出與明代不同的評點取向。照理說，黃蘇的《蓼園詞選》有更多、更明顯以寄託解詞的例子，但引起的爭議卻沒有張惠言的

〔註336〕　徐珂：《清代詞學概論》，上海：大東書局，1926 年 10 月出版，頁 19～20。
〔註337〕　徐珂《中國歷代詞選集評・自序》：「詞之選本夥矣。無論爲歷代、爲斷代，主其事者博覽精擇，要皆標舉準繩，有宗派之可言；所以使操觚者昕夕諷詠，得循正軌以合雅音也。而惜其不皆有評，初學苦之，苦於開卷茫然，鮮所領會，欲其鍥而不舍，得有成就，不亦戞戞乎其難之耶！」徐珂選評：《中國歷代詞選集評》，頁 4。

《詞選》來得大，原因爲何？以下便先從黃蘇以寄託解詞的幾個例子來作探討。因爲目前已難見到民國九年（1920）趙尊嶽所刊印的《蓼園詞選》，暫以尹志騰《清人選評詞集三種》所收黃蘇《蓼園詞選》爲討論依據〔註338〕。

（一）講尚詞作比興寄託之旨

　　黃蘇《蓼園詞選》在評點詞作時，常會先引用南宋黃昇《花庵詞選》和明代沈際飛《古香岑草堂詩餘》的批評，再加以延伸討論，除了就前人意見作補充，還會針對詞人的比興寄託，引導讀者往這方面作聯想和體會，使每一首詞都值得深入探索。這或許就是徐珂《清代詞學概論》讚揚：此選「於性情，於襟抱，不無裨益，不失其爲取法乎上也」〔註339〕，不被《草堂詩餘》侷限的原因。比如《蓼園詞選》評李重元〈憶王孫〉（萋萋芳草憶王孫）：

　　　　沈際飛曰：一句一思。因「樓高」曰「空」，因「閉門」曰
　　　　「深」，俱可味。按：高樓望遠，「空」字已悽惻，況聞「杜
　　　　宇」乎？末句尤比興深遠，言有盡而意無窮。〔註340〕

可見黃蘇對詞作的解析相當細膩，除了揣摩寫作當下的情感，說明如此設色用語的原因，還同時以讀者的立場，試著探索詞作深意，指出「末句尤比興深遠，言有盡而意無窮」。表面上看，似乎是在發揮和補充「沈際飛曰：一句一思」的批評意見，事實上已可看出黃蘇評點的取向與沈際飛不同，他著重的乃是詞作寓意的解讀。又如黃蘇評李白〈憶秦娥〉（簫聲咽）：

　　　　花庵詞客云：太白此詞及〈菩薩蠻〉二詞，爲百代詞曲之
　　　　祖。按：此乃太白於君臣之際，難以顯言，因託興以抒幽
　　　　思耳。言至今簫聲之咽，無非秦地女郎夢想從前秦樓之月
　　　　耳。夫秦樓乃簫史與弄玉夫婦和諧，吹簫引鳳，升仙之所，

〔註338〕〔清〕黃蘇、周濟、譚獻選評，尹志騰校點：《清人選評詞集三種》
　　　　　（濟南：齊魯書社，1988 年 9 月一版）。
〔註339〕徐珂：《清代詞學概論》，頁 19～20。
〔註340〕黃蘇《蓼園詞選》，《清人選評詞集三種》，頁 5～6。

至今誰不慕之！豈知今日秦樓之月，乃是霸陵傷別之月
耳。第二闋，漢之樂遊原，極爲繁盛。今際清秋古道之音
塵已絕，惟見淡風斜日，映照陵闕而已。嘆古道之不復，
或亦爲天寶之亂而言乎？然思深而託興遠矣。〔註341〕

從這樣的批評來看，黃蘇除了欣賞字句之美，還會將詞與當時的時空
背景和政治環境作聯結，推想詞人透過創作眞正想表達的意旨，探討
詞作的深刻寓意，只是在用語上會用疑問句的方式，如：「或亦爲天
寶之亂而言乎？」降低強作比附的程度，又能拓展詞作的面貌，提供
不同的解讀，使讀者作爲參考。

　　以下再舉幾個例子。如《蓼園詞選》評張先〈生查子〉（含羞整翠
鬟）：

按：「一一」字從「頻」字生來，「春鶯語」從「得意」字
生來。前一闋寫得意時情懷，無限旖旎；次一闋寫別後情
懷，無限淒苦，骨於「箏」寓之。凡遇合無常，思婦中年，
英雄末路，讀之皆堪下淚。

評何籀〈點絳唇〉（鶯踏花翻）：

按：「鶯踏花翻」，自是傷時寄託語。「杜鵑來了，梅子枝頭
小」自是時當晚季，自傷卑賤耳。看下一闋，「知音少」、「傷
懷抱」，則前一闋寓意尤顯。士不得志而悲憫之懷，難以顯
言，託於閨怨，往往如是。

評歐陽修〈浣溪沙〉（雨過殘紅溼未飛）：

按：上闋言落英滿地，斜日照之，游蜂尚自採之。下闋言
我今獨居夜靜，風過竹響，沉水香微，黯然魂銷，玉人何
在，一春惟付之寱思而已。思婦懷人，孤臣戀主，同此情
懷，不必泥也，熟玩自饒神韻。

評陳子高〈謁金門〉（愁脈脈）：

按：落花到地聽無聲，怨矣；曰「飛不得」，其怨更深。首
闋言事多阻隔，次闋言少吹噓之力，總是爲身世所感也。

────────────
〔註341〕黃蘇《蓼園詞選》，《清人選評詞集三種》，頁22。

評秦觀〈八六子〉(倚危亭)：

　　沈際飛曰：長短句偏入四六，〈何滿子〉之外，復見此而已。

　　寄託耶？懷人耶？詞旨纏綿，音調淒婉如此。〔註342〕

雖然黃蘇所選詞作，以婉約詞居多，但在評點時，則明顯往詞中的比興寄託之旨作推想和解讀，即使只是閨怨詞，黃蘇也會考量詞人處境，同時根據詞作中的特殊用語，如何籀〈點絳唇〉(鶯踏花翻)中的「知音少，暗傷懷抱」，以及陳子高〈謁金門〉(愁脈脈)的「簾外落花飛不得」，推想詞人有此感懷的真正原因，是否為「士不得志而悲憫之懷，難以顯言」，因而「託於閨怨」，或是有可能「為身世所感也」。如此一來，即使只是一首含蓄閑雅的小令，也有值得深入體會之處，若能以此提供創作的參考，或許能避免明代崇尚《草堂詩餘》著重字句華美，較少探討詞作深意，導致詞風纖弱，詞體不尊的問題。

　　然而，在黃蘇的評點中，也應看到，他會有這樣的評點取向，在於解讀詞作時，帶有讀者的預想，即以一種特殊的眼光去感受和體會詞作，如他在評張子野〈生查子〉(含羞整翠鬟)時，就指出：「凡遇合無常，思婦中年，英雄末路，讀之皆堪下淚。」〔註343〕在評歐陽修〈浣溪沙〉(雨過殘紅溼未飛)時亦云：「思婦懷人，孤臣戀主，同此情懷，不必泥也，熟玩自饒神韻。」〔註344〕在這樣的出發點之下，每一首詞都可能有特殊的指涉，並能與當時的政治環境、詞人遭遇作聯結，就評點來看，當然是一種拓展的途徑，也能使詞從形式轉向意義面作探索，這與張惠言《詞選》評點以寄託解詞的取徑，是相當類似的，但為什麼黃蘇的《蓼園詞選》影響不及張惠言？除了張宏生所提出的「《詞選》的顯赫和《蓼園詞選》的冷清也與二位作者的身分有關」〔註345〕，筆者認為黃蘇的評點沒有像張惠言《詞

〔註342〕黃蘇《蓼園詞選》，《清人選評詞集三種》，頁 8；9；12；22～23；77。
〔註343〕黃蘇《蓼園詞選》，《清人選評詞集三種》，頁 8。
〔註344〕黃蘇《蓼園詞選》，《清人選評詞集三種》，頁 12。
〔註345〕張宏生《清代詞學的建構》云：「有清一代，人們對《草堂詩餘》

選》在序文一開始就爲詞作出明確定義：「傳曰：意內而言外，謂之詞。緣情造端，興於微言，以相感動。極命風謠里巷男女哀樂，以道賢人君子幽約怨悱不能自言之情。」〔註346〕雖然因此引發的爭議較小，但受到的矚目也會較少，因此黃蘇這種挖掘詞作政治寓意的解讀方式，就會較像是提供另外一條讀詞和解詞的參考途徑而已，當然被接受的程度也會較高。

（二）解析詞句寓意

黃蘇《蓼園詞選》的評點，除了在大方向上指出整首詞的主旨，以及可能的寄託之意，還會細部就每一句的身世感懷及寓意作解析，比如評蘇軾〈浣溪沙〉(風壓輕雲貼水飛)：

> 按：此作其在被謫時乎？首尾自喻。「燕爭泥」，喻別人得意；「沈郎」，自比；「未聞鴻雁」，無佳信也；「鷓鴣啼」，聲淒切也。通首婉惻。

評晏殊〈玉樓春〉(綠楊芳草長亭路)：

> 《詩眼》云：晏叔原見蒲傳正云：「先公平日小詞雖多，未嘗作婦人語。」傳正云：「『綠楊芳草長亭路，年少拋人容易去』，豈非婦人語乎？」晏曰：「公謂『年少』爲何語？」傳正曰：「豈不謂其所歡乎？」晏曰：「因公言，遂曉樂天詩兩句『欲留所歡待富貴，富貴不來所歡去。』」傳正笑而悟其言之失。然此詞語意甚爲高雅。按：言近旨遠者，善言也。「年少拋人」，凡羅雀之門，枯魚之泣，皆可作如是觀。「樓頭」兩句，意致淒然，擎起多情苦來。末二句，總見多情之苦耳。妙在意思忠厚，無怨懟口角。〔註347〕

的評價基本上都不高，既然如此，則人們由此及彼，對完全取材於《草堂詩餘》的《蓼園詞選》忽略不提，也是很自然的」，「另外，《詞選》的顯赫和《蓼園詞選》的冷清也與二位作者的身分有關，黃蘇的身世一直不太清楚，以至於長期以來人們對他的所知甚少。」張宏生：《清代詞學的建構》，頁225。

〔註346〕張惠言《詞選·敘》，〔清〕張惠言輯：《詞選》，頁536。

〔註347〕黃蘇《蓼園詞選》，《清人選評詞集三種》，頁12：39。

當以一句「此作其在被謫時乎？」來解讀蘇軾〈浣溪沙〉(風壓輕雲貼水飛)，就已對讀者造成一種暗示的作用，引導讀者往這方面去解析詞作，而不要只是單純欣賞詞句之美，應該要結合詞人的遭遇，以及詞人可能的寄託來探究每一詞句的眞正寓意，如此一來，對詞的體會才會更深。因此像蘇軾〈浣溪沙〉(風壓輕雲貼水飛)中的「乍晴池館燕爭泥」與「沈郎多病不勝衣」，黃蘇就順著詞人被貶謫的推想，將這兩句視爲是「別人得意」與自己不受重用的描寫。而晏殊〈玉樓春〉(綠楊芳草長亭路)的「天涯地角有窮時，只有相思無盡處」，黃蘇也不認爲只是一般的「婦人語」，因而指出：「言近旨遠者，善言也」，「末二句，總見多情之苦耳。妙在意思忠厚，無怨懟口角。」黃蘇會採取這樣的解讀模式，反映他對詞體的認識，即認爲詞不只用以寄情，還能有所寄寓，寄託身世的感懷與家國的感慨；也反映他對詞的評價，即以有寄託之詞爲高。就這點來看，從先著、程洪《詞潔》的講尚「風骨」與「興象」，再到黃蘇《蓼園詞選》的講求寄託，清代對唐宋詞的評點與解讀，已與明代沈際飛《古香岑草堂詩餘》和徐士俊《古今詞統》評點的重情、重感悟有所不同，就評點的發展來看，是逐漸往詞的內容寓意作探索，評點者除了就詞的字句藝術作評賞，更著重往深層的創作動機作探尋和解讀。

以下再看黃蘇《蓼園詞選》的幾個相關評點，如評晏殊〈踏莎行〉(小徑紅稀)：

> 沈際飛曰：景物不殊，運樟能奇離妖嬌。又曰：結句「深深」妙，著不得實字。按：此篇承前章之意，託興既同，而結構各異。首三句言花稀而葉盛，言君子少而小人多也；「高臺」指帝閽；「東風」二句，小人如楊花之輕薄，易動搖君心也；「翠葉」二句，喻事多阻隔；「爐香」句，喻己心之鬱紆也；「斜陽照」、「深深院」，言不明之日難照此淵衷也。臣心與閨意雙關寫去，細思自得之耳。

評韓駒〈念奴嬌〉(海天向晚)：

> 按：此詞總是憂君憂國之念，觸題而發耳。題是「詠月」，

開首從「秋」字寫起，漸入到月。固就月說到姮娥之幽獨，
即是蘇東坡「瓊樓玉宇，高處不勝寒」之意，借以比君勢
之孤也。次闋，就望月之人獨立無偶，以見己之獨立少同
心也。結處「此情誰會」，不過嘆想得同志之人耳。比興深
切，含而不露，斯為情景交融者。凡寫景而不寓情，則意
盡言中，便少佳製。

評周邦彥〈丹鳳引〉（迤邐春光无賴）：

唐詩：「錢塘蘇小小，人道是天邪。」又：「長安女兒仲髻
鴉，隨風起蝶學天邪。」《古今詩話》：李白嘗謂徐雙雅曰：
「公筠詩，如女子弄粉調朱。」按：此亦猶前詞之意也。「翠
藻翻池」，喻自己之顛覆也；「黃蜂遊閣」，喻別人之得意也；
「杏靨」、「榆錢」，俱刺讒之意也。次闋，是別京中好友而
作。「素手」、「重握」，指素心之友也。細玩自得其用意處。
〔註 348〕

黃蘇在評每一首詞的時候，不只是從詞句的表面意來看，反而會仔細
推敲每一個形容詞或動詞的使用，是否有特殊用意，並與詞人的遭遇
作結合，所以看到晏殊〈踏莎行〉（小徑紅稀）所寫的「小徑紅稀，芳
郊綠遍，高臺樹色陰陰見」，就說：「花稀而葉盛，言君子少而小人多
也」；看到韓駒〈念奴嬌〉（海天向晚）的「此情誰會，倚風弄橫竹」就
說：「結處『此情誰會』，不過嘆想得同志之人耳。比興深切，含而不
露，斯為情景交融者。」針對周邦彥的〈丹鳳引〉（迤邐春光无賴），亦
同樣從他的被貶謫，聯想詞句的身世感懷。這種評點方式，有可能是
應用了中國傳統文學批評「以意逆志」的方法，所謂：「說詩者，不
以文害辭，不以辭害志，以意逆志，是為得之。」又：「誦其詩，讀
其書，不知其人可乎？是以論其世也。」〔註 349〕因此評詞也要「知
其人論其世」，刻意往這方面作解讀。

　　針對《蓼園詞選》的這種解詞方式，張宏生《清代詞學的建構》

─────────────────────────

〔註348〕黃蘇《蓼園詞選》，《清人選評詞集三種》，頁 48；100；127。
〔註349〕《孟子·萬章》，〔宋〕朱熹集註，蔣伯潛廣解：《四書讀本》，臺北：
　　　　啟明書局，頁 221～222；255。

認為：《蓼園詞選》「一方面要求人們努力去體會作者之深心，另一方面也盡可能注意了圓通的態度。更重要的是，它在很大程上突破了長期以來形成的思維定勢，引導人們從多義的角度去思考作品的豐富性和作家的創作心理，在詞學理論中具有開創性的意義。」〔註 350〕但嚴格來看，這種逐字逐句的詮解方式，應有所考證，若要「知其人論其世」，解析「作家的創作心理」，則應提出更多證據，否則不免令人產生疑慮。因此黃蘇的這種評點方式，僅能視為他的一種嘗試。況周頤〈《蓼園詞選》序〉所謂：「《蓼園詞選》者，取材於《草堂》，而汰其近俳近俚者也。每闋綴以小箋，意在引掖初學。」〔註 351〕若從引導初學的角度看，則黃蘇這種挖掘詞人寄託、解析詞句寓意的方式，確實能打開學詞者的眼界，而不會被詞只是「小道」所囿，對詞的發展有著正面影響，這或許也是況周頤肯定《蓼園詞選》的原因。

結　語

　　有關唐宋詞評點的起源、發展與演變，從南宋到清代，經歷了很長一段時間，本章先從唐宋詞評點的起源，即南宋鮦陽居士《復雅歌詞》和黃昇《花庵詞選》開始談起，發現鮦陽居士的評點已著重詞人創作動機與詞句的解析；黃昇的評點，則是先參考當時的詞評，再評定詞作，非純粹以文本為出發，其評價有一個複雜的審核過程，既與詞人本身的品行有關，還與作詞目的是否正當有關，注重詞作的命意及主旨，只是此時有評無點，並有評、注結合的情況，評語也甚為簡煉，為詞之評點奠定基礎。

　　明代因為戲曲與小說評點的興起，也帶動詞的評點，明代出現大量以《草堂詩餘》為主的評點，本文先論楊慎批點《草堂詩餘》的拓展，再就其中最具代表性的沈際飛《古香岑草堂詩餘》為分析對象，發現此書不但有評有點，而且還初步建立評點的體例，其批點符號的

〔註350〕張宏生：《清代詞學的建構》，頁 219。
〔註351〕況周頤〈《蓼園詞選》序〉，《清人選評詞集三種》，頁 3～4。

使用，包括「○」、「、」、「◎」、「𠯑」、「丨」五種，不但反映對詞的不同評價，也能引導讀者精讀詞作，同時因爲沈際飛深諳作詞之法，其批評能從詞體之構成作深入的分析，具體提供評賞詞作的依據以及作詞的參考，理論分析的程度大爲提高，可惜偏重字句賞析，講求字句之法而不重主旨，反映《草堂》詞風的影響。

　　至於明代末年卓人月彙選、徐士俊參評的《古今詞統》，一樣有評有點，並且試圖跳脫《草堂詩餘》的限制，其時間跨越隋、唐、五代、宋、金、元、明各代，兼容並蓄，起一統觀的作用，其評點的特色是回歸文本，並試圖在沈際飛的既有批評之下另闢蹊徑，因而訴求個人當下的讀詞感受，感悟式評語多於客觀批評，且從輔助資料來讀詞，有時不免喧賓奪主，忽略詞作本身才是主角，至於其批點符號的使用，也只有「、」和「。」兩種，顯得非常隨意，不像沈際飛之有明顯的評點體例與認定標準，而且評點與紀事資料的混同，更反映明代詞學批評的集中度仍顯不足。此外，徐士俊還基於個人感受，認定李清照〈一翦梅〉（紅藕香殘玉簟秋）與万俟詠〈昭君怨〉（春到南樓雪盡），詞意已足，其原詞多一字，便直接刪改原詞字句，更是不尊重原作的表現，其批評也失了客觀公正。然而，也因爲徐士俊的評點強調讀者的感受，並以此代評，使讀者的地位因而提昇。總體來說，在清代以前有關唐宋詞的評點，著重詞作主旨、命意、情感表達、章法、字句的賞析，雖然認爲詞爲詩之餘，樂府之餘，但不完全以小道視之，反而透過評點的方式，引導讀者精讀詞作，仔細探究作詞之法，提供創作的參考，並提昇賞詞水準，在詞學批評史上具有相當的價值與影響。

　　清代雖盛行對清詞的評點，尤其以當代詞人互評爲多，《四庫全書》針對曹貞吉《柯雪詞》即云：「舊本每調之末，必列王士禎、彭孫遹、張潮、李良年、曹勳、陳維崧等評語，實沿明季文社陋習，最可厭憎，今悉刪除，以清耳目。」又云：「名流之序跋批點，不過木蘭之檀，日久論定其妍醜，不由於此，庶假借聲譽者，曉然知標榜

之無庸焉。」〔註 352〕由編纂《四庫全書》的館閣大臣必須特地提出聲明的情況來看，顯見當時清人評清詞之普遍與風氣之盛。這一類的評點可用以考察當時的詞學群體活動，以及詞壇的發展〔註 353〕。但在此同時，對唐宋詞的評點亦別具特色，以清代康熙時期朱彝尊《詞綜》和先著、程洪《詞潔》的評點，以及乾隆時期黃蘇《蓼園詞選》的評點來看，或沿繼黃昇《花庵詞選》評、傳結合的呈現方式，建立體例；或重視詞的「風骨」與「興象」；或強調詞人的寄託與詞句的寓意，對詞人創作動機和詞作的解析與體會都更為細膩。尤其先著、程洪的《詞潔》以周邦彥詞的「渾成」為審美標準，這對後來常州詞派周濟《宋四家詞選》之推崇周邦彥詞是否產生影響？又是否有所不同？都值得探索。清代常州詞派對唐宋詞的評點，在前人已累積如此成果的情況下，又要如何拓展？以下續論之。

〔註 352〕《柯雪詞·提要》，〔清〕曹貞吉：《珂雪詞》，《景印文淵閣四庫全書·集部·詞曲類》，頁 1488-686。

〔註 353〕張宏生編纂《清詞珍本叢刊》時，即收有清人詞集的評點本，並指出：這些評點「有敏銳的批評意識」，「審美的闡發」，還有「諸如群體活動、創作本事之類的信息，對認識清詞發展的生態，也非常重要。」張宏生編：《清詞珍本叢刊》，南京：鳳凰出版社，2007 年 12 月一版，頁 2。

第三章　從形式到意義的解讀
——張惠言《詞選》評點析論

　　張惠言，字皋文，號茗柯，江蘇常州武進人，生於清乾隆二十六年（1761），卒於清嘉慶七年（1802），是清代常州學派研究《易經》的著名經學家，也是陽湖派散文的代表文學家，又因其曾在嘉慶二年為了教學之用而編輯《詞選》，旨在「塞其下流，導其淵源，無使風雅之士懲於鄙俗之音，不敢與詩賦之流同類而風誦之也」〔註1〕，因而被視為推動常州詞派成立的宗師，此篇序文也成為常州詞派的立論依據。吳梅（1884～1939）《詞學通論》即云：「皋文《詞選》一編，掃靡曼之浮音，接《風》、《騷》之眞脈，直具冠古之識力者也。……皋文與翰風出，而溯源竟委，辨別眞僞，於是常州詞派成，與浙派分鑣爭先矣。」〔註2〕謝桃坊《中國詞學史》亦云：「張惠言的《詞選・序》成為了常州詞派的宣言。」〔註3〕若單純以張惠言《詞選》來看，其

〔註1〕　張惠言《詞選・敘》，〔清〕張惠言輯：《詞選》，據清道光十年宛鄰書屋刻本影印，《續修四庫全書・集部・詞類》，上海：上海古籍出版社，2002年初版，頁536。
〔註2〕　吳梅：《詞學通論》，上海：華東師範大學出版社，1996年11月一版，頁171。
〔註3〕　謝桃坊：《中國詞學史》（修訂本），成都：巴蜀書社，2002年12月

選只選了一百一十六首的唐宋詞作，相較於宋明時期以及清代康熙、
乾隆時期，動輒千首，盡收各體詞作以備覽的大型詞選，張惠言的詞
選較像是唐宋詞的精華選輯。在編輯過程中，他必定經過一番審慎的
揀擇，最終能入選的，都是張惠言認可，並且適合教學〔註4〕的詞作，
有相當程度的示範作用。然而，若以爲這是張惠言的創意編排，則又
把問題簡單化，因爲張惠言的《詞選》並非憑空出現，他是有參考依
據和選詞來源的，他主要參考的就是朱彝尊的《詞綜》。因其在牛嶠
〈菩薩蠻〉的詞牌下批語說道：

> 《花間集》七首，詞意頗雜，蓋非一時之作。《詞綜》刪存
> 二首，章法絕妙。〔註5〕

可知，張惠言是在朱彝尊《詞綜》的基礎上重新揀擇詞作的。比對
張惠言的《詞選》與朱彝尊的《詞綜》，在張選的一百一十六首詞作
中，有一百零二首與朱選相同，就這一結果來看，張惠言的《詞選》
要如何樹立旗幟，並發揮影響力？可見單靠選詞，不能使張惠言的
《詞選》彰顯特色，其選之所以產生意義和影響，除了那篇立意鮮
明，具有理論導向的序文，認爲詞是「以道賢人君子幽約怨悱不能
自言之情」〔註6〕，更重要的是他對詞所進行的評點，反映了他的
詞學批評意識。張惠言針對其所選的一百一十六首詞，一一進行評
點，並將詞區分爲「。。。」、「。。」、「。」三種等級，明顯具有
品評的意味，在此之前的詞選，並沒有進行這樣的品評，這是張惠
言《詞選》最值得探討的特點。

第一版，頁 294。

〔註4〕 張琦〈重刻《詞選》序〉云：「嘉慶二年，余與先兄皋文先生同館歙
金氏，金氏諸生好填詞，先兄以爲詞雖小道，失其傳且數百年。自
宋之亡而正聲絕，元之末而規矩墬，窔宦不闢，門户卒迷，乃與余
校錄唐宋詞四十四家，凡一百一十六首，爲二卷，以示金生。」可
知《詞選》原是作爲一種唐宋詞讀本，以教授金應珪等人習詞之用。
〔清〕張惠言輯：《詞選》，頁 535。

〔註5〕 〔清〕張惠言輯：《詞選》，頁 539。

〔註6〕 張惠言《詞選・敘》，〔清〕張惠言輯：《詞選》，頁 536。

從唐宋詞評點的發展歷史來看，雖然張惠言《詞選》只針對其中三十九首，進行批點和評析，其他則是有點而無評，然而在張惠言以前的評點，基本上是一首詞一首詞的評，主要在談詞作形式、風格、情韻的問題，如南宋黃昇《花庵詞選》從「命意造語之工致」〔註7〕來評賞詞作；明代沈際飛的《古香岑草堂詩餘》則提出「詞貴香而弱」〔註8〕的觀點；清代康熙時期《詞潔》對唐宋詞的評點則反對詞之「淫鄙穢雜」〔註9〕；但到了嘉慶年間張惠言的《詞選》，其對唐宋詞的評點有了很大的突破。首先是將溫庭筠〈菩薩蠻〉十四首視爲一整體，除了評點還加上註解，並探討作詞動機，試圖尋求作品原意，讀解作者之心，打破單首而評的限制，同時大量採用尾批的形式，列出作品後再進行評點，針對評點瑣碎和零散的缺點有所調整。其次是讓詞的評點從對形式、情韻的重視，轉而向詞作內容意義的開發和詮釋，並使詞從「傳情」的特質〔註10〕，轉而上溯至「言志」的起源，即張惠言《詞選》序文所謂：「緣情造端，興於微言，以相感動。極命風謠里巷男女哀樂，以道賢人君子幽約怨悱不能自言之情。低迴要眇，以喻其致。蓋詩之比興，變風之義，騷人之歌，則近之矣。」〔註11〕雖然清代康熙、乾隆時期對唐宋詞的評點，尤其是黃蘇的《蓼園詞選》，

〔註7〕 黃昇《唐宋諸賢絕妙詞選》：「凡看唐人詞曲，當看其命意造語工致處，蓋語簡而意深，所以爲奇作也。」〔宋〕黃昇編集：《唐宋諸賢絕妙詞選》，據上海涵芬樓景印明刻本，《四部叢刊・正編・集部》，臺北：臺灣商務印書館，1979 年 11 月臺一版，頁5。

〔註8〕 沈際飛《古香岑草堂詩餘》評胡浩然〈東風齊著力〉（殘臘牧寒）：「詞貴香而弱，雄放者次之，況麤鄙如許乎！」〔明〕沈際飛評選：《古香岑草堂詩餘・正集》，明崇禎翁少麓刊本，臺北：國家圖書館藏，卷三，頁9。

〔註9〕 先著《詞潔・序》：「《詞潔》云者，恐詞之或即於淫鄙穢雜，而因以見宋人之所爲，固自有眞耳。」〔清〕先著、程洪輯：《詞潔》，北京：河北大學出版社，2012 年 2 月出版，頁2。

〔註10〕 沈際飛《古香岑草堂詩餘四集・序》：「詩餘之傳，非傳詩也，傳情也，傳其縱古橫今，體莫備於斯也。」〔明〕沈際飛評選：《古香岑草堂詩餘・正集》，頁7～8。

〔註11〕 張惠言《詞選・敘》，〔清〕張惠言輯：《詞選》，頁536。

已約略可以看出從形式到意義的轉向，但貫徹序文主張，以挖掘詞作政治寓意為主的評點方式，則自張惠言《詞選》開始。

在明代徐士俊評點《古今詞統》時，曾在序文中指出：「考諸《說文》曰：『詞者，意內而言外也。』不知內意，獨務外言，則不成其為詞。」〔註12〕但其所謂詞之「內意」，並沒有直接指向政治的寓意，其對詞之評點，仍著重在技巧上的分析和情感上的體會，因此認為「詞為詩餘，詩道大而詞道小」〔註13〕；張惠言則有不同的看法。張惠言《詞選‧敘》指出：「傳曰：意內而言外，謂之詞。其緣情造端，興於微言，以相感動。極命風謠里巷男女哀樂，以道賢人君子幽約怨悱不能自言之情。」並強調：「其至者，則莫不惻隱盱愉，感物而發，觸類條鬯，各有所歸，非苟為雕琢曼辭而已。」〔註14〕可見，張惠言一開始就在詞的起源和意義上肯定詞的價值，重視其「以道賢人君子幽約怨悱不能自言之情」的特點，因此他的評點才會如此著重在詞作意義上的開發，這樣的轉變更是值得仔細探索。只是張惠言對詞的評點，因為要解釋創作動機，常會涉及作者原意的探討，使其評點變得像是一種評解，甚至會在詞人的創作動機上去肯定詞作的意義和價值，而非從詞作語言形式等表相，作出冶豔與否的簡單批評，因此他對晚唐詞人溫庭筠的作品，給予極高的評價。但讀者的詮釋，並不等同作者原意，再加上缺乏直接證據，因此容易引起爭議。如王國維（1877～1927）即云：「固哉，皋文之為詞也。飛卿〈菩薩蠻〉、永叔〈蝶戀花〉、子瞻〈卜算子〉，皆興到之作，有何命意？皆被皋文深文羅織。」〔註15〕詹安泰〈論寄託〉亦云：「論

〔註12〕徐士俊《古今詞統‧序》，〔明〕卓人月彙選、徐士俊參評：《古今詞統》，據明崇禎刻本影印，《續修四庫全書‧集部‧詞類》，上海：上海古籍出版社，2002年初版，頁440。

〔註13〕徐士俊《古今詞統‧序》，〔明〕卓人月彙選、徐士俊參評：《古今詞統》，頁440。

〔註14〕張惠言《詞選‧敘》，〔清〕張惠言輯：《詞選》，頁536。

〔註15〕王國維：《人間詞話刪稿》，唐圭璋編：《詞話叢編》，臺北：新文豐出版公司，1988年2月臺一版，頁4261。

詞之不能蔑視寄託，斯固然矣；然一以寄託說詞，而不考明本事，則易失之穿鑿附會。」〔註16〕可是，這樣具有明確詞學觀的序文和特殊的解詞方式，都是《詞綜》所無，所以才能與浙西詞派作出區隔，並在日後發展成一套以寄託為導向的詞學理論，引領清代嘉慶以後的詞學發展。

　　張惠言《詞選》，根據張琦〈重刻《詞選》序〉：「嘉慶二年，余與先兄皋文先生同館歙金氏，金氏諸生好填詞，先兄以為詞雖小道，失其傳且數百年。自宋之亡而正聲絕，元之末而規矩隳，窔奧不闢，門戶卒迷，乃與余校錄唐宋詞四十四家，凡一百一十六首，為二卷，以示金生。金生刊之，而歙鄭君善長復錄同人詞九家，為一卷，附刊於後，版存於歙。同志之乞是刻者，踵相接無以應之，乃校而重刊焉。……是選，先兄手定者居多，今故列先兄名，而余序之云爾。」〔註17〕可知此選成於嘉慶二年（1797），共二卷，後來在道光十年（1830），張琦因應眾人要求又重新校對刊刻，只是這次補入外甥董毅所編《續詞選》二卷和鄭善長《詞選附錄》一卷。目前為人熟知載有評點符號的《四部備要》和《續修四庫全書》本，皆有原選、續選和附錄，乃據張琦合輯本刊刻。比較《四部備要》和《續修四庫全書》本，最大的差別在於評點符號的使用，因為《四部備要》的版本，將句讀標在一句的右下角，所以當下一句是特別批點的詞句時，評點符號便會從該句的第二個字開始標記；《續修四庫全書》的版本，因為將句讀標在一句的正下方，所以當下一句是要特別批點的詞句時，評點符號便直接標記在詞句右旁。如李白〈菩薩蠻〉（平林漠漠煙如織）「暝色入高樓，有人樓上愁」一句，《四部備要》是作「暝色。入。高。樓。，有人。樓。上。愁。」〔註18〕；《續

〔註16〕詹安泰：〈論寄託〉，《詞學季刊》第三卷第三號，1936 年 9 月，臺北：臺灣學生書局，1967 年 6 月初版，頁 21。

〔註17〕張琦〈重刻《詞選》序〉，〔清〕張惠言輯：《詞選》，頁 535。

〔註18〕〔清〕張惠言錄：《詞選》，《四部備要・集部》，據錢塘徐氏校本校刊，臺北：臺灣中華書局，1970 年 6 月臺二版，頁 1。

修四庫全書》是作「暝。色。入。高。樓。，有。人。樓。上。愁。」
〔註 19〕，為使評點符號可以完整呈現，並方便引述與討論，本文基
本上採用《續修四庫全書》的版本，而以《四部備要》本為參照。
以下便針對張惠言《詞選》的選輯標準與評點的方法及意義，依序
探討。

第一節　《詞選》的選輯標準

　　張惠言在《詞選‧敘》中，首先針對詞的起源、定義和特質作出
清楚而明確的界定，這不單是《詞選》編輯目的的說明，也是張惠言
評點唐宋詞的立論依據，因為接下來他對詞作的批評，都依循這樣的
準則而展開。檢視張惠言《詞選》的序文，其中提出了幾點重要的看
法：

> 詞者，蓋出於唐之詩人，採樂府之音以制新律，因繫其詞，
> 故曰詞。

> 傳曰：意內而言外，謂之詞。其緣情造端，興於微言，以
> 相感動。極命風謠里巷男女哀樂，以道賢人君子幽約怨悱
> 不能自言之情。低迴要眇，以喻其致。蓋詩之比興，變風
> 之義，騷人之歌，則近之矣。〔註 20〕

在這段文字中，張惠言先說明詞是「出於唐之詩人，採樂府之音以
制新律，因繫其詞」，這樣一種與音樂結合的文體，雖然在音樂上
有所變化，但其本質和功能卻是不變的，與最早的《詩經》一樣，
都是要透過「風謠里巷男女哀樂」，以道出「賢人君子幽約怨悱不
能自言之情」，因此就普遍程度和影響層面來看，詞是較能反映現
況和觸動人心的。然而，因為詞在一開始創作時，其情感的表達就
較為含蓄和間接，不是直說，而是採取一種曲曲折折的方式，並且
有所隱藏，即所謂「興於微言」，「低迴要眇，以喻其致」。所以，

〔註 19〕〔清〕張惠言輯：《詞選》，頁 537。
〔註 20〕張惠言《詞選‧敘》，〔清〕張惠言輯：《詞選》，頁 536。

詞雖以「緣情」為主，但這種情，並非表面所看到的「男女哀樂之情」，而是隱藏在「賢人君子」心中的「幽約怨悱不能自言之情」，所關心的或許不只是自身遇與不遇的問題，而可能與國家、政治、社會有關，帶有一種憂患意識，因此張惠言才會說：「意內而言外，謂之詞」，「蓋詩之比興，變風之義，騷人之歌，則近之矣」。顯然就其認知，詞的表現手法是有所託喻和興寄的，晚清詞學大家況周頤也曾就「意內而言外」作出解釋，其〈詞學講義〉指出：「『意內』者何？言中有寄託也。所貴乎寄託者，觸發於弗克自已，流露於不自知。」〔註21〕正因為詞具備這樣的特質，使詞得以和詩、賦相提並論，並且需要深入探索詞人隱藏的情感。

　　當然，張惠言也承認依個人才情的不同，必然會影響詞作藝術的表達，可是如果是熟悉並徹底了解和掌握詞作特質者，一定能有感動人心的創作。《詞選・敘》云：

> 然以其文小，其聲哀，放者為之，或跌蕩靡麗，雜以昌狂俳優。然要其至者，則莫不惻隱盱愉，感物而發，觸類條鬯，各有所歸，非苟為雕琢曼辭而已。〔註22〕

這段話不但破除詞只是「雕琢曼辭」的認知，也重新審視詞的價值問題。因為從歐陽炯〈《花間集》敘〉提出：「鏤玉雕瓊，擬化工而迥巧；裁花剪葉，奪春艷以爭鮮」〔註23〕的觀點以來，一直到明代《草堂詩餘》的盛行，表面上看來是詞獲得相當程度的重視，但事實上，就算明代沈際飛將詞的評點提高到理論分析的程度，明末徐士俊針對唐宋詞進行了大規模的評點，詞依然難從講技巧、重雕琢這樣的認定中跳脫出來，若再依循《草堂詩餘》評點的指導，所創作出來的作品自然容易招致批評。張惠言《詞選・敘》指出：

〔註21〕況周頤〈詞學講義〉，《詞學季刊》創刊號，1933 年 4 月，頁 109。
〔註22〕張惠言《詞選・敘》，〔清〕張惠言輯：《詞選》，頁 536。
〔註23〕歐陽炯〈《花間集》序〉，〔後蜀〕趙崇祚編：《花間集》，《景印文淵閣四庫全書・集部・詞曲類》，臺北：臺灣商務印書館，1986 年 7 月初版，頁 1489-7。

自宋之亡而正聲絕，元之末而規矩隳，以至於今，四百餘
年，作者十數，諒其所是，互有繁變，皆可謂安蔽乖方，
迷不知門戶者也。〔註24〕

顯然張惠言認為詞的「正聲」和「規矩」，只能依循唐宋時期名家的
經典創作，並以之為典範，但其中也應有所揀擇，才能尋得正軌，
入其門戶。在元代以後的詞學發展，因為一以《草堂詩餘》為學詞
途徑，當然是「安蔽乖方，迷不知門戶」。因此在張惠言《詞選》的
評點中，之所以要為唐宋詞區分高下，帶入品評的觀點，除了反映
他的評詞標準，更是為了確立唐宋詞的習詞典範，使讀者得以掌握
讀詞方法，進而入其「門戶」。

依照張惠言的觀點，其所認可並推崇的詞家，當以唐代李白為
首，並以溫庭筠為最高，宋以後，張先、蘇軾、秦觀、周邦彥、辛
棄疾、姜夔、王沂孫、張炎等名家，則「淵淵乎文有其質焉」，俱
能發揮詞體的特長，並無「盪而不反，傲而不理，枝而不物」，或
「放浪通脫」之缺點。學詞者，必須在詞史的發展上有所瞭解與掌
握，才能習得正軌。張惠言《詞選‧敘》云：

自唐之詞人李白為首，其後韋應物、王建、韓翃、白居易、
劉禹錫、皇甫松、司空圖、韓偓並有述造，而溫庭筠最高，
其言深美閎約。五代之際，孟氏、李氏君臣為謔，競作新
調，詞之雜流，由此起矣。至其工者，往往絕倫。亦如齊
梁五言，依託魏晉，近古然也。宋之詞家，號為極盛，然
張先、蘇軾、秦觀、周邦彥、辛棄疾、姜夔、王沂孫、張
炎淵淵乎文有其質焉。其盪而不反，傲而不理，枝而不物，
柳永、黃庭堅、劉過、吳文英之倫，亦各引一端，以取重
於當世。而前數子者，又不免有一時放浪通脫之言出於其
間。後進彌以馳逐，不務原其指意，破析乖剌，壞亂而不
可紀。〔註25〕

〔註24〕張惠言《詞選‧敘》，〔清〕張惠言輯：《詞選》，頁536。
〔註25〕張惠言《詞選‧敘》，〔清〕張惠言輯：《詞選》，頁536。

這不只爲唐宋詞史建構並釐析出一條清楚的發展脈絡,並區分出「正聲」與「非正聲」的差別。檢視張惠言的《詞選》,被他批評爲「盪而不反,傲而不理,枝而不物」的柳永、黃庭堅、劉過、吳文英詞,都沒有被選入;可見,張惠言在編輯《詞選》時,之所以審慎的選擇唐宋詞人和詞作,應是有意以之作爲習詞典範,重新爲「自宋之亡而正聲絕,元之末而規矩隳」的詞壇,尋回正途。因此,在《詞選》序文的結尾才會指出:

> 今第錄此篇,都爲二卷。義有幽隱,並爲指發。幾以塞其下流,導其淵源,無使風雅之士懲於鄙俗之音,不敢與詩賦之流同類而風誦之也。〔註26〕

就這樣的選輯目的來看,張惠言《詞選》有著強烈的針對性,除了以正視聽,「塞其下流」,更澄清詞非「鄙俗之音」,試圖爲詞找回一席之地,使詞能「與詩賦之流同類而風誦之」,還其本來面目,並凸顯其意義和價值,同時也爲自己編輯的《詞選》確立正當性。

　　檢視被張惠言實際選入的詞家和詞作,依前引張惠言《詞選‧敘》所言:「自唐之詞人李白爲首,其後韋應物、王建、韓翃、白居易、劉禹錫、皇甫松、司空圖、韓偓並有述造,而溫庭筠最高,其言深美閎約。」唐代是詞的起源,因此列舉了諸位代表詞人,但眞正被《詞選》選入者,只有李白〈菩薩蠻〉(平林漠漠煙如織)一首、溫庭筠〈菩薩蠻〉(小山重疊金明滅)等十四首、〈更漏子〉(柳絲長)等三首、〈夢江南〉(梳洗罷)一首,以及無名氏〈後庭宴〉(千里故鄉)一首。在唐代的三家二十首詞中,溫庭筠詞就佔了其中的十八首,可見張惠言不但肯定溫庭筠的創作成就和價值,更有意以其詞的「深美閎約」爲學習典範,而這也反映了張惠言的審美標準。

　　針對五代詞部分,張惠言認爲此時「孟氏、李氏君臣爲謔,競作新調,詞之雜流,由此起矣。至其工者,往往絕倫。亦如齊梁五言,依託魏晉,近古然也。」雖然,詞體在音樂上和表現手法上出

〔註26〕張惠言《詞選‧敘》,〔清〕張惠言輯:《詞選》,頁536。

現變化，但仍有表現較工者，因此在五代詞部分，選了南唐中主四首、後主七首、韋端己四首、牛松卿三首、牛希濟一首、歐陽炯一首、鹿虔扆一首和馮正中五首，共八家二十六首，作為代表。這些詞人和詞作之所以能入選，關鍵在於具有古意，延續了晚唐溫庭筠以來的詞風，所以張惠言選入這些詞作，反映了詞史的發展脈絡，並再次強調溫庭筠詞的正統地位。

宋代詞體大盛，文人競相投入創作，除了被張惠言批評為「盪而不反，傲而不理，枝而不物」的柳永、黃庭堅、劉過、吳文英詞，不予選錄，被認為「淵淵乎文有其質」的張先（三首）、蘇軾（四首）、秦觀（十首）、周邦彥（四首）、辛棄疾（六首）、姜夔（三首）、王沂孫（四首）、張炎（一首）等詞作，皆有所錄。此外還選了宋徽宗一首、晏殊一首、范仲淹一首、晏幾道一首、韓縝一首、歐陽修二首、賀鑄一首、趙令畤一首、張舜民一首、王雱一首、田為二首、陳克二首、李玉一首、謝克家一首、朱敦儒五首、張孝祥一首、韓元吉一首、李石一首、尹煥一首、史達祖一首、黃孝邁一首、吳激一首、李清照四首、鄭文妻孫氏一首、無名氏一首，共三十三家七十首詞。但沒有一家所錄的詞作數，比得過溫庭筠的十八首，顯見溫庭筠詞在張惠言心中的指標性作用。

然而當張惠言特意標舉溫庭筠詞的「深美閎約」時，所謂的「深美閎約」到底要如何掌握，創作時又要怎麼表現？鄭騫在〈溫庭筠、韋莊與詞的創始〉指出：「有寄託，所以深；濃麗，所以美；背景是整個宇宙人生，所以閎；寫出來的則是其中精粹，所以約。若照文藝理論說，這種『深美閎約』的風格，是最高的風格。」〔註27〕邱世友《詞論史論稿》也認為：「深閎指詞的思想內容深刻宏富，意境深遠廣大，約指詞的藝術概括、言辭婉約，而美則是詞的審美價值。」〔註28〕筆者認同這樣的解釋，但如果能連結張惠言《詞選·敘》開

〔註27〕鄭騫〈溫庭筠、韋莊與詞的創始〉，鄭騫：《景午叢編》，臺北：臺灣中華書局，1972年1月初版，頁107。
〔註28〕邱世友：《詞論史論稿》，北京：人民文學出版社，2002年1月一版，

宗明義所說：「意內而言外，謂之詞」，又說明詞的特質是「以道賢人君子幽約怨悱不能自言之情」，其情感的表達則「低迴要眇，以喻其致」，總體而言是近乎「詩之比興，變風之義，騷人之歌」，筆者以為所謂的「深」，之所以有寄託、有思想內容，就是對詞作的意旨作出要求，不能單純道出男女哀樂之情，使得詞旨過於淺近直露，而應有所寄寓，方顯深刻，並有探討的價值；所謂「美」，如何達到藝術效果的呈現，便是要透過比興手法的運用，使詞達到「低迴要眇，以喻其致」的藝術要求，顯現詞之特質；如此一來，即使是以寫情為主的詞，「其文小，其聲哀」，詞旨亦能顯得深刻，詞作價值更可提高，足以成為習詞的典範。因此張惠言針對宋代詞所特別標舉出來的「淵淵乎文有其質」，「文」者，指藝術手法之呈現；「質」者，指詞的意旨深，並能維持詞的本來面目。而非如後來的柳永、黃庭堅、劉過、吳文英等人的詞作，「盪而不反，傲而不理，枝而不物」，不是太過直露，一往情深，去而不返，就是過於直率粗豪，甚至是詞語瑣碎而使意旨不明，這些都不是詞的原貌，也不足以作為學習的典範。

可知，張惠言《詞選》的選輯標準，主要就是依意旨深、詞體要眇而有情致、詞境之闊這三個原則來選詞，謹慎揀擇了唐宋共一百一十六首能符合這些要求的詞作，以為學詞的典範。其回歸詞作以為判斷依據，因此面對柳永、黃庭堅、劉過、吳文英等名家，也不因其名氣和影響，勉強選入其詞，可見整部《詞選》的選輯標準是相當嚴格的，如此才能貫徹張惠言欲以這部《詞選》，達到「塞其下流，導其淵源，無使風雅之士懲於鄙俗之音，不敢與詩賦之流同類而風誦」的宗旨和目的。又因為張惠言當初編輯這部《詞選》是為了教學，其弟張琦（1764～1833）的〈重刻《詞選》序〉云：

> 嘉慶二年，余與先兄皋文先生同館歙金氏，金氏諸生好填
> 詞，先兄以為詞雖小道，失其傳且數百年。自宋之亡而正

頁 162。

> 聲絕，元之末而規矩隳，窔奧不闢，門戶卒迷，乃與余校
> 錄唐宋詞四十四家，凡一百一十六首，爲二卷，以示金生。
> 〔註29〕

既然所選之詞都具有意旨深、詞體要眇而有情致、詞境廣闊的特點，便有必要適時的加入評點，以作爲提點，說明選詞的原因，並指出其「義有幽隱」處，以供體會和學習，也標舉其詞之與眾不同，足爲唐宋詞典範，同時凸顯他的詞學觀，以此呼應他的詞學理論，作爲批評之實踐。

第二節　《詞選》評點的方法

　　有關張惠言《詞選》評點的方法，牽涉到他對詞作的解釋，尤其是指出詞人的創作動機，以及詞句隱含的意旨，且多與政治有關，被認爲直接影響了清代常州詞派以比興寄託解詞的闡釋方法，因此一直是研究清代詞學發展的重要課題，早已累積相當豐碩的研究成果。比如葉嘉瑩〈常州詞派比興寄託之說的新檢討〉認爲：張惠言是「以解經的方法來說詞」，「有意於推尊詞體，以之上比《風》、《騷》」〔註30〕；吳宏一《清代詞學四論》認爲：「寄託說中的所謂比興、變風之義、騷人之歌，正是它的理論根據」〔註31〕；謝桃坊《中國詞學史》認爲張惠言是「沿用古代儒家的詩教說以說明詞體的特點和功能，以達到『尊體』的目的」〔註32〕；邱世友《詞論史論稿》認爲：張惠言是「以釋經的詁訓方法來釋詞」〔註33〕；孫克強《清代詞學》認爲張惠言是：「將詞作的物象與寄託的事與情相聯繫，從而得出『比興寄託』的結

〔註29〕張琦〈重刻《詞選》序〉，〔清〕張惠言輯：《詞選》，頁535。
〔註30〕葉嘉瑩〈常州詞派比興寄託之說的新檢討〉，葉嘉瑩：《清詞叢論》，石家庄：河北教育出版社，2000年12月二版，頁149；153。
〔註31〕吳宏一：《清代詞學四論》，臺北：聯經出版公司，1990年7月初版，頁131。
〔註32〕謝桃坊：《中國詞學史》（修訂本），頁303。
〔註33〕邱世友：《詞論史論稿》，頁152。

論」〔註34〕；陳水雲《清代詞學發展史論》則認爲「張惠言繼承了由漢代經學發展而來的執著於言象的解釋學傳統」〔註35〕；楊旭輝《清代經學與文學——以常州文人群體爲典範的研究》亦云：「張惠言推尊詞體的邏輯思維方式，完全是經學家常用的歸納和類比」，「論詞時所重視的核心觀念『意內言外』就是以《易》說詞」〔註36〕；張宏生《清詞探微》也認爲：「張惠言提出的閱讀論，是從經學而來的教化觀，主要目的是正人心，厚人倫。」〔註37〕黃志浩《常州詞派研究》則解釋張惠言《詞選》序文：「所謂『義有幽隱，並爲指發』正是建立在『以意逆志』的基礎之上的。」〔註38〕這些研究，站在理論的角度探討張惠言提出比興寄託說的根本原因，以及闡釋詞作的方法，並從他所受到的經學影響，釐析兩者之間的聯結，對其心理和文學家所肩負的使命，提出精闢的見解。然而不斷向經學和文學傳統尋找理由的同時，是否少了對於《詞選》評點的重視？如果可以回歸到評點是《詞選》編輯者引導讀者閱讀並欣賞詞作的憑藉來看，針對《詞選》對每一首詞的評點來作解析，或許還可以釐清其中盤根錯節的複雜問題，並掌握張惠言對詞作評點的拓展。

　　站在詞作評點的發展歷史來看，張惠言的評點延續明代以來結合批點符號以評詞的傳統，如沈際飛《古香岑草堂詩餘四集》使用不同的批點符號，標記在詞句右旁，「精加披剝，旁通仙釋，曲暢性情」〔註39〕，對詞作的閱讀與賞鑑進行引導，同時進行深入而細微

〔註34〕孫克強：《清代詞學》，北京：中國社會科學出版社，2004年7月一版，頁312。
〔註35〕陳水雲：《清代詞學發展史論》，北京：學苑出版社，2005年7月一版，頁331。
〔註36〕楊旭輝：《清代經學與文學——以常州文人群體爲典範的研究》，南京：鳳凰出版社，2006年7月一版，頁249～250。
〔註37〕張宏生：《清詞探微》，上海：上海古籍出版社，2008年5月一版，頁320。
〔註38〕黃志浩：《常州詞派研究》，北京：中國社會科學出版社，2008年12月一版，頁93。
〔註39〕〔明〕沈際飛《古香岑草堂詩餘四集·發凡》：「評語前未有也，近

的解析；另一方面則將關注焦點從詞句的藝術特點，轉而向內容意義作開發，並更深微的針對詞人創作動機及詞作意旨作探索，同時帶入詩法與賦法的解讀，最後給予詞作品評，因而使唐宋詞的評點開展出不同的視野。張惠言之所以能對詞進行如此的解讀與品評，可能與他在乾隆五十七年所編的《七十家賦鈔》有所關聯。針對這一點，張宏生〈詞與賦：觀察張惠言詞學的一個角度〉認為：這是張惠言有意的聯結，因為「如果能夠和賦相提並論，則詞當然也可以表現才學和見識，當然也就不是小道了。」〔註40〕而詞與賦聯結的關鍵何在？張宏生認為是通過「賢人失志」〔註41〕的這一點來貫串。這篇論文，說明了張惠言將詞與賦相提並論的原因和目的，但如果實際從其評點來看，會發現兩者之間的評點有許多共同點。因為張惠言在《七十家賦鈔》〔註42〕中使用「。。。」、「。。」、「。」等批點符號，為所選錄的賦進行品評，並在關鍵文句的右旁，使用「。」和「、」的符號進行標記和提點，繼而進行段落或文句之解讀；在《詞選》中對詞作進行評點時，也採用了同樣的方式，同時還會指出某詞之「篇法」、「章法」與某賦法相似，可見兩者之間的密切關聯。因此在討論張惠言《詞選》的評點方法時，將以《七十家賦鈔》為參照對象，解析兩者之間的共通性與差異性，以深入探

閩中墨本、吳興硃本有之，非哈囈則隔搔，見者嘔嘰。茲集精加披剝，旁通仙釋，曲暢性情。其靈慧新特之句，用『○』；爾雅流麗之句，用『、』；鮮奇警策之字，用『◎』；冷異巉削之字，用『↺』；鄙拙膚陋字句，用『｜』。復用『‧』讀句，以便覽者，不囁嚅於開卷，心良苦矣。」〔明〕沈際飛評選：《古香岑草堂詩餘‧正集》，頁4～5。

〔註40〕 張宏生：〈詞與賦：觀察張惠言詞學的一個角度〉，《中華詞學》第三輯，南京：東南大學出版社，2002 年 5 月一版，頁 28。

〔註41〕 張宏生〈詞與賦：觀察張惠言詞學的一個角度〉：張惠言「以賢人失志來貫串《詞選》，是他為詞的發生發展定下的基調，也可以和由《詩》到賦的軌跡互參。」張宏生：〈詞與賦：觀察張惠言詞學的一個角度〉，《中華詞學》第三輯，頁 25。

〔註42〕 〔清〕張惠言輯：《七十家賦鈔》，據清道光元年合河康氏家塾刻本影印，《續修四庫全書‧集部‧總集類》，頁 5。

討張惠言《詞選》的評點。

一、解讀詞人寫作動機

　　張惠言在《詞選·敘》中指出：「義有幽隱，並爲指發。」〔註43〕
這一點不只可以作爲編輯目的的說明，同時也是張惠言在評點詞作
時，所採用的主要方法。因爲他在解析詞作時，之所以著力探索詞作
意旨，詞句深意，就是爲了闡發詞作的「幽隱」，同時配合批點符號
的使用，標記在詞句的右旁，以引起讀者對這些詞句的關注，除了要
仔細涵詠體會這些詞句，以理解並感受其深意，更要照應整首詞，以
作全盤的掌握和了解。但如何在詞作有所「幽隱」的情況下，還能指
出並闡發其「義」？又要如何得知所掌握的，確實是詞作之「幽隱」？
以下便先從張惠言《詞選》對溫庭筠、歐陽修、蘇軾詞的評點，來進
行討論。張惠言對三人詞作的評點如下：

。。。溫庭筠〈菩薩蠻〉

小山重疊金明滅，鬢雲欲度香腮雪。懶起畫蛾眉，弄粧梳
洗遲。　照花前後鏡，花面交相映。新帖繡羅襦，雙雙金
鷓鴣。　此感士不遇也。篇法彷彿〈長門賦〉，而用節節逆敘。此
章從夢曉後，領起「懶起」二字，含後文情事，「照花」四句，《離騷》
「初服」之意。〔註44〕

竹風輕動庭除冷，珠簾月上玲瓏影。山枕隱濃粧，綠檀金
鳳凰。　兩蛾愁黛淺，故國吳宮遠。春恨正關情，畫樓殘
點聲。　此言夢醒。「春恨正關情」與五章「春夢正關情」相對雙
鎖。「青瑣」、「金堂」、「故國吳宮」，略露寓意。〔註45〕

。。。溫庭筠〈更漏子〉

柳絲長，春雨細，花外漏聲迢遞。驚塞鴈，起城烏，畫屏

〔註43〕張惠言《詞選·敘》，〔清〕張惠言輯：《詞選》，頁536。
〔註44〕〔清〕張惠言輯：《詞選》，頁537。
〔註45〕〔清〕張惠言輯：《詞選》，頁538。

金鸂鵠。　香霧薄，透簾幙，惆悵謝家池閣。紅燭背，繡簾垂，夢長君不知。　此三首亦〈菩薩蠻〉之意。「驚塞雁」三句，言懽戚不同，與下「夢長君不知」也。

星斗稀，鐘鼓歇，簾外曉鶯殘月。蘭露重，柳風斜，滿庭堆落花。　虛閣上，倚闌望，還是去年惆悵。春欲暮，思無窮，舊歡如夢中。　「蘭露重」三句，與「塞鴈」、「城烏」義同。

玉爐香，紅蠟淚，偏照畫堂秋思。眉翠薄，鬢雲殘，夜長衾枕寒。　梧桐樹，三更雨，不道離愁正苦。一葉葉，一聲聲，空階滴到明。〔註46〕

。。。歐陽修〈蝶戀花〉

庭院深深深幾許。楊柳堆煙，簾幙無重數。玉勒雕鞍游冶處，樓高不見章臺路。　雨橫風狂三月暮。門掩黃昏，無計留春住。淚眼問花花不語，亂紅飛過鞦韆去。　「庭院深深」，閨中既以邃遠也。「樓高不見」，哲王又不寤也。「章臺」、「遊冶」，小人之徑。「雨橫風狂」，政令暴急也。「亂紅飛去」，斥逐者非一人而已，殆為韓、范作乎？此詞亦見馮延巳集中。李易安〈詞序〉云：「歐陽公作〈蝶戀花〉，有『庭院深深深幾許』之句，余酷愛之，用其語作庭院深深數闋，其聲即舊〈臨江仙〉也。」易安去歐公未遠，其言必非無據。〔註47〕

。。。蘇軾〈卜算子〉

缺月掛疏桐，漏斷人初定。時有幽人獨往來，縹緲孤鴻影。驚起卻回頭，有恨無人省。揀盡寒枝不肯棲，寂寞沙洲冷。此東坡在黃州作。鮦陽居士云：「缺月」，刺明微也；「漏斷」，暗時也；「幽人」，不得志也；「獨往來」，無助也；「驚鴻」，賢人不安也；「回頭」，愛君不忘也；「無人省」，君不察也；「揀盡寒枝不肯棲」，不偷

〔註46〕〔清〕張惠言輯：《詞選》，頁538。
〔註47〕〔清〕張惠言輯：《詞選》，頁541。

安於高位也；「寂寞沙洲冷」，非所安也。此詞與〈考槃〉詩極相似。
〔註48〕

　　從張惠言評點詞作的方式來看，他只使用「。」和「·」兩種符號，標記在詞句右旁，再以尾批說明詞意或詞旨，在評點形式上，比起明代對唐宋詞的評點，並無明顯不同，但關鍵就在當張惠言使用這樣的批點符號標記之後，採用特殊的角度解析詞作，讓詞有了全然不同的解釋。其首先將特殊詞句標記獨立出來，再拆解並關注其中的特殊詞語，認為這些詞語的使用並不單純，因而作出推測與解釋，極力探索其中的寓意，以及深藏的情感，尤其針對其中出現的特殊詞語進行解讀與推想：為什麼詞人要用這樣特殊的詞語？其中傳遞和透露怎樣的訊息和情感，會不會與其遭遇有關？因此帶著一種極為感性的方式，一邊解讀詞作，一邊感受詞中情感，因此在溫庭筠〈菩薩蠻〉（小山重疊金明滅）中，他感受到一種「感士不遇」的抑鬱，便以此為評。這種批評方式，與明代徐士俊《古今詞統》訴求讀者當下感受的評點方式，就閱讀當下的感悟來看，是非常類似的，但差別就在張惠言《詞選》序文已明白指出：此選是為「以道賢人君子幽約怨悱不能自言之情」〔註49〕，因而使得這句「感士不遇」的評語，變成一種詞人寫作動機的解讀。詞人的這種心緒原本是隱而不宣的，但在「懶起畫蛾眉，弄粧梳洗遲」的描述中，張惠言接收「懶起」和「梳洗遲」所傳遞的訊息，並加以聯想和推測，同時在這一句右旁，標上「。」的符號，認為別有用意，需仔細推敲和體會。如果妝容代表一種外在形象的塑造，也是女子獲得注意和重視的憑藉，但溫庭筠為什麼要用「懶起」和「梳洗遲」來寫？是否並非一般的閨怨，背後是不是反映了溫庭筠某種不能明說的心聲？因而評曰：「此感士不遇也。」更認為詞的下片「照花前後鏡，花面交相映。新貼繡羅襦，雙雙金鷓鴣」，有「《離騷》『初服』之意」。

〔註48〕〔清〕張惠言輯：《詞選》，頁542。
〔註49〕張惠言《詞選·敘》，〔清〕張惠言輯：《詞選》，頁536。

對比張惠言在《七十家賦鈔》中對屈原《離騷》的解讀，其於「進不入以離尤兮，退將復修吾初服，製芰荷以爲衣兮，集芙蓉以爲裳。」一句右旁，同樣以「。」和「·」批點，並指出：「此節言將高隱而不忍，甯遭嫉妒不以避禍，而恝然君國也。」（註50）這種解讀方式，其實是透過聯想，從「照花前後鏡，花面交相映。新帖繡羅襦，雙雙金鷓鴣」中，感受到著意修潔自身以持續等待的殷切盼望，因此說明此句有「《離騷》『初服』之意」。客觀來看，這種讀詞方式是非常細膩的，並且能充分發揮聯想，提供不同的詮解。如果整部《詞選》只有這首是如此評點，或許不會引發強作解詞的批評，但因爲張惠言在《詞選》中大量採用這樣的評點方式，不單是在評詞，還加入了解詞的成分，著意挖掘詞作隱含的「幽約怨悱不能自言之情」，且因爲作者的際遇都與其仕宦之途有關，因此推想作詞動機不會那麼單純，再加上張惠言一開始就將詞定義成「意內而言外，謂之詞。其緣情造端，興於微言，以相感動。極命風謠里巷男女哀樂，以道賢人君子幽約怨悱不能自言之情。」（註51）更支持他對詞作中政治寓意的解讀。

張惠言之所以會選擇這樣的解詞方式，只是發揮了他對作品所採取的一貫解讀模式，在《七十家賦鈔》中可以發現類似的批評方式不斷出現，如他解讀屈原《離騷》中的「哀眾芳之蕪穢」一句，指出：「眾芳即指道德，舊謂眾賢非是。」又說屈原此文是：「傷有道不見用」，「以道誘掖楚之君臣，卒不能悟」（註52），更言屈原〈東皇太一〉是：「此言以道承君，冀君之樂己」；〈雲中君〉是：「言君苟用己，則可以安覽天下，惜此會之不可得也。」（註53）可見不管是辭賦還是唐宋詞，張惠言注重的不只是文學體式外在的形式特

〔註50〕〔清〕張惠言輯：《七十家賦鈔》，頁5。
〔註51〕張惠言《詞選·敘》，〔清〕張惠言輯：《詞選》，頁536。
〔註52〕〔清〕張惠言輯：《七十家賦鈔》，頁4～6。
〔註53〕〔清〕張惠言輯：《七十家賦鈔》，頁7。

點，更重要的是文學所具備的功能，也就是能反映作者心志，並深刻影響後來讀者的特點，因此著意挖掘作品內部所蘊含的「幽隱」，無非是要凸顯作品的存在意義和價值。

　　將張惠言對唐宋詞的評點與明代沈際飛《古香岑草堂詩餘四集》和徐士俊《古今詞統》的評點相比較，沈際飛和徐士俊所使用的批點符號，是作爲一種標記和提點的符號，以凸顯詞句的藝術特色和巧思，並作爲學習的典範，沈際飛《古香岑草堂詩餘四集·發凡》說明：「其靈慧新特之句，用『○』；爾雅流麗之句，用『、』；鮮奇警策之字，用『◎』；冷異嶻削之字，用『〉』；鄙拙膚陋字句，用『｜』。」〔註54〕徐士俊評呂本中〈醜奴兒令〉（恨君不似江樓月），在「恨君不似江樓月」及「恨君却似江樓月」兩句右旁，以「。」批點，眉批曰：「章法妙，疊句法尤妙。似女子口授，不由筆寫者。情不在豔，而在眞也。」〔註55〕他們使用的批點符號，是爲了標舉詞體形式上的特點和特殊情致、韻味；張惠言所使用的批點符號，則將符號與詞句意義或詞旨做聯結，直指詞作的內容寓意，以符號引起讀者注意，並加以批評和解讀，引導讀者深入體會和考察，賦予唐宋詞不同的面貌，並提供不同的解詞途徑，讓符號成爲一種具體的指涉，也讓符號所標記的詞句，成爲探索詞人「幽約怨悱不能自言之情」的憑藉。

　　至於張惠言所使用的「。」和「‧」兩種符號有和不同？根據前段引文，從他對溫庭筠〈更漏子〉（柳絲長）的評點來看，其在上片「驚塞鴈，起城烏，畫屏金鷓鴣」一句右旁，使用「‧」的批點符號，在下片「紅燭背，繡簾垂，夢長君不知」一句右旁，則使用「。」的批點符號，尾批說道：「此三首亦〈菩薩蠻〉之意。『驚塞雁』三句，言懽戚不同，與下『夢長君不知』也。」可見當使用「。」

〔註54〕沈際飛《古香岑草堂詩餘四集·發凡》，〔明〕沈際飛評選：《古香岑草堂詩餘·正集》，頁4。

〔註55〕〔明〕卓人月彙選、徐士俊參評：《古今詞統》，卷四，頁544。

標記時，代表此句寓有深意，可能與其遭遇有關，甚至表露出對政治現實的批判，是一首詞中的關鍵詞句，需仔細解讀與體會，並可由此掌握整首詞的主要意旨；而「‧」則具有標舉詞法的作用，如比興手法的運用，詞意的轉折等，甚至帶有標舉字聲的作用，如溫庭筠〈更漏子〉(玉爐香)，「一葉葉，一聲聲，空階滴到明」一句的批點符號是「‧。。　。。。　。。。。。」，「一」字特別用「‧」批點，除了指出情感的深刻，亦可能與字聲有關。但如果以「。」和「‧」相較，雖然同樣有所寄寓，但仍以「。」的評價較高，以溫庭筠〈更漏子〉(柳絲長)為例，「紅燭背，繡簾垂，夢長君不知」一句的情感表達含蓄而有韻致，較符合張惠言《詞選》序文所說：「低迴要眇，以喻其致」〔註56〕的要求，而「驚塞鴈，起城烏，畫屏金鷓鴣」一句的情感表達則比較濃烈而直接。這樣的評點符號也出現在張惠言《周易鄭荀義‧敘》一文，其序說道：「鄭氏言禮，荀氏言升降，虞氏言消息。昔者虙犧作十言之教，曰：乾坤震巽坎離艮兌消息。」張惠言在前三句右旁都用「。」批點，而「昔者」一句則用「‧」批點〔註57〕，可見，「。」用以標舉文章主旨和關鍵句，「‧」所批點者則具有說明旨意的作用，「。」的評點等級較「‧」為高，由此亦可看出張惠言使用「。」和「‧」評點文章和詞作的一貫標準和原則。

再以歐陽修〈蝶戀花〉(庭院深深深幾許)和蘇軾〈卜算子〉(缺月掛疏桐)的評點來看，首句便用「。」的批點符號，而且幾乎通首都以這樣的符號標記，顯見整首詞的寓意深刻，其仔細解讀歐詞和蘇詞字句，認為所寫之「庭院」和「缺月」之景，絕非實寫，很有可能是寄寓了某種情感，否則為什麼要用一連串能引起相關聯想的詞

〔註56〕張惠言《詞選‧敘》，〔清〕張惠言輯：《詞選》，頁536。
〔註57〕張惠言《周易鄭荀義‧敘》，〔清〕張惠言：《陽湖張惠言先生手稿》，據光緒戊申三月線裝書影印，臺北：武進同鄉會，1976年12月初版，頁16。

語，如「樓高不見」、「幽人」、「揀盡寒枝不肯棲」來表述？這與「士
不遇」的處境和心情，是何等相似，張惠言可能就是從這樣的角度
切入，將詞的出現與現實作更緊密的連結，以凸顯詞作的價值。更
何況他所採取的解詞方式，並非自己首創，早在宋代的鮦陽居士亦
是如此解詞，這更讓他找到如此解詞的依據。所以直接引用鮦陽居
士對蘇軾〈卜算子〉（缺月掛疏桐）的評語，代表他對這種解讀的認同，
因此在對歐陽修〈蝶戀花〉（庭院深深深幾許）進行評點時，也採取了
相同的解讀模式，對比兩詞的評語：

> 「庭院深深」，閨中既以邃遠也。「樓高不見」，哲王又不寤
> 也。「章臺」、「遊冶」，小人之徑。「雨橫風狂」，政令暴急
> 也。〔註58〕

> 「缺月」，刺明微也。「漏斷」，暗時也。「幽人」，不得志也。
> 「獨往來」，無助也。「驚鴻」，賢人不安也。「回頭」，愛君
> 不忘也。「無人省」，君不察也。「揀盡寒枝不肯棲」，不偷
> 安於高位也。「寂寞沙洲冷」，非所安也。〔註59〕

可知張惠言先將詞句拆解，再與政治和詞人處境作聯結，推想每一
詞語的真正寓意，以及所反映的詞人心理，因此作出這樣的解讀。
回到張惠言在《詞選·敘》所提出的「義有幽隱，並為指發」，可知
這種評點方式就是一種詞人創作動機的解讀，為了確知文章的主旨
為何，因此不能只從字面上作解析，而是要探求背後的深意。但這
種探求，並非單純從創作背景上作考察，而是要深入詞人內心的「幽
隱」，讀解作者之心，也就是《詞選·敘》所說的「賢人君子幽約怨
悱不能自言之情」〔註60〕。然而，作者之心又豈是人人可以掌握和
體會，因此必須透過詞句的解讀和推想，以作揣摩和推斷，並用評

〔註58〕〔清〕張惠言輯：《詞選》，頁541。

〔註59〕〔清〕張惠言輯：《詞選》，頁542。

〔註60〕張惠言《詞選·敘》：「傳曰：意內而言外，謂之詞。其緣情造端，
　　　　興於微言，以相感動。極命風謠里巷男女哀樂，以道賢人君子幽約
　　　　怨悱不能自言之情。」〔清〕張惠言輯：《詞選》，頁536。

點的方式，為讀者作說明，才能使讀者有所掌握和體會，並準確地給予詞人和詞作評價。學者於是將這種批評方式，與「言」、「象」的討論作聯結，如陳水雲《清代詞學發展史論》云：「張惠言繼承了由漢代經學發展而來的執著於言象的解釋學傳統。」﹝註61﹞但事實上，這只是反映了張惠言對創作動機的重視，不管是詞還是賦，都必須要有所為而為，才有意義。張惠言《七十家賦鈔‧敘》云：

> 賦烏乎統？曰：統乎志。志烏乎歸？曰：歸乎正。夫民有感於心，有概於事，有達於性，有鬱於情，故有不得已者而假於言。言，象也，象必有所寓。﹝註62﹞

其中強調賦是「有鬱於情，故有不得已者而假於言」，正好與詞「以道賢人君子幽約怨悱不能自言之情」﹝註63﹞的特點相同，這便是張惠言不管解詞還是解賦，都要極力探求背後寓意的原因，因為他就是從創作動機的正與不正來肯定文學作品的價值。他的《詞選》為什麼刻意不選柳永、黃庭堅、劉過、吳文英的詞，正是因為他們的詞作「不免有一時放浪通脫之言出於其間。後進彌以馳逐，不務原其指意，破析乖剌，壞亂而不可紀。」﹝註64﹞為了避免這種可能，所以張惠言寧可捨棄其詞，也不要使讀者在模擬創作的過程中，忽略詞作旨意的重要。

張惠言的這種評點方式，如果再跟南宋黃昇《花庵詞選》所謂：「凡看唐人詞曲，當看其命意造語工致處，蓋語簡而意深，所以為奇作也。」﹝註65﹞來作比較，可知黃昇所提出的「命意」，主要是針對詞的主旨和謀篇布局作提點和說明，張惠言則回答了為什麼的問題。因此，雖然黃昇的《花庵詞選》同樣引了酮陽居士的這段話作

﹝註61﹞陳水雲：《清代詞學發展史論》，頁331。

﹝註62﹞張惠言《七十家賦鈔‧敘》，〔清〕張惠言輯：《七十家賦鈔》，頁3。

﹝註63﹞張惠言《詞選‧敘》，〔清〕張惠言輯：《詞選》，頁536。

﹝註64﹞張惠言《詞選‧敘》，〔清〕張惠言輯：《詞選》，頁536。

﹝註65﹞〔宋〕黃昇編集：《唐宋諸賢絕妙詞選》，據上海涵芬樓景印明刻本，《四部叢刊‧正編‧集部》，臺北：臺灣商務印書館，1979年11月臺一版，頁5。

爲對蘇軾〈卜算子〉（缺月掛疏桐）〔註66〕的批評，甚至在《增修箋註妙選羣英草堂詩餘》中，也照樣搬錄這段話，附在蘇軾〈卜算子〉（缺月掛疏桐）之後，但爲什麼要到張惠言的《詞選》才引起關注，引發批評？原因就在黃昇引出鮦陽居士的這段話，是在提供對詞作命意的解讀，幫助掌握詞旨，以確實了解詞意；在《增修箋註妙選羣英草堂詩餘》中，只是作爲附錄和參照，類似輯評的作用，因爲在蘇軾〈卜算子〉（缺月掛疏桐）這首詞之後，共列了黃庭堅、苕溪漁隱以及鮦陽居士三者的評語〔註67〕，並沒有作出主觀的論斷。但在張惠言的《詞選》中，則是作爲「賢人君子幽約怨悱不能自言之情」〔註68〕的解讀，指涉的是作者原意，甚至是唯一的可能，讓評點從文學上的鑑賞，轉變爲具有主導地位的評解和說明。

可想而知，這種評點方式必然容易引起批評，因爲如何能確知張惠言所指發的「幽隱」，確實是詞作幽隱，抑或只是張惠言的穿鑿附會？如陳匪石《聲執》曾針對張惠言《詞選》的評點指出：

> 加圈之句，爲詞之筋節處，須細心體會，始能得之。指發
> 幽隱，在所加之注，雖有時不免穿鑿，然較諸明人、清初

〔註66〕〔宋〕黃昇編集：《唐宋諸賢絕妙詞選》，頁23。

〔註67〕三者的評語是：山谷云：「東坡道人在黃州作，此詞語意高妙，似非喫煙火人語，自非胸中有万卷書，筆下无一點塵俗氣，孰能至此？」《苕溪漁隱》曰：「『揀盡寒枝不肯棲』之句，或云『鴻雁未嘗棲宿樹枝，惟在田野葦叢間』，或改作『寒蘆』亦是，但此詞本詠夜景。至換頭但只說『鴻』，正如〈賀新郎〉詞『乳燕飛華屋』本詠夏景，至換頭只說『榴花』。蓋作文之法，語意到處即爲之，不可限以繩墨。」鮦陽居士云：「『缺月』，剌明微也；『漏斷』，暗時也；『幽人』，不得志；『獨往來』，无助也；『驚鴻』，賢人不安也；『回頭』，愛君不忘也；『無人省』，君不察也；『揀盡寒枝不肯棲』，不偷安於高位也；『寂寞吳江冷』，非所安也。此詞與〈考槃〉詩相似。」〔宋〕何士信輯：《增修箋注妙選羣英草堂詩餘·後集》，據明洪武二十五年遵正書堂刻本影印，《續修四庫全書·集部·詞類》，卷下，頁63。

〔註68〕張惠言《詞選·敘》：「傳曰：意内而言外，謂之詞。其緣情造端，興於微言，以相感動。極命風謠里巷男女哀樂，以道賢人君子幽約怨悱不能自言之情。」〔清〕張惠言輯：《詞選》，頁536。

人之評點，陳義爲高。蓋所取在比興。比興之義，上通
《詩》、《騷》，此爲前所未有者，張氏實創之。詞體既因
之而尊，開後人之門徑亦復不少。常州派之善於浙西派者
以此。〔註69〕

陳匪石試圖從張惠言評點的突破，「雖有時不免穿鑿，然較諸明人、
清初人之評點，陳義爲高」，給予客觀的評價，但王國維則云：「固
哉，皋文之爲詞也。飛卿〈菩薩蠻〉、永叔〈蝶戀花〉、子瞻〈卜算
子〉，皆興到之作，有何命意？皆被皋文深文羅織。」〔註70〕但，張
惠言難道不明白如此評點所可能引起的爭議？事實上，王國維所指
出的一時「興到之作」，正是張惠言評點的依據，雖是一時興到之作，
但何以引發此「興」，是否另有深意？便是讀者可以詮釋的空間。葉
嘉瑩《中國詞學的現代觀》指出：

張惠言諸人之所以能自溫庭筠〈菩薩蠻〉詞之「懶起畫蛾
眉，弄妝梳洗遲」及「照花前後鏡，花面交相映」諸句，
引發一種屈《騷》之喻托的聯想，主要乃是由於溫詞中所
使用的語彙如「蛾眉」、「畫眉」、「簪花」、「照鏡」之類，
都帶有某種歷史文化背景，這一類語彙由某些具有相同的
歷史文化之閱讀修養的讀者看來，遂成爲了可以傳遞喻托
之信息的一種語碼。〔註71〕

所謂「傳遞喻托之信息的一種語碼」，便是比興的文學傳統，而這正
是張惠言能作出如此評點的依據。劉勰《文心雕龍》解釋：

比者，附也；興者，起也。附理者，切類以指事，起情者，
依微以擬議。起情故興體以立，附理故比例以生。

觀夫興之託喻，婉而成章，稱名也小，取類也大。〔註72〕

因此不管是解詞還是解賦，一旦與當時的政治現實作聯結，採取比興

〔註69〕陳匪石《聲執》，唐圭璋編：《詞話叢編》，頁 4964。

〔註70〕王國維《人間詞話刪稿》，唐圭璋編：《詞話叢編》，頁 4261。

〔註71〕葉嘉瑩：《中國詞學的現代觀》，臺北：大安出版社，1999 年 7 月二
版，頁 97。

〔註72〕〔梁〕劉勰著，周振甫注：《文心雕龍注釋》，臺北：里仁書局，1994
年 7 月再版，頁 569。

寄託的方式來作詮解，即使是只道男女之情的小詞，也可能是：「稱名也小，取類也大。」有其創作目的，更可能與作者的用世之志有關，同時因為身處仕途的關係，也不能排除對政治的諷諫。如此一來，不管是詞還是賦，都因為指向現實，而有不可忽略的文學意義和價值。

朱惠國《中國近世詞學思想研究》認為：張惠言「往往用『依物取類，貫穿比附』的眼光來看詞，以一種緊密、確定的關係來解釋詞學上的『意』和『象』，表現了一個經學家的習慣性思維。」〔註73〕吳宏一《清代詞學四論》亦云：「一個有意求『言外之意』的讀者，看到了香草美人等字眼，就會聯想到『託興君國』上面去，即使作者只是描寫眼前的景物，並無此意。」〔註74〕陳水雲〈常州詞派與近代詞學中的解釋學思想〉則指出：「張惠言不是在文本中尋找作者的書寫意圖，而是根據自己的思想觀念對文本的意義作了新的解釋，也就是說在他的讀解活動中讀者取代作者成為文本詮釋的權威。」〔註75〕誠然，以一種帶有政治寄託的眼光和預設立場去看詞，挖掘詞作中隱含的「賢人君子幽約怨悱不能自言之情」，自然能扭轉對小詞的既定評價，並提高其價值和地位。這種評詞方式，確實也是張惠言《詞選》招致批評的主因，但優點卻是帶出仔細解讀詞作的觀念，告訴讀者即使是一首小詞，一首言兒女之情、相思之情的小詞，其中也可能有詞人的別有用心之處，因此一字一句都要細心體會，以揣摩其心境，領略詞作深意。如此的態度，讓唐宋詞有不斷被閱讀和品評的可能，除了呈現唐宋詞的不同面貌，也使唐宋詞的評點因為轉向意義面作開發和詮釋，對詞作的深入解析有正面影響。至於清代常州詞人的創作，更因為評點對詞作內容意義的

〔註73〕朱惠國：《中國近世詞學思想研究》，上海：上海古籍出版社，2005年6月一版，頁47。

〔註74〕吳宏一：《清代詞學四論》，臺北：聯經出版公司，1990年7月初版，頁134。

〔註75〕陳水雲：〈常州詞派與近代詞學中的解釋學思想〉，《求是學刊》2002年5期，頁101。

重視，而能反映常州詞人對現實政治與社會的觀察與體會，脫去明代以來專尚《草堂》之弊，藉以端正詞風，實現張惠言所謂「塞其下流，導其淵源，無使風雅之士懲於鄙俗之音，不敢與詩賦之流同類而風誦之」〔註76〕的期盼，這一影響是值得肯定的。

　　張惠言之所以對唐宋詞採用這樣的解讀方式，背後其實反映了他一貫的為學態度，強調文人與社會現實之間的聯結，不管是為官抑或為文，都要能善盡職責，以有益於當世。張惠言〈畢訓咸詠史詩序〉云：

> 古之為學，非博其文而已，必有所用之。古之為文，非華其言而已，必有所行之。〔註77〕

〈文稿自序〉云：

> 古之以文傳者，雖於聖人有合有否，要就其所得，莫不足以立身行義，施天下致一切之治。……道成而所得之淺深醇雜見乎其文，無其道而有其文者，則未有也。故迺退而考之於經，求天地陰陽消息於《易》虞氏，求古先聖王禮樂制度於《禮》鄭氏，庶窺微言奧義，以究本原。〔註78〕

〈莊達甫攝山采藥圖序〉也說：

> 古之君子，汲汲憂樂於天下者，誠以道存也。道苟存，不以遇不遇異其志，又不當以吾身之衰而有自安之心。〔註79〕

〈許省初家傳〉更言：

> 古之人所以汲汲於仕進者，豈為一身之祿利哉？懼其沒沒以死，而澤不及於人也。〔註80〕

可以發現貫串在張惠言思想中的是「足以立身行義」，「應於世而不窮」，「必有所用之」的「致用」之學，不管是經、史、詩、詞，皆與

〔註76〕張惠言《詞選‧敘》，〔清〕張惠言輯：《詞選》，頁536。
〔註77〕張惠言〈畢訓咸詠史詩序〉，〔清〕張惠言：《茗柯文編》，據民國八年上海商務印書館《四部叢刊》、清同治八年刻本影印，《續修四庫全書‧集部‧別集類》，頁524。
〔註78〕張惠言：〈文稿自序〉，〔清〕張惠言：《茗柯文編》，頁551。
〔註79〕張惠言：〈莊達甫攝山采藥圖序〉，〔清〕張惠言：《茗柯文編》，頁550。
〔註80〕張惠言：〈許省初家傳〉，〔清〕張惠言：《茗柯文編》，頁566。

社會脈動息息相關，其所學所論，最終目的都希望能達到「施天下致一切之治」的效用，以澤加於人。以這種有所用於世的觀點來看待各種學問時，其態度是積極應世的，不但「汲汲憂樂於天下」，而且時時扣緊政治社會現實，如此才能求各種學問的實際應用，以有益於當世。這時，內在義理的發揮，在結合政治現實的情況下，窺其「微言奧義」，便可成為取徑鮮明的闡釋途徑，並發揮實用的精神。因此張惠言之所以採取這樣的解詞方式，無非是欲求「有所用」的觀點和精神之具體實踐。由此也可看到張惠言為適應當時的時空環境，欲矯正詞壇「淫詞」、「鄙詞」、「游詞」之弊〔註81〕，所作出的一種變革，在詞學發展史上是有正面意義和影響的，也難怪常州詞派所強調的寄託思想能取代浙西詞派成為清代詞壇的主流。

二、講求謀篇命意之法

　　在張惠言《詞選》的評點中，除了將詞與政治寓意作聯結，還有一個最大的突破便是將溫庭筠〈菩薩蠻〉十四首視為一整體，打破過去一首詞一首詞評點的常態，同時將詞法與辭賦之法作聯結，提出了「篇法」與「章法」的概念，講求詞的謀篇命意之法，將詞提高到與詩、賦同等的地位，真正的原因為何，更是值得深究。以下是張惠言對溫庭筠〈菩薩蠻〉十四首的評點：

　　。。。溫庭筠〈菩薩蠻〉

　　　小山重疊金明滅，鬢雲欲度香腮雪。懶起畫蛾眉，弄粧梳
　　洗遲。　　照花前後鏡，花面交相映。新帖繡羅襦，雙雙金

〔註81〕金應珪〈《詞選》後序〉：「近世為詞，厥有三蔽：義非宋玉而獨賦蓬髮，諫謝淳于而唯陳履舄，揣摩牀笫，汙穢中冓，是謂淫詞，其蔽一也；猛起奮末，分言析字，詼嘲則俳優之末流，叫嘯則市儈之盛氣，此猶巴人振喉以和〈陽春〉，黽蟈怒嗌以調疏越，是謂鄙詞，其蔽二也；規模物類，依托歌舞，哀樂不衷其性，慮歎無與乎情，連章累篇不出乎花鳥，感物指事不外乎酬應，雖既雅而不豔，斯有句而無章，是謂游詞，其蔽三也。」〔清〕張惠言錄：《詞選》，《四部備要·集部》，頁1～2。

鷓鴣。　　此感士不遇也。篇法彷彿〈長門賦〉，而用節節逆敘。此章從夢曉後，領起「懶起」二字，含後文情事，「照花」四句，《離騷》「初服」之意。

水晶簾裏頗黎枕，暖香惹夢鴛鴦錦。江上柳如煙，雁飛殘月天。　　藕絲秋色淺，人勝參差剪。雙鬢隔香紅，玉釵頭上風。　　「夢」字提。「江上」以下略敘夢境，「人勝參差」、「玉釵香隔」，言夢亦不得到也。「江上柳如煙」是關絡。

蕊黃無限當山額，宿粧隱笑紗窗隔。相見牡丹時，暫來還別離。　　翠釵金作股，釵上雙蝶舞。心事竟誰知，月明花滿枝。　　提起。以下三章本入夢之情。

翠翹金縷雙鸂鶒，水紋細起春池碧。池上海棠梨，雨晴紅滿枝。　　繡衫遮笑靨，煙草粘飛蝶。青瑣對芳菲，玉關音信稀。

杏花含露團香雪，綠楊陌上多離別。燈在月朧明，覺來聞曉鶯。　　玉鉤褰翠幙，粧淺舊眉薄。春夢正關情，鏡中蟬鬢輕。　　結。

玉樓明月長相憶，柳絲裊娜春無力。門外草萋萋，送君聞馬嘶。　　畫樓金翡翠，香燭消成淚。花落子規啼，綠窗殘夢迷。　　「玉樓明月長相憶」，又提。「柳絲裊娜」，送君之時，故江上柳如煙，夢中情境亦爾。七章「闌外垂絲柳」，八章「綠楊滿院」，九章「楊柳色依依」，十章「楊柳又如絲」，皆本此。「柳絲裊娜」言之，明相憶之久也。

鳳凰相對盤金縷，牡丹一夜輕微雨。明鏡照新粧，鬢輕雙臉長。　　畫樓相望久，闌外垂絲柳。音信不歸來，社前雙燕回。

牡丹花謝鶯聲歇，綠楊滿院中庭月。相憶夢難成，背窗燈半明。　　翠鈿金壓臉，寂寞香閨掩。人遠淚闌干，燕飛春

又殘。 「相憶夢難成」，正是殘夢迷情事。

滿宮明月梨花白，故人萬里關山隔。金雁一雙飛，淚痕沾繡衣。 小園芳草綠，家住越溪曲。楊柳色依依，燕歸君不歸。

寶函鈿雀金鸂鶒，沉香閣上吳山碧。楊柳又如絲，驛橋春雨時。 畫樓音信斷，芳草江南岸。鸞鏡與花枝，此情誰得知。 「鸞鏡」二句結，與「心事竟誰知」相應。

南園滿地堆輕絮，愁聞一霎清明雨。雨後却斜陽，杏花零落香。 無言勻睡臉，枕上屏山掩。時節欲黃昏，無憀獨倚門。 此下乃敘夢，此章言黃昏。

夜來皓月纔當午，重簾悄悄無人語。深處麝煤長，臥時留薄粧。 當年還自惜，往事那堪憶。花落月明殘，錦衾知曉寒。 此自臥時至曉，所謂「相憶夢難成」也。

雨晴夜合玲瓏日，萬枝香褭紅絲拂。閒夢憶金堂，滿庭萱草長。 繡簾垂菉蔌，眉黛遠山綠。春水渡溪橋，憑闌魂欲銷。 此章正寫夢，「垂簾」、「憑闌」皆夢中情事，正應「人勝參差」三句。

竹風輕動庭除冷，珠簾月上玲瓏影。山枕隱濃粧，綠檀金鳳凰。 兩蛾愁黛淺，故國吳宮遠。春恨正關情，畫樓殘點聲。 此言夢醒。「春恨正關情」與五章「春夢正關情」相對雙鎖。「青瑣」、「金堂」、「故國吳宮」，略露寓意。〔註82〕

當張惠言將這十四首詞羅列呈現時，首先詞作的創作特色，以及詞家的個人色彩立即變得鮮明，這是張惠言有意爲之的結果，以《詞選》編輯之初曾經參考朱彝尊《詞綜》的情況來看〔註83〕，在朱彝

〔註82〕〔清〕張惠言輯：《詞選》，頁 537～538。

〔註83〕比對張惠言的《詞選》與朱彝尊的《詞綜》，發現在張選的一百一十六首詞作中，有一百零二首與朱選相同，而且張惠言在牛嶠〈菩薩

尊《詞綜》中，只選了溫庭筠〈菩薩蠻〉七首〔註84〕，張惠言《詞選》則增爲十四首，對比《花間集》，等於他將溫庭筠的十四首〈菩薩蠻〉全都錄入〔註85〕，面對其他詞家的詞作，他都沒有這樣做，可見他對溫庭筠這一系列作品的重視。因此在這樣的評點中，最能體現他的詞學批評觀。張惠言把溫庭筠的這十四首詞，當作一篇首尾呼應，段落相承的文章來解讀，因此所謂：「篇法彷彿〈長門賦〉，而用節節逆敘」，「篇法」指的便是這十四首的篇章經營，「章法」則是指單首詞的作法。張惠言之所以採用這樣的評點方式，目的便是要更深刻的挖掘詞意，探索詞人的心緒和隱藏的情感，以掌握他真正的寫作動機。還有一點便是要提昇這十四首詞的整體價值，因爲如果單獨來看，不見得每一首都像第一首一樣，能達到這麼高的藝術價值，含蓄雅致而似有寓意，能給出許多聯想和詮釋的可能，然而，一旦將這十四首視爲一整體而連貫的作品後，每一首可被深入解讀的空間也變大。先從使用「。」這一批點符號的地方來看，分別是「懶起畫蛾眉，弄粧梳洗遲」；「暖香惹夢鴛鴦錦」；「心事竟誰知」；「燈在月朧明，覺來聞曉鶯」；「春夢正關情，鏡中蟬鬢輕」；「玉樓明月長相憶」；「綠窗殘夢迷」；「相憶夢難成」；「鸞鏡與花枝，此情誰得知」；「閑夢憶金堂，滿庭萱草長」；「春恨正關情，畫樓殘點聲」，這些詞句有一共同點，便是與詞中主角的心緒有關，什麼原因導致她有這樣的感受？她又是在對誰傾訴？溫庭筠純粹是採用代言

蠻〉的詞牌下批語說道：「《花間集》七首，詞意頗雜，蓋非一時之作。《詞綜》刪存二首，章法絕妙。」可見，張惠言是在朱彝尊《詞綜》的基礎上重新揀擇詞作的。〔清〕張惠言輯：《詞選》，頁539。

〔註84〕這七首分別是溫庭筠〈菩薩蠻〉（小山重疊金明滅）（水晶簾裏頗黎枕）（玉樓明月長相憶）（牡丹花謝鶯聲歇）（滿宮明月梨花白）（寶函鈿雀金鸂鶒）（竹風輕動庭除冷），〔清〕朱彝尊抄撮，汪森增定：《詞綜》，《四部備要・集部》，頁4。

〔註85〕《花間集》共選了溫庭筠〈菩薩蠻〉十四首，詞作內容與順序皆相同。〔後蜀〕趙崇祚編：《花間集》，《景印文淵閣四庫全書・集部・詞曲類》，頁1489-8～1489-9。

的方式創作，還是間接透過詞作表述自己的心志？因此當她說「心事竟誰知」與「此情誰得知」，放在「殘夢」與「春恨」的背景中，明顯有一種苦澀和哀愁，這是閨中女子的幽怨還是溫庭筠的落寞？因此張惠言的評點，不只是就詞所顯示和提供的訊息，來作批評，他還要就詞隱而不顯的部分作挖掘，既然詞具有「意內而言外」的特點，並能以男女哀樂之情，道出「賢人君子幽約怨悱不能自言之情」〔註86〕，則這十四首詞有這麼多具有暗示的詞語，怎麼會是只有華麗詞藻堆疊而成的閨怨詞而已？背後一定有所指涉與寄寓，絕非一般的「雕琢曼辭」〔註87〕之作。

　　在這樣的預設前提，張惠言評點溫庭筠〈菩薩蠻〉（小山重疊金明滅），針對「懶起畫蛾眉，弄粧梳洗遲」一句，猜想造成這樣表現的原因，直指此詞是「感士不遇」，所以接下來的十三首，不管是「相憶夢難成」或「春恨正關情，畫樓殘點聲」，都與這樣的情感有關，也都可以採取相同的解讀與詮釋途徑。尤其多首詞作都使用了「夢」字，營造一種迷離的夢中情境，更讓張惠言找到這十四首詞得以聯繫的關鍵。所以將第一首的「懶起畫蛾眉，弄粧梳洗遲」解釋成夢醒，以下有關夢中情事的描寫，便是要說明之所以有「懶起畫蛾眉，弄粧梳洗遲」表現的原因；夢中「送君」與「君不歸」的情緒，又是如此的愁苦，顯然等待仍然沒有一個結果，因此讓張惠言想到司馬相如的〈長門賦〉，說道：「篇法彷彿〈長門賦〉，而用節節逆敘。」張惠言在《七十家賦鈔》針對〈長門賦〉的寫法，評曰：「首句與末句為起訖。」〔註88〕正好與溫庭筠〈菩薩蠻〉第一首與第十四首的互為照應

〔註86〕張惠言《詞選·敘》：「傳曰：意內而言外，謂之詞。其緣情造端，興於微言，以相感動。極命風謠里巷男女哀樂，以道賢人君子幽約怨悱不能自言之情。」〔清〕張惠言輯：《詞選》，頁536。

〔註87〕張惠言《詞選·敘》：詞之「至者，則莫不惻隱盱愉，感物而發，觸類條鬯，各有所歸，非苟為雕琢曼辭而已。」〔清〕張惠言輯：《詞選》，頁536。

〔註88〕司馬相如〈長門賦〉，〔清〕張惠言輯：《七十家賦鈔》，卷二，頁49。

是相似的，再加上〈長門賦〉是因「日黃昏而望絕兮，悵獨託於空堂」，萬般哀愁之際，「遂頹思而就牀」，因而入夢，「忽寢寐而夢想兮，魂若君之在旁」，夢醒後卻是「惕寤覺而無見兮」〔註89〕，內容一樣是在寫女子對君王的期盼，只是〈長門賦〉是採順序法，溫庭筠〈菩薩蠻〉則是先寫夢醒，再交代夢中情事，所以張惠言才會說「篇法彷彿〈長門賦〉，而用節節逆敘。」至於第一首最後一句「照花前後鏡，花面交相映。新帖繡羅襦，雙雙金鷓鴣」，更有「《離騷》『初服』之意」，女子的修潔儀容是為夫君，臣子的修潔自身則是為了君王，如此一來，透過張惠言所批點的詞句，尤其是使用「。」的地方，便是讀者要仔細體悟與感受的詞句，裏面極有可能蘊含深刻的寓意，不可輕易略過。

除此之外，更要注意這十四首詞篇法與章法，既然第一首與第十四首都是在寫夢醒，就篇法上看是首尾相互呼應，中間十二首的脈絡次序又是如何？因此還要探索其章法，以深入理解詞作，張惠言因而採用「‧」的符號，用以說明篇章之間的承接與開展，比如在〈菩薩蠻〉第二首的「江上柳如煙，雁飛殘月天」一句，就以「‧」批點，並指出「『江上』以下略敘夢境，『人勝參差』，『玉釵香隔』，言夢亦不得到也。『江上柳如煙』是關絡。」第三首的「相見牡丹時，暫來還別離」一句，正好解釋入夢的原因，具有承上啟下的作用，所以同樣以「‧」批點，並指出：「提起。以下三章本入夢之情。」所以〈菩薩蠻〉的第三首至第五首是一組〔註90〕，相同於文章的一個段落。接

〔註89〕 司馬相如〈長門賦〉，〔清〕張惠言輯：《七十家賦鈔》，卷二，頁49～50。

〔註90〕 在這裏的理解，與吳宏一在《溫庭筠〈菩薩蠻〉詞研究》所論稍有不同，吳宏一認為：「第二首到第五首為一組，第六首到第十首為一組，第十一首到第十三首為一組。」但筆者認為第三到第五首正寫入夢之情，應為一組，而第二首，張惠言說明：「『江上』以下略敘夢境，『人勝參差』，『玉釵香隔』，言夢亦不得到也。『江上柳如煙』是關絡。」有點類似文章中特意帶出的一個轉折，以下三首便順著這個轉折進行鋪排，因此筆者將第三到第五首視為一組。吳宏一：《溫

下來的第六首到第十首，又再度陷入別君之時的回憶，所以張惠言才會說：「『玉樓明月長相憶』，又提。『柳絲裊娜』，送君之時，故江上柳如煙，夢中情境亦爾。七章『闌外垂絲柳』，八章『綠楊滿院』，九章『楊柳色依依』，十章『楊柳又如絲』，皆本此。」顯然第六首到第十首詞又可視爲一組，是文章另一段落〔註91〕，這一段落與上一段落仍是有所呼應的，所以張惠言針對第十首結句「鸞鏡與花枝，此情誰得知」，特別說明：「『鸞鏡』二句結，與『心事竟誰知』相應。」「心事竟誰知」便是第三首的結句，如此一來，段落之間的承接又更可以確定了。再接下來的第十一首到第十三首，寫別後處境與心情，黃昏與深夜的孤獨，不斷在夢中的相思與現實中的期盼徘徊，應爲一組。直至最後一首才夢醒，結句「春恨正關情，畫樓殘點聲」解釋了第一首「懶起畫蛾眉，弄粧梳洗遲」的心緒問題，同時又「與五章『春夢正關情』相對雙鎖」。這樣一個具有脈絡，又能時時前後照應，段與段之間相互承接的作品，若不仔細探究其篇法與章法，如何能正確評價這首詞？這或許就是張惠言要如此批點並費心解讀的原因。

　　事實上，這種將作品視爲一整體的解讀方式，在張惠言對歷代辭賦的評點中也出現過，其評屈原〈九歌·東皇太一〉：「此言以道承君，冀君之樂己。十一篇連讀。」〔註92〕因此當張惠言說這十四首是在表達一種「感士不遇」的情懷時，不只是與〈長門賦〉作聯結，還可能與屈原的處境和創作《離騷》、《九歌》時的愁苦作聯結，將這十四首詞視爲充滿比興與寄寓的作品，因此需要仔細解其脈絡和詞句的眞正寓意。如此一來，便讓這十四首詞充滿詮釋的空間，

　　庭筠〈菩薩蠻〉詞研究》，新竹：清華大學出版社，2009 年 9 月初版，頁 104～105。

〔註91〕郭娟玉《溫庭筠接受研究》亦云：第六首因「離別惹起的『長相憶』，是由『柳』意象連綴其時序，因此七章『闌外垂絲柳』、八章『綠楊滿院』、九章『楊柳色依依』、十章『楊柳又如絲』，皆本此『柳絲裊娜』言之，明相憶之久也。」郭娟玉：《溫庭筠接受研究》，臺北：萬卷樓圖書公司，2013 年 12 月出版，頁 194。

〔註92〕〔清〕張惠言輯：《七十家賦鈔》，頁 7。

也讓評點者可以充分地挖掘和探索詞意。張惠言這樣做，不只是為了提高溫庭筠及其詞的地位和價值，為他「士行塵雜，不脩邊幅，能逐絃吹之音，為側豔之詞」〔註93〕的既定評判，作一扭轉和澄清，而是要發揮評點者引導閱讀的積極作用，同時印證詞確實能道出「賢人君子幽約怨悱不能自言之情」〔註94〕。

為什麼張惠言所感知和聯想的會如此有針對性，而且都是往君臣關係來作詮釋，呈現一種特定的解讀模式？黃志浩《常州詞派研究》認為：這「體現了經學家的思維方式與教師講授策略的結合。」〔註95〕張宏生《清詞探微》則認為：「張惠言倡比興寄託之說，意在推尊詞體，當然也要追溯到詞的最初發展階段……如果在溫庭筠的詞中，不僅已經有了比興寄託的觀念，而且也有了成熟的結構意識，那麼，詞在一開始即茲體不小。」〔註96〕吳宏一在《溫庭筠〈菩薩蠻〉詞研究》則解釋：「比興或寄託，都只是手段，尊體才是目的。」〔註97〕可見張惠言對唐宋詞的評點，完全脫離為了流傳方便，或與音樂形式，或為閱讀美感而發，而是有意強調文學的功能性和目的性。與南宋黃昇的《花庵詞選》和明代沈際飛的《古香岑草堂詩餘四集》相比，黃昇編選此集是為提供「花前月底，舉杯清唱，合以紫簫，節以紅牙，飄飄然作騎鶴揚州之想，信可樂也」〔註98〕，其評點是為了幫助流傳，歌者掌握詞作的內容命意；沈際飛的評點則是在「詩餘之傳，非傳詩也，傳情也」的前提下，凸顯詞體「以參差不齊之句，寫鬱勃難狀之情」〔註99〕的特點，兩者都是就詞論詞，

〔註93〕劉昫《舊唐書・文苑傳》，〔晉〕劉昫：《舊唐書》，《四部備要・史部》，頁18。

〔註94〕張惠言《詞選・敘》，〔清〕張惠言輯：《詞選》，頁536。

〔註95〕黃志浩：《常州詞派研究》，頁108。

〔註96〕張宏生：《清詞探微》，頁329。

〔註97〕吳宏一：《溫庭筠〈菩薩蠻〉詞研究》，頁176。

〔註98〕黃昇《中興以來絕妙詞選・序》，〔宋〕黃昇編集：《中興以來絕妙詞選》，據無錫孫氏小淥天藏明萬曆二年舒伯明刻本景印，《四部叢刊・正編・集部》，頁2。

〔註99〕沈際飛《古香岑草堂詩餘四集・序》指出：「情生文，文生情，何文

不像張惠言的評點，在強調「賢人君子幽約怨悱不能自言之情」的同時，訴求一種文學的教化功能，並以端正風氣爲導向。爲達到這種目的，當然要從指導創作開始，而指導創作必須仰賴範本，這時張惠言所選和所評點的唐宋詞，便可以作爲模擬創作的最好範本。張惠言的評點之所以要特別強調詞的內容旨意，以及詞人的創作動機和篇章安排，便是要說明詞也可以用心經營，以成爲有益於當世的創作體裁，而非講求「雕琢曼辭」〔註100〕的一種文學技藝而已。因此張惠言對唐宋詞的評點，便是發揮他文學家與經學家關注當世的使命，不管是對唐宋時期閨怨詞內容旨意的闡發，或對溫庭筠〈菩薩蠻〉十四首篇章經營的說明，都服膺於這樣的目的。然而，在這樣的過程中，詞好像變成了配角，用以佐證和說明，張惠言的評點才是最有發言權和最值得重視的意見，而且配合批點符號的使用，形象鮮明的介入讀者與詞作間，扮演著解說者的角色，帶領讀者領略詞中的情感和深刻寓意，使評點在意義的詮釋上有更多可能。雖然這樣的作法很有可能違背作者原意，卻爲唐宋詞的評點找到新的切入途徑，這也是日後常州詞派的寄託理論得以開展的原因。

雖然在明代徐士俊《古今詞統》的序文中，也以「意內而言外」來說詞，並指出詞的特點是「描寫柔情，曲盡幽隱」〔註101〕，同時也在其評點中，提出「章法」的概念，但並沒有發展出一套以寄託解詞的理論系統，原因在於他是站在「詞以傳情」的立場來評詞，

非情？而以參差不齊之句，寫鬱勃難狀之情，則尤至也。」並言：「故詩餘之傳，非傳詩也，傳情也，傳其縱古橫今，體莫備於斯也。余之津津焉評之而訂之，釋且廣之，情所不自已也。」〔明〕沈際飛評選：《古香岑草堂詩餘・正集》，頁4～5；7～8。

〔註100〕張惠言《詞選・敘》：詞之「至者，則莫不惻隱盱愉，感物而發，觸類條鬯，各有所歸，非苟爲雕琢曼辭而已。」〔清〕張惠言輯：《詞選》，頁536。

〔註101〕徐士俊《古今詞統・序》指出：「考諸《說文》曰：『詞者，意內而言外也。』不知內意，獨務外言，則不成其爲詞。」又云：「詞又當描寫柔情，曲盡幽隱乎！」〔明〕卓人月彙選、徐士俊參評：《古今詞統》，頁440～441。

所重在於詞能「描寫柔情」的特點，他在《古今詞統》卷首列出沈際飛《古香岑草堂詩餘四集》的序文，並在「情生文，文生情，何文非情？而以參差不齊之句，寫鬱勃難狀之情，則尤至也」〔註102〕這幾句的右旁，加上「。」的批點符號，眉批曰：「蘇以詩為詞，辛以論為詞，正見詞中世界不小，昔人奈何譏之？」〔註103〕顯見他的詞學觀。因此徐士俊在《古今詞統》的評點中，仍以詞句藝術的評賞居多，他所提出的「章法」，乃指詞上下片的經營，如評呂本中〈醜奴兒令〉(恨君不似江樓月)：「章法妙，疊句法尤妙。」〔註104〕評蘇軾〈虞美人〉(持杯遙勸天邊月)：「三句『持杯』，章法妙。」〔註105〕其在「持杯遙勸天邊月」、「持杯更復勸花枝」及「持杯月下花前醉」三句右旁，以「。」批點，可見其所謂「章法」，指的是詞的段落，與創作技巧有關，這和張惠言所提出的「篇法」與「章法」不全然相同；張惠言所謂的「篇法」與「章法」是與賦的作法作聯結，並與作者的意旨有關。所以就算徐士俊在《古今詞統》中評辛棄疾〈醉翁操〉(長松之風如公)是：「小詞中《離騷》也。」〔註106〕評辛棄疾〈摸魚兒〉(問何年此山來此)是：「屈子〈山鬼〉篇不可無二。」〔註107〕評蔣捷〈聲聲慢〉(黃花深巷)是：「當合劉子之〈秋聲賦〉、陸子之〈夜聲賦〉誦之。」〔註108〕只是用賦來作為一種比喻，強調詞中情感的鬱勃，以及寫作技巧的特出，而非如張惠言一般是要在詞中找出賦的作法，以證明詞的用心經營和蘊含的深刻意旨，當然沒有發展出一套以寄託解詞的理論。

〔註102〕 沈際飛《古香岑草堂詩餘四集·序》，〔明〕卓人月彙選、徐士俊參評：《古今詞統》，頁447～448。

〔註103〕 〔明〕卓人月彙選、徐士俊參評：《古今詞統》，頁447。

〔註104〕 〔明〕卓人月彙選、徐士俊參評：《古今詞統》，卷四，頁544。

〔註105〕 〔明〕卓人月彙選、徐士俊參評：《古今詞統》，卷八，頁621。

〔註106〕 〔明〕卓人月彙選、徐士俊參評：《古今詞統》，卷十一，頁45。

〔註107〕 〔明〕卓人月彙選、徐士俊參評：《古今詞統》，卷十五，頁126。

〔註108〕 〔明〕卓人月彙選、徐士俊參評：《古今詞統》，卷十二，頁66。

　　事實上，張惠言除了針對溫庭筠〈菩薩蠻〉十四首進行謀篇命意的探討與解析，在《詞選》的其他評點中，也可以看到「篇法」與「章法」概念的繼續發揮，如：

。。。韋莊〈菩薩蠻〉

紅樓別夜堪惆悵，香燈半卷流蘇帳。殘月出門時，美人和淚辭。　　琵琶金翠羽，絃上黃鶯語。勸我早歸家，綠窗人似花。　　　　此詞蓋留蜀後寄意之作。一章言奉使之志，本欲速歸。

人人盡說江南好，遊人只合江南老。春水碧於天，畫船聽雨眠。　　鑪邊人似月，皓腕凝雙雪。未老莫還鄉，還鄉須斷腸。　　　　此章述蜀人勸留之辭，即下章云「滿樓紅袖招」也。江南即指蜀，中原沸亂，故曰「還鄉須斷腸」。

如今却憶江南樂，當時年少春衫薄。騎馬倚斜橋，滿樓紅袖招。　　翠屏金屈曲，醉入花叢宿。此度見花枝，白頭誓不歸。　　　　上云「未老莫還鄉」，猶冀老而還鄉也。其後朱溫篡成，中原愈亂，遂決勸進之志。故曰「如今却憶江南樂」，又曰「白頭誓不歸」，則此詞之作，其在相蜀時乎。〔註109〕

。。。馮延巳〈蝶戀花〉

六曲闌干偎碧樹。楊柳風輕，展盡黃金縷。誰把鈿箏移玉柱，穿簾燕子雙飛去。　　滿眼游絲兼落絮。紅杏開時，一霎清明雨。濃睡覺來鶯亂語，驚殘好夢無尋處。

莫道閒情拋棄久。每到春來，惆悵還依舊。日日花前常病酒，不辭鏡裏朱顏瘦。　　河畔青蕪堤上柳。為問新愁，何事年年有。獨立小橋風滿袖，平林新月人歸後。

幾日行雲何處去。忘却歸來，不道春將暮。百草千花寒食路，香車繫在何家樹。　　淚眼倚樓頻獨語。雙燕來時，陌

〔註109〕〔清〕張惠言輯：《詞選》，頁539。

上相逢否。掩亂春愁如柳絮，依依夢裏無尋處。　　三詞忠
愛纏綿，宛然《騷》、〈辨〉之義。延巳為人，專蔽嫉妒，又敢為大言。
此詞蓋以排間異己者，其君之所以信而弗疑也。〔註110〕

。。。王沂孫〈眉嫵〉新月

漸新痕懸柳，淡彩穿花，依約破初暝。便有團圓意，深深
拜，相逢誰在香徑。畫眉未穩，料素娥猶帶離恨。最堪愛，
一曲銀鈎小，寶奩掛秋冷。　　千古盈虧休問。歎謾磨玉斧，
難補金鏡。太液池猶在，淒涼處，何人重賦清景。故山夜
永，試待他窺戶端正。看雲外山河，還老桂花舊影。　　碧
山詠物諸篇，並有君國之憂。此喜君有恢復之志，而惜無賢臣也。
〔註111〕

從張惠言的評語來看，更可以明白其所謂「一章」或「一篇」，在上
述這些例子中，便是指一首詞而言，他對單首詞只談篇章大意，如
韋莊〈菩薩蠻〉(紅樓別夜堪惆悵)是「留蜀後寄意之作。一章言奉使
之志，本欲速歸」；韋莊〈菩薩蠻〉(人人盡說江南好)是「蜀人勸留
之辭」；王沂孫〈眉嫵〉(漸新痕懸柳)是「喜君有恢復之志，而惜無
賢臣也」，馮延巳〈蝶戀花〉三首更是「忠愛纏綿，宛然《騷》、〈辨〉
之義」，其與辭賦的對比，也是用以說明作詞亦能懷著與作《騷》、〈辨〉
一般的忠愛之心。因此，這種「篇法」與「章法」的概念，是張惠
言為了方便說詞而使用，所著重者仍在其內容旨意，而非詞的形式
特點或上下片的經營手法。但為什麼張惠言要將作詞之法與寫作文
章之法，尤其是辭賦的作法，加以聯結？張宏生〈詞與賦：觀察張
惠言詞學的一個角度〉認為：這是張惠言有意的聯結，因為「如果
能夠和賦相提並論，則詞當然也可以表現才學和見識，當然也就不
是小道了。」〔註112〕但詞與賦聯結的關鍵何在？張宏生認為是通過

〔註110〕〔清〕張惠言輯：《詞選》，頁540。
〔註111〕〔清〕張惠言輯：《詞選》，頁547。
〔註112〕張宏生：〈詞與賦：觀察張惠言詞學的一個角度〉，《中華詞學》第
　　　　三輯，頁28。

「賢人失志」〔註113〕的這一點貫串。

　　對比張惠言《七十家賦鈔・敘》所述：「賦烏乎統？曰：統乎志。志烏乎歸？曰：歸乎正。夫民有感於心，有概於事，有達於性，有鬱於情，故有不得已者而假於言。言，象也，象必有所寓。」〔註114〕其中指出賦是「有鬱於情，故有不得已者而假於言」，正好與詞「以道賢人君子幽約怨悱不能自言之情」的特點相同，張惠言確實有可能以此作聯結，其目的無非是要改變詞只是「雕琢曼辭」的既定認知與作法，因此要讓詞有所為而為，並有深刻的意涵。但，只是道出「賢人君子幽約怨悱不能自言之情」還不夠，還要講表達的方法，才能使詞「低迴要眇，以喻其致」〔註115〕，這除了講求如「詩之比興」的作法，還要靠謀篇命意的方法。然而，原本只是「惻隱盱愉，感物而發」〔註116〕，以情感細膩取勝的詞體，張惠言為什麼要如此慎重的探究謀篇命意之法？固然如張宏生所說是要破除詞為「小道」的觀念，推尊詞體，但更重要的應該是透過評點，來說明詞也有「言志」的可能。雖然詞在一開始只是「緣情造端，興於微言」〔註117〕，但透過詞句的經營，章法的安排，最終卻能道出「賢人君子幽約怨悱不能自言之情」，如此一來，詞也可以成為文人君子重要的表達媒介，更能取得與「詩」、「賦」相同的地位。所以張惠言在《詞選》序文的結尾才會說：「今第錄此篇，都為二卷。義有幽隱，並為指發。幾以

〔註113〕 張宏生〈詞與賦：觀察張惠言詞學的一個角度〉：張惠言「以賢人失志來貫串《詞選》，是他為詞的發生發展定下的基調，也可以和由《詩》到賦的軌跡互參。」張宏生：〈詞與賦：觀察張惠言詞學的一個角度〉，《中華詞學》第三輯，頁25。

〔註114〕 張惠言《七十家賦鈔・敘》，〔清〕張惠言輯：《七十家賦鈔》，頁3。

〔註115〕 張惠言《詞選・敘》：「傳曰：意內而言外，謂之詞。其緣情造端，興於微言，以相感動。極命風謠里巷男女哀樂，以道賢人君子幽約怨悱不能自言之情。低迴要眇，以喻其致。蓋詩之比興，變風之義，騷人之歌，則近之矣。」〔清〕張惠言輯：《詞選》，頁536。

〔註116〕 張惠言《詞選・敘》，〔清〕張惠言輯：《詞選》，頁536。

〔註117〕 張惠言《詞選・敘》，〔清〕張惠言輯：《詞選》，頁536。

塞其下流,導其淵源,無使風雅之士懲於鄙俗之音,不敢與詩賦之流同類而風誦之也。」〔註 118〕為詞正其統,溯其源,還給詞一個應有的面目,便是張惠言編輯《詞選》和評點的原因。張惠言之所以只選了一百一十六首詞,並為這些詞作分判高下,就是要以之作為習詞的典範,這一點可以從張琦〈重刻《詞選》序〉看出:「嘉慶二年,余與先兄皋文先生同館歙金氏,金氏諸生好填詞,先兄以為詞雖小道,失其傳且數百年。自宋之亡而正聲絕,元之末而規矩隳,竅宧不關,門戶卒迷,乃與余校錄唐宋詞四十四家,凡一百一十六首,為二卷,以示金生。」〔註 119〕正是因為這部《詞選》兼具指導填詞的目的,張惠言特別探求詞作的章法與篇法,就是要以之作為示範,掌握詞作深意,確立習詞正途。

三、兼顧「低迴要眇」的美感

張惠言《詞選》共選了一百一十六首詞,在每首詞的上方都標有「。。。」、「。。」或「。」的批點符號,代表張惠言對這些詞作的評價,總共可以區分為三個等級,因其標記在詞牌的最上方,讀者在真正閱讀詞作之前,就會先看到這些不同的等級分判,接下來在實際讀詞時,便容易在這樣的引導下,對詞有一些先入為主的評判,至於在詞句右旁出現的批點符號,以及尾批的評語,則變成是對這首詞之所以有這樣評價的輔助說明和印證。其評點也因為與詞的品評有直接關係,批評的意味更濃厚,非一般的讀詞感受,只停留在美感賞析的層次而已。若與南宋時黃昇《花庵詞選》對詞作「命意造語工致」〔註 120〕的評賞,以及明代沈際飛《古香岑草堂詩餘四集》對「靈慧新特之句」、「爾雅流麗之句」、「鮮奇警策之字」、

〔註 118〕張惠言《詞選・敘》,〔清〕張惠言輯:《詞選》,頁 536。
〔註 119〕張琦〈重刻《詞選》序〉,〔清〕張惠言輯:《詞選》,頁 535。
〔註 120〕黃昇《花庵詞選》:「凡看唐人詞曲,當看其命意造語工致處,蓋語簡而意深,所以為奇作也。」〔宋〕黃昇編集:《唐宋諸賢絕妙詞選》,頁 5。

「冷異巉削之字」〔註121〕的解析相比，張惠言所扮演的鑑賞家角色也更明顯，因為他的評點不是只有對詞作命意的說明，或對詞句藝術的深入評析，引導讀者認識並掌握詞作而已，他還要讀者懂得為詞區分優劣，順著他的評點培養出賞鑑詞作的眼光。張惠言《詞選》之所以如此精挑細選了一百一十六首詞作，就是要讀者去讀他認為最精良、最值得賞鑑的詞作，確立習詞的正途，扭轉詞壇「安蔽乖方」的局面，並凸顯他的詞學觀，在《詞選》的評點中自成系統。唐宋詞的評點發展到為詞作品評，區分高下，批評意味濃厚，鑑賞功能明顯，評點者角色也更加確立，這確實是一進展，也是張惠言《詞選》評點的一大突破。

　　張惠言到底是如何為唐宋詞作出高下的評判？針對這一點，曹明升〈清人評點宋詞探微〉認為：「這種以圈點符號來標示作品高下、表明評者態度的方法，在其他文學評點中並不多見。這樣就使得圈點符號也具有了一定的批評功能。」〔註122〕然而細就每一首詞來看，實際情況到底如何？值得深入探究。以下先依照張惠言《詞選》批點符號的不同，作出分類，並用表格的方式呈現〔註123〕：

〔註121〕沈際飛《古香岑草堂詩餘四集・發凡》：「評語前未有也，近閩中墨本、吳興硃本有之，非哰謷則隔搔，見者嘔噦。茲集精加披剝，旁通仙釋，曲暢性情。其靈慧新特之句，用『○』；爾雅流麗之句，用『、』；鮮奇警策之字，用『◎』；冷異巉削之字，用『ㄅ』；鄙拙膚陋字句，用『｜』。復用『・』讀句，以便覽者，不羼嚅於開卷，心良苦矣。」〔明〕沈際飛評選：《古香岑草堂詩餘・正集》，頁4～5。

〔註122〕曹明升：〈清人評點宋詞探微〉，《鄭州大學學報（哲學社會科學版）》2005年3期，頁120。

〔註123〕以下所整理製作的表格，根據〔清〕張惠言輯：《詞選》，據清道光十年宛鄰書屋刻本影印，《續修四庫全書・集部・詞類》。

批點符號	等級	詞　　作	數量
∘　∘　∘	一	李白〈菩薩蠻〉（平林漠漠煙如織），溫庭筠〈菩薩蠻〉（小山重疊金明滅）等十四首、〈更漏子〉（柳絲長）等三首，李煜〈浪淘沙〉（簾外雨潺潺）等兩首、〈相見歡〉（林花謝了春紅）等兩首，韋莊〈菩薩蠻〉（紅樓別夜堪惆悵）等四首，牛嶠〈菩薩蠻〉（舞裙香暖金泥鳳）等兩首，馮延巳〈蝶戀花〉（六曲闌干偎碧樹）等三首，歐陽修〈蝶戀花〉（庭院深深深幾許），張先〈青門引〉（乍暖還輕冷），蘇軾〈賀新郎〉（乳燕飛華屋）、〈洞仙歌〉（冰肌玉骨）、〈卜算子〉（缺月挂疏桐），秦觀〈望海潮〉（梅英疏澹）、〈踏莎行〉（霧失樓臺），陳克〈菩薩蠻〉（赤欄橋盡香街直）等兩首，辛棄疾〈摸漁兒〉（更能消幾番風雨）、〈賀新郎〉（綠樹聽啼鴂）、〈菩薩蠻〉（鬱孤山下清江水），姜夔〈暗香〉（舊時月色）、〈疏影〉（苔枝綴玉），王沂孫〈高陽臺〉（殘雪庭除），張炎〈高陽臺〉（接葉巢鶯）	47
∘　∘	二	溫庭筠〈夢江南〉（梳洗罷），無名氏〈後庭宴〉（千里故鄉），李璟〈浣溪沙〉（風壓輕雲貼水飛）等兩首、〈山花子〉（菡萏香銷翠葉殘）等兩首，李煜〈虞美人〉（春花秋月何時了）、〈清平樂〉（別來春半），牛嶠〈西溪子〉（捍撥雙盤金鳳），鹿虔扆〈臨江仙〉（金鎖重門荒苑靜），宋徽宗〈燕山亭〉（裁剪冰綃），晏幾道〈臨江仙〉（夢後樓臺高鎖），張先〈天仙子〉（水調數聲持酒聽），秦觀〈滿庭芳〉（山抹微雲）等兩首、〈浣溪沙〉（漠漠輕寒上小樓），賀鑄〈青玉案〉（凌波不過橫塘路），周邦彥〈六醜〉（正單衣試酒）、〈蘭陵王〉（柳陰直）、〈少年遊〉（并刀如水），朱敦儒〈好事近〉（搖首出紅塵）等五首，辛棄疾〈賀新郎〉（鳳尾龍香撥）、〈永遇樂〉（千古江山）、〈祝英臺近〉（寶釵分），韓元吉〈六州歌頭〉（東風著意），姜夔〈揚州慢〉（淮左名都），王沂孫〈眉嫵〉（漸新痕懸柳）、〈齊天樂〉（一襟餘恨宮魂斷）、〈慶清朝〉（玉局歌殘），黃孝邁〈湘春夜月〉（近清明），吳激〈青衫溼〉（南朝千古傷心地），李清照〈聲聲慢〉（尋尋覓覓），鄭文妻孫氏〈憶秦娥〉（花深深）	37

| 。 | 三 | 李煜〈臨江仙〉（櫻桃落盡春歸去），牛希濟〈生查子〉（春山煙欲收），歐陽炯〈三字令〉（春欲盡），馮延巳〈虞美人〉（玉鉤鸞柱調鸚鵡）、〈清平樂〉（雨晴煙晚），晏殊〈踏莎行〉（小徑紅稀），范仲淹〈蘇幕遮〉（碧雲天），韓縝〈芳草〉（鎖離愁），歐陽修〈臨江仙〉（柳外輕雷池上雨），張先〈木蘭花〉（龍頭蚱蜢吳兒競），蘇軾〈水龍吟〉（似花還似飛花），秦觀〈江城子〉（西城楊柳弄春柔）、〈鷓鴣天〉（枝上流鶯和淚聞）、〈海棠春〉（流鶯窗外啼聲巧）、〈減字木蘭花〉（天涯舊恨）、〈生查子〉（眉黛遠山長），趙令時〈錦堂春〉（樓上縈簾弱絮），張舜民〈賣花聲〉（木葉下君山），王雱〈眼兒媚〉（楊柳絲絲弄輕柔），周邦彥〈花犯〉（粉墙低），田爲〈南柯子〉（夢怕愁時斷）等兩首，李玉〈賀新郎〉（篆縷消金鼎），謝克家〈憶君王〉（依依宮柳拂宮墙），張孝祥〈六州歌頭〉（長淮望斷），李石〈臨江仙〉（煙柳疏疏人悄悄），史達祖〈雙雙燕〉（過春社了），尹煥〈霓裳序中第一〉（青顰粲素靨），李清照〈壺中天慢〉（蕭條庭院）、〈鳳凰臺上憶吹簫〉（香冷金猊）、〈醉花陰〉（薄霧濃雲愁永晝），無名氏〈綠意〉（碧圓自潔） | 32 |
| 合　計 | | | 116 |

先從被張惠言《詞選》評爲第一等，給出「。。。」批點符號的詞作來看，其以李白〈菩薩蠻〉（平林漠漠煙如織）爲首，總共有四十七首，比起被評爲第二等，給出「。。」批點符號的三十七首，以及被評爲第三等，給出「。」批點符號的三十二首，數量是最多的。再連結張惠言《詞選》對詞作的評語，更會發現在其給出評語的三十九首中，被評爲第一等的就佔了其中的三十三首，光溫庭筠的〈菩薩蠻〉和〈更漏子〉更有十三首之多，顯見他對這些第一等詞作，尤其是溫庭筠詞的重視，《詞選·敘》還特別強調：「溫庭筠最高，其言深美閎約。」〔註124〕表面上看，張惠言這樣的作法是爲標舉詞人，提高溫庭筠的地位，尤其他在《詞選·敘》中更是清

〔註124〕張惠言《詞選·敘》，〔清〕張惠言輯：《詞選》，頁536。

楚地勾勒出一條詞史的發展脈絡：是以「唐之詞人李白為首，其後韋應物、王建、韓翃、白居易、劉禹錫、皇甫松、司空圖、韓偓並有述造，而溫庭筠最高，其言深美閎約。五代之際，孟氏、李氏君臣為謔，競作新調，詞之雜流，由此起矣。至其工者，往往絕倫。亦如齊梁五言，依託魏晉，近古然也。宋之詞家，號為極盛，然張先、蘇軾、秦觀、周邦彥、辛棄疾、姜夔、王沂孫、張炎淵淵乎文有其質焉。」〔註125〕似乎乃以詞人為導向，但真正落實到詞作的評點時，則是以詞作為導向。比如張惠言雖然標舉溫庭筠的詞，將溫庭筠〈菩薩蠻〉(小山重疊金明滅)十四首和〈更漏子〉(柳絲長)三首，給予「。。。」的評價〔註126〕，評為第一等詞作，但溫庭筠〈夢江南〉(梳洗罷)則只給予「。。」的評價〔註127〕，評為第二等詞作，顯然張惠言在選詞和評詞時，應是非常慎重而且細膩的，只是張惠言並沒有明確的指出分判和品評的依據，只能透過詞與詞之間的比較，去掌握張惠言如此評點的用意。

比較溫庭筠〈更漏子〉(柳絲長)和〈夢江南〉(梳洗罷)的評點：

。。。溫庭筠〈更漏子〉

柳絲長，春雨細，花外漏聲迢遞。驚塞鴈，起城烏，畫屏金鷓鴣。　香霧薄，透簾幙，惆悵謝家池閣。紅燭背，繡簾垂，夢長君不知。　此三首亦〈菩薩蠻〉之意。「驚塞雁」三句，言懽戚不同，興下「夢長君不知」也。

。。。溫庭筠〈夢江南〉

梳洗罷，獨倚望江樓，過盡千帆皆不是。斜暉脈脈水悠悠，腸斷白蘋洲。〔註128〕

顯然張惠言是以詞是否蘊含君國之憂，寄寓去國懷鄉之情為品評的

〔註125〕張惠言《詞選・敍》，〔清〕張惠言輯：《詞選》，頁536。
〔註126〕〔清〕張惠言輯：《詞選》，頁537～538。
〔註127〕〔清〕張惠言輯：《詞選》，頁538。
〔註128〕〔清〕張惠言輯：《詞選》，頁538。

第一原則，因此〈更漏子〉中的「驚塞鴈，起城烏，畫屏金鷓鴣」一句，寓有「懽戚不同」之意，又能「興下『夢長君不知』」，詞旨遙深，自然比〈夢江南〉的「過盡千帆皆不是，斜暉脈脈水悠悠」，只有感慨憂傷，而無家國關懷，來得更勝一籌。同樣的，像是牛希濟的〈生查子〉（春山煙欲收），雖然「記得綠羅裙，處處憐芳草」一句，含蓄帶出隱藏的情感，使整首詞更有韻致，但張惠言只給予此詞「。」的評價〔註 129〕，評為第三等詞作，可見張惠言的品評仍是呼應了他在《詞選》序文所提出的：「意內而言外，謂之詞。其緣情造端，興於微言，以相感動。極命風謠里巷男女哀樂，以道賢人君子幽約怨悱不能自言之情。」〔註 130〕首要重視的乃在詞之意旨，而情感則不應局限在「男女哀樂之情」，最好能有政治道德的寄寓，才是足供學習的典範。

　　但張惠言對唐宋詞的品評，是否只以政治道德的寄寓為唯一的衡量標準？若是如此，則所有具有政治道德寄寓者，都應被品評為第一等詞作，但看張惠言對晏殊〈踏莎行〉（小徑紅稀）、范仲淹〈蘇幕遮〉（碧雲天）、辛棄疾〈祝英臺近〉（寶釵分）和無名氏〈綠意〉（碧圓自潔）的評點，依張惠言的評語看來，這些詞作都有所寄寓，但為什麼沒有被評為第一等詞作，而是分別給予「。。」或「。」的批點符號，將之評為第二等和第三等的詞作？以下是張惠言對這些詞作的評點：

　　。。。晏殊〈踏莎行〉

　　　　小徑紅稀，芳郊綠遍，高臺樹色陰陰見。春風不解禁楊花，濛濛亂撲行人面。　翠葉藏鶯，珠簾隔燕，鑪香靜逐游絲轉。一場愁夢酒醒時，斜陽却照深深院。　此詞亦有所興，其歐公〈蝶戀花〉之流乎？〔註 131〕

────────────────

〔註 129〕〔清〕張惠言輯：《詞選》，頁 539。
〔註 130〕張惠言《詞選·敘》，〔清〕張惠言輯：《詞選》，頁 536。
〔註 131〕〔清〕張惠言輯：《詞選》，頁 540。

　　。。。范仲淹〈蘇幕遮〉

碧雲天，紅葉地，秋色連波，波上寒煙翠。山映斜陽天接水，芳草無情，更在斜陽外。　黯鄉魂，追旅思，夜夜除非，好夢留人睡。明月樓高休獨倚，酒入愁腸，化作相思淚。　此去國之情。〔註132〕

　　。。。辛棄疾〈祝英臺近〉

寶釵分，桃葉渡，煙柳暗南浦。怕上層樓，十日九風雨。斷腸點點飛紅，都無人管，更誰勸流鶯聲住。　鬢邊覷，試把花卜歸期，才簪又重數。羅帳燈昏，哽咽夢中語。是他春帶愁來，春歸何處。却不解帶將愁去。　此與德祐太學生二詞用意相似。「點點飛紅」，傷君子之棄。「流鶯」，惡小人得志也。「春帶愁來」，其刺趙、張乎？〔註133〕

　　。。。無名氏〈綠意〉荷葉

碧圓自潔。向淺洲遠浦，亭亭清絕。猶有遺簪，不展秋心，能卷幾多炎熱。鴛鴦密語同傾蓋，且莫與浣紗人說。怨歌忽斷花風，碎却翠雲千疊。　回首當年漢舞，怕飛去，謾綰留仙裙褶。戀戀青衫，猶染枯香，還笑鬢絲飄雪。盤心清露如鉛水，又一夜西風聽折。喜淨看、匹練秋光，倒瀉半湖明月。　此傷君子負枉而死，蓋似李綱、趙鼎之流。「回首當年漢舞」云者，言其自結主知，不肯遽引。結語，喜其已死而心得白也。〔註134〕

可見，張惠言對詞作高下的評判，除了政治寓意和比興手法的運用，還有其他的衡量標準。在溫庭筠的〈菩薩蠻〉十四首中，張惠言講求的是「賦法」的運用，在這些詞作中，張惠言更講求情感的表達方法，也就是只道出「去國之情」，或「傷君子之棄」，甚至是「傷君子負枉

〔註132〕〔清〕張惠言輯：《詞選》，頁540～541。
〔註133〕〔清〕張惠言輯：《詞選》，頁546。
〔註134〕〔清〕張惠言輯：《詞選》，頁549。

而死」〔註135〕還不夠，必須注重情感的含蓄蘊藉，寫「愁」不能直寫「愁」，像是「一場愁夢酒醒時，斜陽却照深深院」；「酒入愁腸，化作相思淚」；「是他春帶愁來，春歸何處。却不解帶將愁去」，這些句子都是詞中的佳句，具有藝術的美感，也有所寄寓，但以張惠言的標準看，或許他覺得太直露，少了一點吞吐的情感，與所謂「低迴要眇，以喻其致」〔註136〕的美感要求，似乎有一點距離，所以才將之評爲第二和第三等詞作。

　　張惠言《詞選‧敍》說道：詞之「至者，則莫不惻隱盱愉，感物而發，觸類條鬯，各有所歸，非苟爲雕琢曼辭而已。」〔註137〕因此張惠言評詞雖重寄寓，但他顯然認爲寄託也應講求情感的含蓄表達，不能太過直率激切，破壞詞體應有的美感。畢竟詞是以情感細膩取勝的文體，既然賢人君子是基於一種「幽約怨悱不能自言之情」而發之爲詞，其情感表達也應具備含蓄蘊藉的特點。所以像是李煜〈虞美人〉（春花秋月何時了）的「問君能有幾多愁，恰似一江春水向東流」，以及秦觀〈江城子〉（西城楊柳弄春柔）的「便做春江都是淚，流不盡許多愁」，以水喻愁，情感奔瀉而出，都是唐宋時期的名作，

〔註135〕根據馬興榮〈張皋文手批《山中白雲詞》〉，可知後來張惠言手批《山中白雲詞》時，已澄清無名氏〈綠意〉（碧圓自潔）一詞實爲張炎之作，並眉批云：「此首自寓其意，遺簪不展，當年心苦可知。『浣紗人』即前『臥橫紫笛』之輩，恐其羅而致之，不得終其志也。『回首當年漢舞』者，庚辰入都也，彼時憔恐失身，故曰『怕飛去，謾綰留仙裙褶。』幸而青衫未脫，尚帶故香，況今老矣，何所求乎。（此下用黃色塗去一行，以燈光映視，被塗之字爲：金銅仙人辭漢，折莖而止。）玉田庚寅之歸，西風吹折時也。自此得長嘯湖山，故曰『喜淨看、匹練秋光』也。刻《詞選》時未見此集，從《詞綜》作無名氏，所解未當也。」但仍維持從身世感懷來解讀詞作的方式。馬興榮：〈張皋文手批《山中白雲詞》〉，《詞學》第十五輯，2004 年 11 月一版，頁 284。
〔註136〕張惠言《詞選‧敍》：「傳曰：意內而言外，謂之詞。其緣情造端，興於微言，以相感動。極命風謠里巷男女哀樂，以道賢人君子幽約怨悱不能自言之情。低迴要眇，以喻其致。蓋詩之比興，變風之義，騷人之歌，則近之矣。」〔清〕張惠言輯：《詞選》，頁 536。
〔註137〕張惠言《詞選‧敍》，〔清〕張惠言輯：《詞選》，頁 536。

在明代沈際飛《古香岑草堂詩餘四集》的評點中，因為重「情」、重詞句藝術的表現手法，必然會被標舉出來當作範例，如沈際飛就說：「詞家以山喻愁、以水喻愁，皆入情。『落紅萬點愁如海』，『一江春水向東流』，以水喻也。」〔註138〕但在張惠言的評點中，李煜的〈虞美人〉只被評為「。。」的第二等詞作，秦觀〈江城子〉則被評為「。」的第三等詞作〔註139〕，可見張惠言的品評標準，除了要求詞要有寓意，更要求情感的「低迴要眇，以喻其致」。從這一點來看，張惠言對唐宋詞的品評，正好可以為他以寄託解詞，「深文羅織」〔註140〕，坐實詞意的批評，作出反駁和澄清，因為這不是張惠言評詞的唯一標準，他在講求詞旨以及詞必須有所寄寓的同時，也重視情感的表達，對詞體應有的「低迴要眇」，具有韻致的美感要求，也是能兼顧的。唯有同時蘊含寄託，情感表達又能兼具美感的詞作，才能與「詩之比興，變風之義，騷人之歌」〔註141〕相比擬，並被評為第一等詞作，以作為學習的典範。

　　所謂「詩之比興」，雖用以喻世或諷世，透過詩更可以「觀風俗，知得失」〔註142〕，但回歸文體的特點，《禮記・經解》云：「溫柔敦厚，詩之教也。」〔註143〕朱熹《詩集傳・序》亦云：「凡《詩》之

〔註138〕〔明〕沈際飛評選：《古香岑草堂詩餘・正集》，卷二，頁 2～3；18；30～31；卷三，頁 5～6；卷四，頁 33～34；卷六，頁 10～11。

〔註139〕〔清〕張惠言輯：《詞選》，頁 538；542～543。

〔註140〕王國維《人間詞話刪稿》：「固哉，皋文之為詞也。飛卿〈菩薩蠻〉、永叔〈蝶戀花〉、子瞻〈卜算子〉，皆興到之作，有何命意？皆被皋文深文羅織。」唐圭璋編：《詞話叢編》，頁 4261。

〔註141〕張惠言《詞選・敘》：「傳曰：意內而言外，謂之詞。其緣情造端，興於微言，以相感動。極命風謠里巷男女哀樂，以道賢人君子幽約怨悱不能自言之情。低迴要眇，以喻其致。蓋詩之比興，變風之義，騷人之歌，則近之矣。」〔清〕張惠言輯：《詞選》，頁 536。

〔註142〕班固《漢書・藝文志》：「古有采詩之官，王者所以觀風俗，知得失，自考正也。孔子純取周詩，上采殷，下取魯，凡三百五篇。遭秦而全者，以其諷誦，不獨在竹帛故也。」〔漢〕班固：《漢書・藝文志》，臺北：鼎文書局，1991 年 9 月七版，頁 1708。

〔註143〕《禮記・經解》，〔漢〕鄭玄注：《禮記鄭注》，《四部備要・經部》，

所謂《風》者，多出於里巷歌謠之作。所謂男女相與詠歌，各言其情者也。……發於言者，樂而不過於淫，哀而不及於傷。」〔註144〕所謂賦，乃「引辭表志，譬物連類，述三王之道，以諷切當世。振塵滓之澤，發芳香之邑，不謀同儕，並名爲賦，故知賦者，詩之體也。」〔註145〕因此當張惠言將詞與「詩之比興，變風之義，騷人之歌」作類比時，固然是爲了提高詞體的地位，但更重要的是就詩、賦與詞，在功能上可以諷切當世，在情感表達上「樂而不過於淫，哀而不及於傷」的共同點，來作聯結，如此才能眞正達到張惠言《詞選》序文所云：「導其淵源」，「無使風雅之士懲於鄙俗之音，不敢與詩賦之流同類而風誦之」〔註146〕的目的。這樣的做法，反映的是文學講求含蓄而有美感的觀點，不管是詩的「溫柔敦厚」，還是詞的「低迴要眇」，就張惠言看來，本質上是相同的。宋代魏慶之《詩人玉屑》卷九引《珊瑚鉤詩話》說道：「篇章以含蓄天成爲上，破碎雕漏鎪爲下。」又引《漫齋語錄》說道：「詩文要含蓄不露便是好處，古人說雄深雅健，此便是含蓄不露也。用意十分，下語三分，可幾風雅，……用意要精深，下語要平易，此詩人之難。」〔註147〕但也只有如此含蓄而有韻致的作品，才能深入探討並體會其「意內而言外」之旨，這也就是溫庭筠的〈菩薩蠻〉十四首可以被張惠言如此推崇，並被評爲第一等詞作，而直寫愁情的李煜、晏殊、范仲淹、秦觀、辛棄疾等人的詞作，則被評爲第二和第三等的原因。至於柳永、黃庭堅、

卷十五，頁1。

〔註144〕 朱熹《詩集傳・序》，〔宋〕朱熹：《晦庵先生朱文公集》，據上海涵芬樓影印明嘉靖本，《四部叢刊・正編・集部》，頁1391。

〔註145〕 張惠言《七十家賦鈔・敘》，〔清〕張惠言輯：《七十家賦鈔》，頁3。

〔註146〕 張惠言《詞選・敘》：「今第錄此篇，都爲二卷。義有幽隱，並爲指發。幾以塞其下流，導其淵源，無使風雅之士懲於鄙俗之音，不敢與詩賦之流同類而風誦之也。」〔清〕張惠言輯：《詞選》，頁536。

〔註147〕 〔宋〕魏慶之編：《詩人玉屑》，《景印文淵閣四庫全書・集部・詩文評類》，頁1481-155。

劉過、吳文英的詞，因為「盪而不反，傲而不理，枝而不物」〔註148〕，當然不會被選錄。可見張惠言的評點，確實呼應著《詞選》序文的觀點，其評點所能發揮的批評功能也更明顯。

第三節　《詞選》評點的意義及拓展

張惠言的《詞選》，從動輒六卷、千首以上，盡收各體詞作以備觀的大型詞選，走向只有二卷、一百一十六首詞的小型詞選，對詞人、詞作精挑細選，以編輯符合自己理念的詞選，有其詞學觀和詞學意識，理論導向鮮明。其評點著重詞人心理的分析，探究詞人的創作動機，並解其篇章經營的手法，最後給予詞作評價，以唐宋詞評點的發展來看，張惠言的評點共有以下四個主要意義：

一、從「讀詞」到「解詞」的轉變

南宋黃昇的《花庵詞選》，是最早對唐宋詞進行評點的選輯，其評點著重「命意造語」〔註149〕的提點，以提供歌者「花前月底，舉杯清唱」〔註150〕時，能確切掌握詞意；明代沈際飛《古香岑草堂詩餘四集》的評點，則在這樣的基礎上，解析詞作的創作手法，但他的評點著重詞句藝術的賞析〔註151〕，雖有助於創作，但缺少對詞作意

〔註148〕張惠言《詞選・敘》：「其盪而不反，傲而不理，枝而不物，柳永、黃庭堅、劉過、吳文英之倫，亦各引一端，以取重於當世。」〔清〕張惠言輯：《詞選》，頁536。

〔註149〕黃昇《唐宋諸賢絕妙詞選》：「凡看唐人詞曲，當看其命意造語工致處，蓋語簡而意深，所以為奇作也。」〔宋〕黃昇編集：《唐宋諸賢絕妙詞選》，頁5。

〔註150〕黃昇《中興以來絕妙詞選・序》指出編輯此選乃在提供：「花前月底，舉杯清唱，合以紫簫，節以紅牙，飄飄然作騎鶴揚州之想，信可樂也。」〔宋〕黃昇編集：《中興以來絕妙詞選》，頁2。

〔註151〕〔明〕沈際飛《古香岑草堂詩餘四集・發凡》：「茲集精加披剝，旁通仙釋，曲暢性情。其靈慧新特之句，用『○』；爾雅流麗之句，用『、』；鮮奇警策之字，用『◎』；冷異巉削之字，用『⃔』；鄙拙膚陋字句，用『｜』。復用『・』讀句，以便覽者，不囁嚅於開卷，心良苦矣。」

義的深入探尋；明代末年徐士俊《古今詞統》的評點，雖提出「讀者」的概念〔註152〕，重視讀者對詞的領會與感受，但對詞的批評多爲感悟式的評語，只能提供參考，作爲分享，缺乏理論分析的可能。清代在張惠言《詞選》出現以前，雖有周銘《林下詞選》的評點，但其評點過於零星且不成體系，與張惠言約同時代的黃蘇，編有《蓼園詞選》，評點也是著重詞作意義的解析，講求詞人的寄託，與張惠言從政治寓意來解讀詞作的方式是相同的，但其選並未如張惠言《詞選》一般受到常州詞人的重視，因此，真正對常州詞派產生影響的是張惠言《詞選》所建立的理論體系以及評點方式。《詞選》序文以「意內而言外」爲詞下一明確定義，因此評點著重探討由詞作相關線索所透顯出來的「言外之意」，而這「言外之意」指的就是「賢人君子幽約怨悱不能自言之情」〔註153〕，使評點從單純的「讀詞」與「賞詞」，轉變爲「解讀詞人之心」，並從詞作命意與詞句藝術的重視，轉爲對詞作旨意，尤其是政治寓意的重視，帶入深層的心理分析。

　　如此一來，評點也從審美批評的層次，提昇爲詞作深意的解讀，雖然這種解讀，主要是透過「其文小，其聲哀」〔註154〕之詞，挖掘出「賢人君子幽約怨悱不能自言之情」，這一深刻寓意是解詞者所賦予的，帶有張惠言個人的聯想與推斷，甚爲主觀，但在解讀的過程中，卻使詞作可以被深入解析，評點也能在詞作命意與詞句藝術之

　　　　　〔明〕沈際飛評選：《古香岑草堂詩餘・正集》，頁4～5。

〔註152〕徐士俊《古今詞統》評黃庭堅〈漁家傲〉（萬水千山來此土）：「讀者果能會得此意，則秋波一轉，亦是禪機。」〔明〕卓人月彙選、徐士俊參評：《古今詞統》，頁5。

〔註153〕張惠言《詞選・敘》：「傳曰：意內而言外，謂之詞。其緣情造端，興於微言，以相感動。極命風謠里巷男女哀樂，以道賢人君子幽約怨悱不能自言之情。」〔清〕張惠言輯：《詞選》，頁536。

〔註154〕張惠言《詞選・敘》：詞者「以其文小，其聲哀，放者爲之，或跌蕩靡麗，雜以昌狂俳優。然要其至者，則莫不惻隱盱愉，感物而發，觸類條鬯，各有所歸，非苟爲雕琢曼辭而已。」〔清〕張惠言輯：《詞選》，頁536。

外，找到從內容旨意解讀的可能，開發出唐宋詞的新意，更拓展讀者詮釋的路徑。透過《詞選》的選輯和評點，除了能看到張惠言的刻意引導，以及希望讓讀者體會的「言外之意」，讓唐宋詞開展不同的面貌，更能看到張惠言在「立身行義」，「施天下致一切之治」〔註155〕為考量的情況下，期望詞能有所為而為，有益於世，因而作出如此解讀的理由。

二、提昇詞體地位

張惠言在《詞選·敍》中特別強調：詞非「雕琢曼辭」〔註156〕，相較於明代沈際飛《古香岑草堂詩餘》所謂：「詞貴香而弱，雄放者次之」〔註157〕，以及徐士俊《古今詞統》：「詞為詩餘，詩道大而詞道小」〔註158〕的觀點，是大不相同的。因為詞學觀的不同，所以在對唐宋詞進行評點時，著重的面向也有所不同，張惠言特別重視詞作內容意義的開發，明代的評點則著重詞作形式與情韻。以影響來看，專尚詞作形式與情韻，在創作時，難免會出現只重詞句而無深意的弊病，久而久之，詞便容易淪為一種文學技藝，其地位和價值都難以提昇，這是沈際飛和徐士俊如此定義詞體，必然產生的問題，也是張惠言弟子金應珪在〈《詞選》後序〉之所以要針對近世為詞，「規模物類，依托歌舞，哀樂不衷其性，慮歎無與乎情，連章累篇不出乎花鳥，感物指事不外乎酬應，雖既雅而不豔，斯有句而無章，是謂游詞」〔註159〕的問題，作出檢討的原因。或許張惠言就是看到

〔註155〕 張惠言：〈文稿自序〉：「古之以文傳者，雖於聖人有合有否，要就其所得，莫不足以立身行義，施天下致一切之治。」〔清〕張惠言：《茗柯文編》，頁551。

〔註156〕 張惠言《詞選·敍》，〔清〕張惠言輯：《詞選》，頁536。

〔註157〕 沈際飛《古香岑草堂詩餘》評胡浩然〈東風齊著力〉（殘臘牧寒）：「詞貴香而弱，雄放者次之，況麤鄙如許乎！」〔明〕沈際飛評選：《古香岑草堂詩餘·正集》，卷三，頁9。

〔註158〕 徐士俊《古今詞統·序》，〔明〕卓人月彙選、徐士俊參評：《古今詞統》，頁440。

〔註159〕 金應珪〈《詞選》後序〉，〔清〕張惠言錄：《詞選》，《四部備要·集

這樣的問題，因此在《詞選》序文中要率先爲詞正名──「意內而言外，謂之詞」，並強調詞非「雕琢曼辭」而已，連帶在評點唐宋詞時，也從形式轉爲對內容意義的重視，並著力探索「賢人君子幽約怨悱不能自言之情」，他之所以這樣作，與其說是擔心詞體向下沉淪，不如說是憂慮人心與社會風氣的向下沉淪。

　　但只有這樣的扭轉還不夠，必須要爲詞找一個源頭，因此在評點時，張惠言將詞作與《詩》、《騷》作一聯結和對比，直指蘇軾詞與〈考槃〉詩相似〔註160〕，強調溫庭筠〈菩薩蠻〉詞是「感士不遇」，有「《離騷》『初服』之意」，更凸顯他的〈菩薩蠻〉十四首「篇法彷彿〈長門賦〉」〔註161〕，帶入賦的經營手法，目的都是要說明詞非「小詞」，而是能繼承《詩經》、《楚辭》以來的文學傳統，讓詞在中國文學的發展中找到位置，並有所銜接，當代要創作詞時，便不會再出現張惠言《詞選》序文所云：「風雅之士懲於鄙俗之音，不敢與詩賦之流同類而風誦之」〔註162〕，以及金應珪〈《詞選》後序〉所謂：「小其文而忽其義」〔註163〕的問題。也因爲張惠言如此爲詞體作一正名，並採取這樣的評點方式，讓讀者注意到詞有言情以外的特質，進而找到其源於《詩》、《騷》的傳統，以及適用於當代的意義。其影響除了扭轉明代以來視詞體爲「雕琢曼辭」的認知，更讓詞體的地位因而提昇。唯有如此，詞才能在意義上找到延續生命的可能，這也是後來常州詞人採取張惠言路徑來解詞的原因。

部》，頁1~2。

〔註160〕張惠言《詞選》評蘇軾〈卜算子〉（缺月掛疏桐），〔清〕張惠言輯：《詞選》，頁542。

〔註161〕張惠言《詞選》評溫庭筠〈菩薩蠻〉（小山重疊金明滅），〔清〕張惠言輯：《詞選》，頁537。

〔註162〕張惠言《詞選·敘》，〔清〕張惠言輯：《詞選》，頁536。

〔註163〕金應珪〈《詞選》後序〉，〔清〕張惠言錄：《詞選》，《四部備要·集部》，頁1~2。

三、加入「品評」觀念

張惠言《詞選》只選了唐宋共一百一十六首詞作，在每一首詞作之上都有「。。。」、「。。」或「。」的不同符號，代表張惠言對這些詞作的高下評判，雖有強烈的主觀認定，但在這之前的唐宋詞選輯都沒有出現這樣的評點，可視爲張惠言《詞選》評點的一大進展。區分等級的最大意義，在於加入了一種「品評」的觀念，使評點不再局限於個人閱讀感受的分享，或只是引導讀詞的媒介，而有明顯的文學批評意味，評點者也可以透過這樣的方式揀擇詞作，避免「雅鄭無別，朱紫同貫」〔註164〕的問題，確認所錄詞作都是能符合自己詞學觀的作品，使《詞選》成爲宣揚詞學觀的最佳媒介，所有詞作的價值和意義都由他來評定，《詞選》也因而成爲個人批評意味極濃的創作，自成一個理論體系。

除此之外，也能看到張惠言的這種品評，其實是很細膩的，他除了從詞是否有政治寓意的寄託來作衡量，也重視情感的表達，對詞體應有的「低迴要眇」之美感，也是能兼顧的。只有含蓄而有韻致，同時有所寄寓，能讓讀者體會「言外之意」的作品，才能被評爲第一等詞作，並作爲學習的典範。在這樣的品評之下，讀者便能培養出評賞詞作的審美觀，在創作時也不會誤入歧途，而能達到張惠言所期望「塞其下流，導其淵源，無使風雅之士懲於鄙俗之音，不敢與詩賦之流同類而風誦之」〔註165〕的最終目的。從文學批評的角度看，當評點發展到爲詞作進行品評，雖然張惠言只將唐宋詞區分爲三個等級，並未清楚說出如此分判的理由，但已是唐宋詞評點成熟的一個象徵，同時代表著對唐宋詞史發展脈絡的回顧和檢討。在這樣的過程中，可以看到張惠言對唐宋詞的接受與揀擇是極爲謹慎的，雖然在編輯之初是爲了教學，有其特殊的詞學觀和解讀模式，

〔註164〕金應珪〈《詞選》後序〉，〔清〕張惠言錄：《詞選》，《四部備要・集部》，頁1～2。

〔註165〕張惠言：《詞選・敘》，〔清〕張惠言輯：《詞選》，頁536。

但唐宋詞選輯發展到了清代，與文學評點作更緊密的結合，同時因為品評詞作，使唐宋詞選輯帶有更明顯的批評意識，張惠言的這種評點方式，應是值得肯定的。

四、改變評點的依附地位

孫琴安《中國評點文學史》指出：「古人評閱文學作品，除加評語以外，還喜歡在文學作品的題目或字裏行間加上圈點，固有『評點』之謂。」〔註166〕康來新《發跡變態──宋人小說學論稿》亦云：「『評點』為特定讀物字裏行間、天頭地腳的精研細讀。本來極其個人與隱私的閱讀行為，演變到後來，則成為商品化、大眾化通俗讀物不可或缺的重要構成，不僅為文本的共同體，甚至根本就是文本的一部分。」〔註167〕可見，評點在一開始是依附文本而生，除了可以分享個人的閱讀經驗，當然也可以作為一種文學批評的方式，在引導閱讀的同時，帶出某種文學觀，不管如何，他是連著作品一起被接受的，作品是主，評點是附，主要的作用是幫助理解文本，同時有解析和鑑賞的功能。然而在張惠言《詞選》的評點中，卻可以看到選輯者極為鮮明的詞學觀點，單純的詞作選輯，因為他特殊的解讀與品評，並賦予唐宋詞同詩、賦一般的功能，使《詞選》成為他以寄託說詞的最佳印證。在這樣的過程中，評點也從原本的依附地位躍升為《詞選》的主角，用以宣揚和印證詞學理論，與詞作相互輝映。

從南宋黃昇《花庵詞選》的評點，再到明代沈際飛《古香岑草堂詩餘》和徐士俊《古今詞統》的評點，對於詞作來說是一種評賞的文字和記號，是讀者在閱讀詞作之後，用以參考和深入理解的依據，發揮著引導和鑑賞的作用，可是張惠言的《詞選》卻在每一首詞之上，都先加上「。。。」、「。。」或「。」的批點符號，讓讀

〔註166〕孫琴安：《中國評點文學史》，頁6。
〔註167〕康來新：《發跡變態──宋人小說學論稿》，臺北：大安出版社，2010年4月二版，頁189。

者在閱讀詞作之前，就先被張惠言的觀點影響，對詞作有著先入為主的評判，其評點只是為這樣的評判作出說明，理論導向極為明顯。尤其張惠言的評點，不只是評，還對詞作進行創作動機的解析，探索出詞作深意，扭轉詞為「小道」的認知，雖然個人色彩太過鮮明，並容易招致強作解釋的批評，但評點在他手中，發揮強而有力的批評功能，則是唐宋詞評點的發展過程中，不可忽視的一大進展。

結　語

唐宋詞的評點發展到了清代，尤其是到了常州詞派，其詞學主張的提出，與評點的關係更為密切。張惠言的《詞選》，不但用批點符號為唐宋詞區分高下，還從意義上來解詞，深化了有關詞之寄託的討論，並以此重新釐定詞的價值。以張惠言《詞選》評點來看，其主要特點是理論導向越趨明顯，並逐漸脫離黃昇《花庵詞選》評點校注不分的情況，以及明代尚「情」，重字句藝術更勝於主旨命意的偏好，雖不免與政治寓託作結合，有其強作解釋的質疑，但比起黃蘇《蓼園詞選》的評點，只提供詞從寄託解讀的參考途徑，缺乏理論的支持，評點的批評意圖更為明顯，理論性也更強，同時讓原本只是作為案頭讀本的詞選，成為一個詞派宣揚詞學主張的依據，評點也從原本依附文本而生的配角，躍升為宣揚詞論的主角。此後周濟《宋四家詞選》的評點，還有譚獻評點《詞辨》，以及陳廷焯《詞則》評點，更在張惠言的基礎上，另有補充與開展，充實並拓展了常州詞派的理論架構與內容，成為清代詞壇的焦點，其影響一直延續到清末。吳梅《詞學通論》指出：「皋文《詞選》一編，掃靡曼之浮音，接《風》、《騷》之真脈，直具冠古之識力者也。……皋文與翰風出，而溯源竟委，辨別真偽，於是常州詞派成，與浙派分鑣爭先矣。」〔註168〕若從評點的角度看，亦符合這樣的發展。

〔註168〕吳梅：《詞學通論》，頁 171。